Les Lys pourpres

Du même auteur

Aux Éditions Robert Laffont :

Althéa ou la colère d'un roi, 2010.
Prix spécial du jury du salon d'Ile-de-France 2011.

Aux Éditions du Rocher :

Les Lys pourpres, 2012.
Les Venins de la Cour, 2013.
Marcel Pagnol, un autre regard, 2014.
Raison souveraine, 2015.
Passionnément Gainsbourg, 2016.
Reine des Lumières, 2017.

Chez BOD - l'Échappée belle

Murphy ne meurt jamais, 2021.

Karin Hann

Les Lys pourpres

ROMAN

LE ROCHER POCHE

28, rue Comte Félix Gastaldi – BP 521 – 98015 Monaco

www.editionsdurocher.fr

ISBN : 978-2-268-10552-9
EAN Epub : 9782268105635

À ma mère.

Sire, ce n'est pas tout que d'être roi de France,
Il faut que la vertu honore votre enfance :
Un roi sans la vertu porte le sceptre en vain,
Qui ne lui sert sinon d'un fardeau dans la main.

Celui qui se connaît est seul maître de soi.

Discours, « Institution pour l'adolescence du Roi
Très Chrétien, Charles neuvième du nom »,
Pierre de Ronsard, 1563

Avant-propos

Le XVIe est un siècle politiquement complexe. Point encore de monarchie absolue, mais un roi qui règne tant bien que mal alors que s'affrontent des clans. François Ier, comme bien des souverains, a consacré beaucoup de temps à faire la guerre, à la poursuite d'une éternelle chimère : le Milanais. L'Italie était son rêve et, à défaut de la posséder, il va l'importer en France pour la reproduire. De là naît un mouvement artistique magnifique, qui verra s'épanouir la sculpture, la peinture et surtout l'architecture : la Renaissance.

François est un roi bâtisseur. On lui doit toutes les merveilles de la vallée de la Loire, Chambord, Chenonceau, mais aussi Fontainebleau. Ainsi les Français dans leur ensemble lui pardonnent-ils bien des faiblesses, tant son héritage nous est cher. L'une d'entre elles, assurément la plus cruelle pour le royaume à l'époque, se nommait Anne de Pisseleu.

C'est dans cette optique d'écriture que j'ai commencé ce livre, frappée par l'influence déplorable des favorites royales, Anne, certes, mais aussi Diane de Poitiers, maîtresse d'Henri, fils de François Ier, qui se sont battues au point de mettre le royaume à feu et à sang.

Car leurs joutes furent avant tout politiques.

Anne soutenait le parti des réformés quand Diane embrassait celui des catholiques. Et ces deux causes étaient des armes, un moyen de nuire à l'autre. François Ier autorisait-il les huguenots à pratiquer leur culte ? Anne gagnait ! Allumait-on un bûcher pour brûler quelques hérétiques ? Diane pavoisait.

Entre elles deux, une jeune fille, Catherine de Médicis, venue de son Italie natale, que rien ne destinait à devenir dauphine de France (elle épouse Henri alors qu'il n'est que duc d'Orléans), tente de survivre dans une Cour où tous les coups sont permis.

Aveuglés par l'amour qu'ils portent à leur maîtresse respective, François Ier et son fils, futur Henri II, n'ont pas conscience des manigances qui se trament autour du trône.

Durant des années, Catherine va souffrir en silence (ou presque), subissant affronts et humiliations, fragilisée dans son statut, puisque impuissante à donner un héritier à la couronne.

Je n'ai pas voulu restituer dans ce roman toute l'actualité politique de cette époque qui s'étend sur plus de vingt ans, de 1538 à 1559.

Nous la traverserons plutôt dans l'intimité de Catherine, certes concernée par ces événements, mais surtout touchée dans sa vie personnelle. Car si la période est complexe, c'est aussi un siècle où s'exaltent des passions d'une violence parfois inouïe.

J'ai choisi d'évoquer la face plus secrète de l'histoire de France à la Cour, dans la première moitié du XVIe siècle, celle qui se déroule dans l'alcôve, mais a de graves répercussions dans les chancelleries. Ce récit s'appuie sur des faits historiques et, souvent, sur des dialogues réels (marqués d'un astérisque) rapportés pour la plupart par les ambassadeurs de l'époque.

Anne, François, Henri, Diane, Catherine, cinq personnages clés de cette époque, s'aiment, se déchirent et font l'Histoire.

Une Histoire souvent très éloignée de l'image que nous en avons.

I

Château de Fontainebleau, automne 1538

– Il n'en est pas question !

Les yeux de la grande sénéchale flamboyaient de colère. Ils avaient pris la teinte de l'océan les jours d'orage. Joignant le geste à la parole, elle frappa violemment du poing sur la table. Le connétable Anne de Montmorency[1], pourtant habitué au tempérament impétueux de Diane de Poitiers, sursauta.

– Jamais, m'entendez-vous ? rugit-elle. Jamais Henri ne se séparera de Catherine !

– C'est pourtant bien ce que l'on murmure, madame… Un mariage tant d'années infertile embarrassait déjà la couronne, mais depuis que le dauphin a engrossé une autre femme[2], la Cour jase à tout-va : les regards se tournent vers Catherine pour désigner

1. Anne de Montmorency, connétable de Bourbon (1493-1567), était l'ami d'enfance de François Ier et avait à ce titre des charges — celle de connétable de France lui échoit en 1538 — et honneurs nombreux à la Cour. Il était aussi très proche du dauphin Henri.

2. Voir annexe.

la coupable. Or, maintenant que la mort de son frère[3] fait d'Henri le successeur du roi François, il ne peut en aucun cas demeurer sans descendance...

– Vous savez bien que l'infertilité n'est pas une raison suffisante pour que le pape déclare la nullité d'un mariage qui a bel et bien été consommé !

– Lorsqu'il s'agit de politique, madame, c'est avec le diable que l'on s'accorde, non avec Dieu !

– Catherine est de ma parentèle[4], Henri ne doit pas la répudier ! De plus, cela serait contraire à nos intérêts, les miens comme les vôtres ! Nous n'avons guère besoin qu'il s'amourache[5] d'une nouvelle épouse ! Pour l'heure, nous avons la situation bien en main. Henri m'écoute et si ma cousine n'a certes que peu d'appas, elle n'est point sotte. Et surtout, j'ai toute ascendance sur elle...

– Ce n'est pas ce qui l'aide à remplir ses devoirs, ce me semble, rétorqua Anne, sarcastique. Une dauphine de France se doit d'enfanter !

Le silence tomba.

Diane faisait maintenant les cent pas devant la grande cheminée sculptée dans laquelle brûlait un arbre entier. Le jour baissait et les flammes qui dansaient dans l'âtre éclairaient les tapisseries immenses qui recouvraient les murs de leurs scènes champêtres.

Montmorency soupira.

---

3. François, le fils aîné de François Ier, mourut en 1536. Henri d'Orléans, l'époux de Catherine de Médicis, devint alors dauphin de France à la place de son frère.

4. Catherine de Médicis était une cousine éloignée de Diane de Poitiers par la branche des La Tour d'Auvergne.

5. Le verbe *amourescher* apparaît en 1530. À partir de 1559, on le prononce *amouracher*. Par commodité, nous avons gardé ici la forme moderne.

– Le roi ne semble guère enclin à se séparer de sa belle-fille, qu'il apprécie beaucoup, reprit-il. Peut-être y a-t-il là une carte à jouer…

Diane fit volte-face.

– Que voulez-vous dire ?

– Je crois, ma chère, qu'il vous faut asseoir encore votre influence sur Henri et convaincre Catherine de supplier Sa Majesté. Si ni notre sire ni le dauphin ne souhaitent cette séparation, personne ne pourra briser cet hyménée et Catherine sera reine un jour…

La grande sénéchale s'approcha d'un buffet massif sur lequel étaient servis deux petits verres de liqueur de noix, dont elle se saisit. Elle en tendit un au connétable, qui le vida d'un trait, et prit place à ses côtés.

– Qu'entendez-vous au juste par « asseoir mon influence sur Henri » ? demanda-t-elle en le fixant intensément.

Montmorency eut un sourire entendu et soutint son regard avec insolence.

– Il n'est un secret pour personne que le dauphin ressent pour vous une admiration qui va bien au-delà de la simple piété filiale…

– Considérez que je l'ai élevé comme mon fils, en tâchant de lui enseigner le protocole et les bonnes manières. J'ai adouci sa peine lorsque la reine Claude, sa mère, a disparu et lui ai réappris à vivre au retour de sa captivité en Espagne[6]. Il était si jeune alors… ajouta-t-elle rêveusement.

6. Henri et son frère aîné François furent longtemps maintenus prisonniers par Charles Quint, en échange de la liberté de François Ier, leur père. Ces années de captivité furent très rudes pour ces petits princes si jeunes qui furent très mal traités.

– Il ne l'est plus, Diane, coupa le connétable. Ouvrez les yeux. Nous parlons aujourd'hui d'un homme marié, en pleine possession de ses moyens et futur souverain de notre royaume.

– Je vous entends, mais…

– Je vais être franc avec vous, comme je l'ai toujours été. Son épouse ne l'attire pas. De plus, le ventre de Catherine reste désespérément vide. Cinq ans déjà que la dauphine est bréhaigne[7]… Il arrivera un temps où Henri se lassera de s'imposer un devoir auquel il ne souscrit guère sans que jamais cela ne porte ses fruits. Et ce jour-là…

Diane se leva presque brutalement, ce qui interrompit Anne dans ses explications. Devinant le trouble de la grande sénéchale, il reprit plus doucement :

– Et ce jour-là, il cherchera assurément dans d'autres bras les voluptés qu'il ne trouve pas chez son épouse…

Il baissa encore la voix et ajouta comme s'il réfléchissait :

– Il vaudrait mieux que ce soit avec une femme qui ne l'éloigne pas trop de Catherine… et de nos visées !

Diane ne l'écoutait plus.

Appuyée au chambranle de la fenêtre, le regard fixé sur les frondaisons du parc que l'automne avait paré de nuances d'orange et d'or, elle s'abîmait dans la réflexion. Les pins du jardin clos de l'étang parsemaient le paysage

7. Stérile, en parlant d'une femme.

de touches vert sombre[8]. Le regard de la grande sénéchale erra sur l'horizon. Une légère brise irisait le miroir d'eau tandis que déclinait le jour.

Tout paraissait si paisible…

Au loin, une cloche sonna.

Après un long moment de silence, le connétable reposa doucement son verre et sortit sans faire de bruit.

---

8. François Ier avait fait élever, à l'emplacement de l'ancien clos des religieux trinitaires nommés les « Mathurins », une étendue de pins maritimes, apportés en 1535, que l'on appelait le « jardin clos de l'étang ».

II

Couvent de l'Annonciation, automne 1538

– Mademoiselle de Vaudricourt, vous avez une visite.

La nonne sourit gentiment à la jeune fille qui cousait près d'une fenêtre depuis le retour de la messe. L'étroitesse des carreaux et le peu de jour qui pénétrait dans la cellule l'obligeaient à tenir sa broderie assez près de ses yeux. L'humidité de l'automne finissant emplissait la pièce froide, et le morceau d'étoffe serré sur ses épaules ne parvenait pas à l'empêcher de frissonner dans sa grossière robe de bure.

– Une visite ? Pour moi ? s'étonna-t-elle.

– Oui. On m'a chargée de vous dire…

– Laissez, Sœur Clémence, vous pouvez disposer, je vais instruire moi-même Mlle de Vaudricourt.

La jeune fille posa son ouvrage pour se lever et saluer l'abbesse qui entrait dans sa cellule.

– Je ne vois pas qui… balbutia-t-elle.

– Personne ne vous interroge, mademoiselle, reprit sèchement la mère supérieure. Vous avez en effet une visite, et de la plus haute importance. Rendez-vous compte : il s'agit de la dauphine de France ! J'ignore pour quelle raison un pareil honneur vous est accordé... ajouta-t-elle, pensive.

Oriane demeurait interdite.

– Je vous prie donc de bien vouloir me suivre, reprit-elle, de ne parler que lorsqu'on vous interroge et de vous départir de cet air d'arrogance que vous arborez trop souvent. Soumission et humilité, m'entendez-vous ?

– Oui, ma mère.

– Tâchez d'être digne de cette institution vénérable qui a la grâce de vous accueillir !

La jeune fille baissa les yeux et emboîta le pas à la mère supérieure, qui la mena, par des couloirs sombres, dans un salon attenant au parloir.

– Voici Mlle de Vaudricourt, Votre Altesse.

Cette dernière fit une gracieuse révérence et se releva en adressant un beau sourire à la future souveraine.

De stature moyenne, le regard perçant et brillant d'intelligence, la dauphine arborait une riche toilette de velours saphir aux manches amples et resserrées aux poignets. Le décolleté carré, rebrodé d'un rang de perles, surmontait sa taille fine marquée d'une ceinture d'or et de joyaux. Des patenôtres et quelques constances[1] égayaient l'ensemble d'une note de fantaisie. Elle n'était pas belle, les yeux trop globuleux et la joue trop ronde, mais il émanait de sa personne une telle prestance qu'elle imposait le respect.

1. Les patenôtres (le mot vient de *Pater noster*) étaient des chapelets et les convenances des flacons, des miroirs ou de petites clés que les femmes attachaient à leur ceinture pour égayer leurs toilettes.

– Je vous remercie, dit simplement Catherine avec un léger accent en se tournant vers l'abbesse. Vous pouvez nous laisser.

La directrice du couvent quitta la pièce sans un mot et referma la porte derrière elle.

L'épouse d'Henri de France prit le temps de détailler à loisir la nouvelle venue. La robe des couventines n'était certes pas conçue pour mettre en valeur les formes féminines, mais Catherine jugea celles d'Oriane tout à fait prometteuses. Elle ne put distinguer que quelques mèches soyeuses d'un blond de miel, échappées du voile qui encadrait son beau visage, mais fut frappée surtout par l'éclat fauve et inhabituel de ses prunelles. Un seul homme avait ce regard d'ambre, et sa fille en avait hérité. Un flot de tendresse envahit l'ancienne *duchessina*[2].

– Je suis heureuse de vous rencontrer, dit doucement la dauphine. Il se trouve que j'ai côtoyé votre père à Florence. Il était un ami… très cher de ma tante Clarice de Médicis Strozzi[3]… Paix à son âme, ajouta-t-elle en se signant. Il a tout fait pour nous sauver, en 1527, lorsque la République fut proclamée et que ma famille fut chassée de Florence. J'ai appris ce qui lui était arrivé avec les rebelles. Je vous présente mes condoléances.

Oriane s'inclina de nouveau.

– Merci, Votre Altesse.

– Je me suis laissé dire que le domaine de Vaudricourt n'était point administré par votre frère Édouard,

2. Ce fut sa grand-mère paternelle, Alfonsina Orsini, veuve de Pierre de Médicis, qui appelait ainsi affectueusement Catherine, ce qui signifie « petite duchesse », puisqu'elle était la dernière héritière du duché d'Urbino. Ce surnom lui resta.

3. Voir annexe A.

pourtant héritier de votre père, mais par votre oncle qui ne possède ni le titre de duc ni le duché lui-même. Qu'est-ce à dire ?

– Mon frère est à Londres. Il… Il avait des dettes de jeu, répondit-elle en baissant la voix. Catherine tendit l'oreille et plissa les yeux, signe chez elle qu'elle écoutait attentivement.

– Édouard s'est ruiné… reprit-elle doucement. Il a déshonoré notre nom. Mon oncle a payé ses dettes en échange de son exil et a repris le domaine. Quant à moi, j'ai été envoyée au couvent, ce qui a évité de payer ma dot.

– C'est bien ce que je pensais… murmura Catherine pour elle-même.

Elle fit quelques pas, semblant réfléchir, puis releva soudain la tête et planta son regard dans celui de sa jeune interlocutrice.

– Cette situation doit vous être bien douloureuse, j'imagine ?

– Cela m'est odieux, Votre Altesse ! Je suis enfermée entre ces quatre murs…

– J'ai moi-même passé plusieurs années au couvent[4]. La vie peut y être rude, je le sais.

– La mienne n'a plus aucun sens…

– C'est ce que nous verrons, coupa Catherine avec un air de satisfaction.

Elle marqua un temps.

– Votre franchise me plaît, mademoiselle, et je peux peut-être vous aider.

Oriane joignit ses mains.

4. Voir annexe B.

– M'aider ? Mais que puis-je espérer de…

– J'ai besoin d'une amie sûre, de quelqu'un en qui je pourrais placer toute ma confiance…

Des bruits de pas se firent entendre dans le couloir : les nonnes partaient à la chapelle chanter vêpres. La dauphine demeura un instant silencieuse, puis reprit :

– Si vous promettez de m'obéir et de me servir fidèlement, je vous aiderai à sortir d'ici.

– Oh, Votre Altesse ! Vous pourriez rendre cela possible ? s'écria la jeune fille.

Catherine tempéra ses ardeurs d'un signe de la main.

– Seriez-vous prête à me suivre à la Cour ?

– Quitter cet endroit sinistre pour vous servir ? Et comment !

Subitement, pourtant, l'élan d'Oriane retomba.

– Mais cela est impossible, soupira-t-elle. Je ne puis sortir de ce couvent où l'on m'a mise… Et puis, qu'irais-je faire à la Cour ?

Le visage poupin de l'épouse d'Henri de France s'éclaira enfin d'un vrai sourire.

– La chance tourne toujours, ma petite. Il faut savoir l'attendre, la guetter et surtout la saisir. Vous quitterez ce couvent sur ordre du roi, qui vous nommera sous peu fille d'honneur de la dauphine de France, j'en fais mon affaire. Je dois bien cela à votre père. Préparez vos effets, d'ici à quelques jours vous entrerez à mon service et cet endroit ne sera plus qu'un mauvais souvenir !

III

Château d'Anet, automne 1538

Agenouillée dans une large vasque en argent ciselé représentant un coquillage ouvert, Diane, entièrement nue, subissait sans ciller la cascade d'eau glacée que versait sa servante, juchée sur une escabelle de bois. Comme chaque matin, on avait pris soin de prélever l'eau d'un puits souterrain n'ayant pas subi les effets maléfiques de la lune, et la grande sénéchale se frottait avec du savon muscat. Elle attendit qu'on la rince avec une première eau, puis une seconde, plus chaude cette fois, où l'on avait fait bouillir de bonnes senteurs de lavande et de jasmin et, une fois séchée, s'allongea avec un soupir de contentement sur un lit de bois posé sur des tréteaux, que l'on dépliait pour sa toilette.

Diane fut massée avec une pâte à l'eau de rose, ses longues jambes, fuselées par la marche et l'équitation qu'elle pratiquait chaque jour, enduites d'une lotion à base d'huile de courge et de camphre. Enfin, elle se releva. Sans un mot, sa suivante lui présenta le mortier dans lequel on avait mélangé du citron et du sucre candi, baume avec lequel elle se frotta les mains avant de les presser dans un linge finement tissé.

– Le comte du Plessis de Saint-Herray s'est-il fait annoncer ?

– Pas encore, madame.

– Mon intendant est-il là ?

– Il patiente dans votre antichambre depuis plus d'une heure.

– Fort bien. Appelez ma chambrière et apportez-moi mon bouillon[1].

La grande sénéchale parut un long moment plus tard, vêtue de noir et de blanc, couleurs qui ne la quittaient jamais depuis son veuvage. Son port de reine rehaussé d'une sorte de collerette immaculée, elle arborait au cou un saphir de la couleur de ses yeux. Ses manches bouffantes de velours noir laissaient entrevoir des crevés[2] de satin blanc.

Son intendant la salua avec déférence en la voyant entrer dans le salon.

– Quelles sont les nouvelles, mon bon Gaspard ? Je ne puis demeurer céans très longtemps. Je quitte Anet ce tantôt pour rejoindre la Cour à Chambord. J'ose espérer que vous m'apportez des chiffres meilleurs que l'an passé…

– Si fait, madame la comtesse[3]. Vos ruchers ont été d'un bien meilleur profit. Nous avons encore augmenté les récoltes dans les vergers. Songez, madame, que

1. Voir annexe A.

2. Fentes pratiquées dans le tissu.

3. Diane était comtesse de Saint-Vallier.

nous sommes à trente boisseaux de noix! Quant à nos vignes…

– C'est encore bien peu. Allez-vous m'annoncer dix poinçons de vin? Vous devez redoubler d'efforts! Confiez-moi le livre des comptes et je m'en vais l'étudier tranquillement en comparant vos chiffres avec ceux de l'année précédente. Je suis persuadée qu'un domaine comme Anet peut être bien plus rentable s'il est correctement administré. Si j'en juge par ce que rapportent les terres que j'ai en apanage[4], nous sommes clairement en dessous de ce que l'on est en droit d'espérer!

L'intendant soupira, résigné. Il fit un signe de tête et se retira. La servante annonça l'arrivée de Marc du Plessis de Saint-Herray, l'homme de confiance du dauphin.

– Mes hommages, comtesse. Comment vous portez-vous?

Diane, toujours coquette, ne pouvait s'empêcher de se sentir un rien troublée par la présence de cet homme qu'elle croisait très souvent dans l'entourage d'Henri. Grand, la taille bien prise, des cuisses musclées par les joutes et l'entraînement, le teint hâlé par les chasses en plein air, Marc affichait une désinvolture rieuse, une aisance qui ne se démentait ni dans les tournois ni dans les salons et faisait de lui le soupirant de toutes les dames. Il avait un mot pour chacune, mais n'accordait ses faveurs à aucune. Homme de confiance d'Henri, de qui il s'était encore rapproché à la mort de son frère, il était simple et discret, élégant et raffiné dans ses manières comme dans ses sentiments. Le regard bleu acier qu'il

4. Voir annexe B.

posa sur les formes de Diane l'aurait fait rougir si elle s'était laissée aller à croire que Marc pût avoir envie de lui faire la cour. Mais elle savait, dans son intuition toute féminine, qu'il n'en était rien et qu'il était envoyé auprès d'elle par le dauphin Henri.

– Je me porte au mieux, n'en doutez point.

– Monseigneur Henri vous mande de le rejoindre à Chambord le plus tôt possible, dès que vous en aurez fini avec les affaires qui vous retiennent ici.

– C'est très aimable de la part de monseigneur d'être ainsi en peine de ma personne. Allez rassurer Son Altesse et lui dire que je quitte Anet dès demain.

– En ce cas, madame, si vous m'offrez l'hospitalité pour cette nuit, je me ferai un plaisir de vous servir d'escorte pour vous mener à Chambord !

Diane sourit.

Sa peau laiteuse et sa blondeur lui donnaient parfois l'air d'un ange. Ses yeux s'éclaircissaient et son visage se faisait plus doux lorsqu'elle abandonnait sa rigidité protocolaire.

Mais ces instants étaient fugaces, car Diane redevenait bien vite maîtresse d'elle-même.

– Accordé ! s'amusa-t-elle. Vous serez mon chevalier servant pour la journée de demain ! Je donne les ordres, afin que l'on apprête vos appartements.

IV

Château de Chambord, automne 1538

– Pâques-Dieu, ma bru, que vous voilà juchée ! Et est-ce là haquenée[1] pour donzelle ?

– Sire mon père, je ne puis courre le cerf ou suivre un faucon en trottant l'amble[2] sur cette sambue[3]. Alors, j'ai choisi une bête de belle constitution qui pourra s'aligner sur votre allure, auquel j'ai fait adjoindre spécialement cette selle…

François Ier, majestueux dans un pourpoint de velours noir rebrodé d'or qui drapait ses très larges épaules, détaillait la tenue de sa belle-fille d'un air étonné.

Catherine, très digne, l'avait rejoint au grand galop sur un superbe étalon qu'elle montait, au grand scandale

1. Cheval ou jument de taille moyenne, d'allure douce, allant ordinairement l'amble, que montaient les dames.

2. Allure d'un quadrupède qui se déplace en levant en même temps les deux jambes du même côté.

3. Siège placé sur le cheval, qui faisait mettre les deux jambes du même côté, les pieds posés sur une petite planche de bois.

de la Cour, en amazone[4]. Ayant opté pour de petites juments, les autres dames, installées dans une selle à dossier, les deux pieds sagement posés du même côté sur la planchette qui remplaçait l'étrier, regardaient d'un air réprobateur cette étrangère qui entendait participer activement et non plus en spectatrice à la chasse, et qui n'hésitait pas, pour ce faire, à bousculer le protocole et à dévoiler de surcroît ses chevilles.

– Me voici prête ! dit fièrement Catherine en alignant sa monture à côté de celle des cavaliers prêts à s'élancer.

Le roi partit d'un grand éclat de rire.

– Morbleu, ma fille, vous avez décidément tous les talents pour me plaire ! Cette nouvelle façon de chevaucher me paraît hardie, mais elle ne manque ni d'allure ni d'audace et nous permettra à l'avenir d'apercevoir davantage du jarret des dames ! Qu'en pensez-vous, Cossé[5] ?

Le grand fauconnier de France sourit à l'intention du souverain et adressa un petit signe de tête en hommage à la hardiesse de la dauphine. Monté sur un bel étalon blanc, il tenait sur son poing un épervier encapuchonné et scrutait le ciel.

– Je gage que madame la dauphine sera maintenant à la chasse une alliée redoutable ! commenta-t-il aimablement.

– Voilà une remarque avisée, mon ami, acquiesça le souverain.

---

4. Voir Annexe A.

5. René de Cossé fut grand fauconnier de France de 1516 à 1540.

– Sire, les faucons sont lancés[6] ! s'exclama soudain un gentilhomme.

– En ce cas, allons-y ! cria le roi.

Les chasseurs se mirent en route précipitamment, talonnant leurs montures et les stimulant de la voix. Catherine les suivit d'un même élan, tandis que les dames de la Cour mirent leurs juments au trot pour observer de loin les progrès des chasseurs qui se déployaient dans la forêt domaniale de Chambord. Les sabots des chevaux faisaient craquer les branchages et leurs naseaux fumaient. Les brumes matinales qui montaient des étangs se dissipaient peu à peu, et un soleil blanc, presque hivernal, chassait les dernières teintes rosées de l'aube.

Chambord s'éveillait.

Sa lanterne, surmontée d'une couronne coiffée de la fleur de lys, se découpait dans le ciel pur et sa multitude de cheminées et de clochetons s'élançait joyeusement vers l'azur, ciselant de ses dentelles les nuages épars qui s'y accrochaient. Caressé par l'aurore, l'immense château de tuffeau, calcaire de couleur claire, devenait un magnifique vaisseau de lumière, entouré de ses quelques deux mille cinq cents hectares de parc.

La forêt alentour, jusqu'alors silencieuse, n'était plus que cris et agitation. Un couple de perdrix prenait péniblement son envol, débusqué par les chiens.

Au détour d'un sentier, Anne de Montmorency croisa la route du dauphin Henri qui rejoignait la chasse.

– Ah ! vous voici, monseigneur ! Peut-être devriez-vous rabattre sur la droite tandis que moi, je…

6. Voir annexe B.

– Un instant, Anne, coupa le fils du roi. Puisque nous sommes seuls, j'aimerais vous entretenir d'un sujet… qui me tient à cœur.

Montmorency tira doucement sur les rênes. Son étalon encensa en signe de protestation.

– Je vous écoute, Votre Altesse, de quoi s'agit-il ?

– Vous savez que vous êtes comme un père pour moi, commença Henri d'Orléans. J'aimerais ouïr vos conseils. Le sujet est diablement délicat…

Montmorency se déplaça légèrement sur sa selle pour dissimuler sa gêne.

– Une dame occupe vos pensées… qui bien sûr n'est pas la dauphine, lâcha le connétable d'une voix monotone, voulant exclure tout jugement de valeur.

– Naturellement. J'ai un profond respect pour Catherine qui est douce, intelligente et d'un commerce agréable, mais je suis fort épris de… Diane.

Montmorency feignit la surprise.

– La grande sénéchale ?

– Vous allez assurément objecter qu'elle a vingt ans de plus que moi[7], mais qu'importe ! Il n'y a qu'elle pour me rendre aussi heureux. C'est en pensant à elle que j'ai pu surmonter mes années de captivité en Espagne !

– Soit, je n'en disconviens pas, mais…

– Dites-moi en toute sincérité si vous pensez que j'ai des chances d'être comblé un jour.

– Autrement dit, vous attendez de moi que je trahisse d'éventuelles confidences que la dame de Poitiers aurait pu consentir à me livrer…

Henri ne sourcilla pas.

7. Voir annexe C.

– En vertu de l'amour quasi filial qui me lie à vous, oui.

Montmorency parut hésiter, l'air songeur. Les deux hommes cheminaient à présent côte à côte dans le sous-bois paré des splendides couleurs de l'automne. Puis, Anne rompit le silence :

– Je vais être franc avec vous, Henri. Je pense que Diane nourrit pour vous des sentiments de même nature que les vôtres, mais que, drapée dans la dignité de son veuvage, elle n'en laissera jamais rien paraître.

Le visage du dauphin s'illumina d'une indicible joie.

– Elle m'aimerait donc un peu ?

– Vous êtes son seul amour.

Le jeune homme rougit d'émotion.

– Vous l'a-t-elle nommément confessé ?

– Elle est bien trop réservée pour cela. Mais je sais lire dans les cœurs… sourit le connétable.

Henri poussa un cri d'allégresse et lança sa monture au galop.

Effrayés par ce hurlement qui se répercuta jusqu'aux cimes des grands arbres, des hérons cendrés quittèrent l'étang dans un ample froissement d'ailes.

*

Les appartements de la dauphine occupaient à Chambord le premier étage du donjon[8]. Attenante à sa garde-robe et à son oratoire, la chambre était, à cette heure très matinale, encore plongée dans l'obscurité.

---

8. Voir annexe D.

– Bonjour, Votre Altesse. J'espère que la nuit a été bonne. Voici vos médecines.

La chambrière tira les courtines et Catherine plissa les yeux. Déjà, la puanteur de son cataplasme lui donnait des nausées, comme la jeune servante entrait tenant une bassine de cuivre fumante.

Une lumière vive envahit la pièce.

La journée s'annonçait belle.

On entendait au loin les coups de maillet des artisans charpentiers qui achevaient le plancher de chêne dans la galerie ouest.

L'épouse d'Henri de France se redressa sur ses oreillers et repoussa le drap de lin et les fourrures qui lui recouvraient les jambes. Elle tira sur sa chemise de nuit, dénudant son bas-ventre. La servante s'avança et étala sur l'intimité de sa future souveraine une pâte nauséabonde faite de bouse de vache, de lait de jument caillé, de poudre de grenouille séchée et d'herbes diverses, avant d'y appliquer un linge humide et bouillant, tandis que la chambrière attisait le feu et remettait de grosses bûches dans l'âtre.

La dauphine soupira.

– Apportez-moi mon urine d'ânesse[9], ma fille, demanda-t-elle d'un air las.

– Voici, madame.

Catherine avala son breuvage d'un trait, sans respirer, et reposa la tasse sur le plateau que lui tendait la domestique d'un air dégoûté.

– Dame Oriane est-elle là ?

– Elle patiente dans l'antichambre, Votre Altesse.

9. Voir annexe E.

– Introduisez-la, je vous prie, Annette.

Un instant plus tard, la jeune fille entra et fit sa révérence.

Radieuse dans une robe d'un jaune vif bordée de castor, les cheveux en boucles tressées recouverts d'un escoffion[10] de même nuance soulignant la perfection de son teint, Oriane était éblouissante, ce qui arracha un sourire à Catherine, pourtant dans une situation tout à fait inconfortable. La jeune fille feignit de ne pas être incommodée par l'odeur et s'approcha gentiment de la dauphine.

– Sauriez-vous me lire quelques poèmes durant le temps où je me soigne ?

– Si fait, madame. Je m'en venais justement vous distraire avec la dernière églogue[11] dont Marot nous offre la primeur. Écoutez plutôt comme cela est plaisant :

Sur le printemps de ma jeunesse folle,
Je ressemblais l'arondelle qui vole
Puis çà, puis là : l'âge me conduisait
Sans peur ni soin, où le cœur me disait.

Catherine écoutait d'un air grave, tout en admirant la grâce de sa lectrice. Décidément, elle se révélait charmante. Simple, honnête et droite. La future souveraine n'était pas revenue avec Oriane sur le drame qui avait secoué sa famille, ni la raison pour laquelle elle l'avait fait venir à la Cour.

10. Coiffure de femme, à ruban, incontournable au XVIe siècle.

11. Petit poème pastoral ou champêtre. Il parut officiellement quelques mois plus tard, en 1539.

Elle vivait auprès d'elle des moments agréables, partageant le même amour des livres et de la lecture. François Ier, désireux de plaire à sa bru, lui avait autorisé l'accès à sa très belle bibliothèque, lui permettant même d'emporter des ouvrages en ses appartements pour les y lire tout à loisir, ce dont la jeune femme, accompagnée de sa toute nouvelle dame de compagnie, ne se privait pas. Catherine avait elle-même offert en dot de nombreux manuscrits rares de Florence, qui avaient ravi le roi. Passionné de lecture, il avait ordonné aux imprimeurs de lui remettre un exemplaire de chaque nouvel ouvrage[12], aussi la bibliothèque du souverain de France recelait-elle des trésors.

L'ancienne *duchessina* se plaisait vraiment à la Cour. Mais cette douceur de vivre allait-elle cesser un jour? Devrait-elle tout perdre à nouveau, comme jadis à Florence, puisqu'elle n'enfantait pas? En écoutant la voix douce d'Oriane déclamer le poème de Marot, des larmes lui montaient aux yeux…

…
M'avertissant de la froide venue
Du triste hiver qui la terre dénue

– Mais, Votre Altesse, vous pleurez! s'interrompit Oriane.

– La beauté de ces vers rappelle que nous sommes peu de chose, et que tout peut s'enfuir du jour au lendemain.

---

12. Ce qui sera à l'origine de notre dépôt légal obligatoire.

La vie qui y est décrite ressemble à la mienne… Elle côtoie les cimes et plonge soudain dans l'abîme.

Elle baissa la voix et murmura :

– Dauphine de France… ou plus rien.

– Que voilà de sombres pensées !

– Que serai-je demain si ces médecines n'opèrent point ?

– Votre Altesse… Rien n'est encore perdu…

Catherine se redressa, arracha son cataplasme et le jeta à terre.

Oriane la dévisagea, essayant de comprendre ses intentions.

La future reine essuya ses larmes du revers de la main et, bravement, releva la tête.

– Il faut que je parle au roi, lâcha-t-elle, impavide.

V

Château d'Écouen, automne 1538

Situé à une vingtaine de kilomètres au nord de la capitale, le domaine du connétable de Montmorency, imposant château à colonnes dominant la plaine de France, offrait aux regards une demeure déjà confortable[1].

Or depuis peu, Écouen devenait aussi le lieu privilégié de ses rencontres informelles avec Henri de France, lequel avait prié cette fois la grande sénéchale de bien vouloir l'accompagner. C'est dans un luxe raffiné, mais loin de l'ostentation de la Cour, que le dauphin et sa muse étaient venus chasser dans les forêts giboyeuses qui entouraient le domaine.

Levée comme chaque matin à l'aube, Diane se reposait après dîner[2] et, appuyée sur un coude, relisait depuis plus d'une heure ses livres de compte. Décidément, quelque chose n'allait pas. Ou bien on détournait du bois sur ses terres, ou bien les chiffres

1. Voir les annexes.

2. Notre actuel déjeuner.

étaient erronés. Elle soupira d'agacement et n'entendit pas la porte du cabinet s'ouvrir.

Cependant, le verrou que l'on poussa la fit se retourner brusquement.

– Henri ! Mais que vous arrive-t-il ? demanda-t-elle en se levant d'un bond. Et pourquoi fermez-vous la porte de la sorte avec cet air de conspirateur ?

Le dauphin avançait vers elle d'un pas assuré, les joues légèrement empourprées par le désir, ce que Diane comprit en une fraction de seconde. Instinctivement, elle recula, et se trouva acculée à sa table de travail.

– Diane…

– …

– Il y a tellement longtemps que je rêve de cet instant. Captif en Espagne, je n'ai songé qu'à vous… Vous souvenez-vous que l'année de mes douze ans, au tournoi qui avait suivi le couronnement de la reine, j'avais abaissé ma lance devant vous pour porter vos couleurs ? Je vous aimais déjà, Diane…

– Henri… Tout ceci est si… inattendu ! minauda-t-elle.

– Inattendu ? Il me semble, moi, que j'attends cet instant depuis une éternité, souffla-t-il en fondant sur elle pour l'enlacer. Notre ami le connétable nous a fait la grâce de nous réunir en son château…

Avant que Diane n'ait pu répondre, Henri l'étreignit et l'embrassa avec fougue. Puis, la soulevant dans ses bras, il traversa son antichambre, la déposa sur son lit et s'allongea sur elle en glissant fiévreusement sa main sous ses jupes. Diane soupira et pencha la tête en arrière lorsqu'elle sentit Henri la caresser intimement et ses doigts s'immiscer en elle.

Alors, elle répondit à son appel et entreprit de dévêtir son amant. Quand Henri fut nu, tendu de désir, Diane ne put s'empêcher, sous couvert de caresses, d'aller regarder en détail le membre viril du dauphin. Que de fois n'avait-elle pas assisté à son bain lorsqu'il était enfant! Nommée gouvernante des héritiers de France par la reine Claude qui la tenait en grande estime, elle supervisait tout le quotidien des rejetons royaux. La jeune femme qu'elle était avait pu constater alors la malformation du petit garçon[3]. Certes, les plaisanteries grivoises de la Cour, qui raillait le dauphin et son « vit tort[4] », avaient cessé depuis qu'Henri avait prouvé sa capacité à enfanter. Mais l'amante que devenait Diane vérifiait aujourd'hui que la croissance du jeune homme n'avait en rien modifié cette singulière tournure congénitale.

Diane poursuivait ses caresses. La vie jouait parfois des tours intéressants… Les choses de l'amour ne l'avaient jamais attirée et elle n'avait certes jamais envisagé pouvoir remplacer son mari. Au temps de son union, la grande sénéchale avait fait son devoir. L'entente de Brézé et de sa femme était cordiale, ils œuvraient ensemble à la grandeur de leur maison. Mais les rideaux de l'alcôve tirés, Diane subissait les assauts de son vieil époux, comme toute femme respectable et bien établie se devait de le faire.

---

3. Henri était affecté d'un hypospadias, une malformation du pénis : le méat urinaire n'est pas situé au bout de la verge, mais en dessous.

4. Pour « tordu ». Cette plaisanterie fut faite en présence de toute la Cour devant le roi François Ier, qui en rit lui aussi.

Lorsqu'elle fut veuve, elle regretta cette épaule sur laquelle s'appuyer, mais se sentit soulagée de pouvoir s'endormir dans la quiétude de ses fourrures sans plus avoir à craindre d'entendre sa porte s'entrouvrir. Ce jourd'hui, la femme de tête qu'elle était devenue embrassait la situation sous un angle moins sentimental que politique : en entrant dans la couche du futur roi, elle entrait aussi dans l'Histoire.

Il lui avait fait comprendre qu'il l'aimait et la désirait depuis des années. Mais jamais la déesse ne serait tombée de son piédestal pour un duc d'Orléans.

La donne avait changé : Henri était dauphin de France.

Elle serait la duchesse d'Étampes de demain, dirigeant bientôt depuis l'alcôve les affaires de l'État ! Cela valait sans doute qu'elle y sacrifiât son honneur...

En revanche, la prudence était de mise. Puisque Henri avait démontré qu'il n'était pas stérile, il lui faudrait donc prendre des précautions. Mère de deux filles légitimes, elle ne souhaitait pas porter un bâtard, fût-il de France. Cela lui gâterait la taille, ce qui détournerait peut-être Henri de ses charmes, et lui ôterait toute respectabilité à la Cour. De plus, elle n'aiderait sûrement pas Catherine à rester dauphine en prouvant une fois de plus que son époux parvenait à engrosser les autres femmes et pas elle ! Il fallait donc jouer serré...

– À quoi songez-vous, ma mie ? souffla Henri en faisant courir ses mains sur sa gorge.

– Je songeais... à vous, répondit Diane en posant ses lèvres sur celles de son amant.

– Diane... Oh, Diane... Soyez mienne !

Ivre d'un désir trop longtemps contenu, Henri bascula sur son amante et la pénétra sans cesser ses baisers.

Diane, qui n'avait jamais connu le plaisir dans le lit de son vieil époux, s'abandonna, éblouie de sentir son corps répondre avec tant d'appétit aux caresses avides de cet homme qu'elle avait vu grandir, de cet enfant devenu son amant.

VI

Fontainebleau, hiver 1538

Le domaine royal, rebrodé de givre, était féerique. Chaque minuscule gouttelette figée par le froid reflétait les rayons du soleil blanc, hivernal, qui se levait derrière l'étang. Les roseaux, prisonniers de la glace, craquaient en ondulant sous la brise. Les cheminées fumaient, le château sortait du sommeil de la nuit. La Cour s'était installée quelques jours auparavant. François Ier ne restait guère plus d'un mois au même endroit.

Anne de Pisseleu, duchesse d'Étampes et maîtresse en titre du roi, avait entraîné Marguerite de Navarre[1] pour une promenade matinale, loin des oreilles indiscrètes du château.

Emmitouflées dans leurs manteaux de martre et d'hermine, les deux femmes soufflaient dans leurs mains, tandis que chacune de leurs paroles dégageait un petit nuage de vapeur.

1. Sœur de François Ier, Marguerite était devenue reine de Navarre en épousant Henri d'Albret.

– Que me vaut cette promenade à l'aube et par grand frimas ? Nous serions si bien derrière nos courtines !

– La rumeur enfle parmi les courtisans. On souhaiterait démarier la dauphine !

Marguerite s'arrêta net et scruta le visage de la duchesse. Anne était venue la chercher en ses appartements, la suppliant de la suivre dans ce froid glacial pour lui parler des déboires conjugaux de sa belle-sœur ! Il fallait que la maîtresse du roi ait perdu la tête ! Son inquiétude n'était pourtant pas feinte et, comprenant qu'Anne ne plaisantait pas, Marguerite reprit sa marche.

– J'ai peur pour elle, il est vrai, car je la tiens en grande affection. Il est fâcheux qu'elle n'enfante pas... Cela étant, en quoi ceci vous tourmente-t-il ? Vous n'êtes pas directement concernée par cette éventuelle séparation... Les sentiments que vous porte le roi...

– Mais vous n'y songez point ! Si Catherine est répudiée, Henri ne se laissera point entraîner une nouvelle fois dans une union qui ne lui convient pas ! La première fois, son père lui a fait valoir la raison d'État, et l'on voit où cela nous a menés ! Une dot impayée, aucun duché en Italie et une mésalliance sur la couronne de France !

– Je vous entends, toutefois...

– Non, je vois bien que vous ne comprenez pas ! Il faudrait être aveugle pour ne pas voir qu'Henri est passionnément amoureux de la vieille[2] ! Je vous rappelle à toutes fins utiles que la grande sénéchale est aussi marquise de Brézé, fille du comte de Saint-Vallier, des

2. Surnom qu'Anne donnait à Diane.

comtes de Valentinois, apparentés aux dauphins de Viennois et descendante de l'antique maison de Poitiers !

– Certes, mais…

Anne s'échauffait, faisant de grands gestes. Son charmant petit nez rougi lui donnait l'air d'une enfant, tandis que ses beaux yeux bleus, froids et calculateurs, démentaient vite cette impression. Agitant ses boucles blondes, elle reprit :

– Ce lignage me semble suffisant pour prétendre à épouser le dauphin…

– Mais vous n'y songez pas ! s'écria Marguerite. Si l'on démarie le dauphin – ce qui n'est certes pas encore fait –, c'est en vue de le voir donner des héritiers au trône ! Jamais François ne le liera à une femme de vingt ans de plus que lui…

– Qui a prouvé qu'elle pouvait être mère !

– J'en conviens, mais qui ne peut peut-être plus l'être aujourd'hui…

– On parle aussi de la nièce du cardinal de Lorraine, cela n'arrangerait guère nos affaires ! Notre intérêt n'est pas de voir Catherine laisser la place, que ce soit pour la vieille ou la famille de Guise !

– Dans les deux cas, le clan des catholiques l'emporterait sur la Réforme[3]… Je vous entends. Mais je ne pense pas que mon frère souhaite voir Catherine répudiée. Il a beaucoup d'estime et d'affection pour elle, tout comme moi d'ailleurs.

– Sans doute, sans doute, maugréa Anne qui n'aimait pas entendre parler de l'affection du roi pour une autre femme, fût-elle bien moins jolie qu'elle. Mais je gage

3. Voir annexe A.

que nous ne serons pas trop de deux pour ancrer le roi dans ses convictions…

– Vous semblez vraiment très inquiète de ces rumeurs ! s'étonna Marguerite, voyant les traits tirés de la favorite qui semblait avoir passé plusieurs nuits sans sommeil.

– Ma chère, nous aimons toutes deux passionnément François, mais il n'est, hélas, pas immortel. La vieille me hait. Et à l'avènement du dauphin, si Catherine n'est plus là pour tempérer ses ardeurs, je serai la nouvelle Françoise de Châteaubriant[4] !

Marguerite se signa.

– Mon Dieu, quelle horreur !

– C'est pour cela qu'il nous faut œuvrer de toutes nos forces, afin qu'une telle infamie n'arrive jamais. Catherine doit devenir reine de France !

Le soleil était à présent au-dessus de la cime des grands arbres, poursuivant sa course dans le ciel et réchauffant peu à peu la nature, qui semblait s'animer. Un faisan traversa l'allée non loin des deux promeneuses qui admirèrent un instant ses couleurs mordorées avant de rejoindre, à grands pas, les abords du château où Marguerite serra chaleureusement les mains de sa compagne pour l'assurer de son soutien. La duchesse avait mille fois raison : il fallait aider Catherine.

Elles regagnèrent chacune leurs appartements.

*

4. Voir annexe B.

Lorsque la dauphine pénétra dans le cabinet privé de Sa Majesté, un grand feu de cheminée éclairait la pièce, et une douce chaleur s'y répandait. Le roi, dans un pourpoint grenat muni de fentes pour les bras, doublé de fourrure noire, présentait une carrure massive. Sa chemise blanche froncée gansée de rouge dépassait de l'encolure. Les crevés, fermés par des aiguillettes[5], laissaient apercevoir de la soie écarlate qui contrastait avec ses jambes gainées de blanc, dont les bas, retenus au-dessus des genoux par des jarretières, dessinaient des mollets puissamment musclés.

Consciencieusement penché sur de grandes pages maintenues aux quatre coins par des livres, il leva la tête en entendant les pas de Catherine :

– Vous voilà, ma bru ! Je vous ai fait mander pour vous montrer les esquisses des arrangements de la tour nord de l'enceinte et de mes appartements. Voyez-vous, j'envisage de les édifier en retour sur la courtine nord-est pour les relier ensuite au donjon par une galerie de desserte[6]… Mais qu'avez-vous ? Vous êtes si pâle !

Catherine se tenait debout devant la porte, immobile, n'osant faire un pas.

– Pâques-Dieu, parlez, ma dame ! s'exclama le roi, impatienté.

La dauphine courut vers lui et se jeta à ses pieds.

– Sire mon père, je n'en puis plus ! Je vous suis tellement reconnaissante pour tous les bienfaits dont

5. Petit cordon ou ruban ferré aux deux extrémités servant à fermer ou à garnir un vêtement et également à attacher les chausses au pourpoint.

6. Cela fut réalisé, en effet, cette année-là et la suivante.

vous me comblez, sanglota-t-elle. Mais je sais ce que chacun dit de moi…

François Ier se redressa, imposant, et contempla la jeune femme. Son désarroi était sincère et son humilité non feinte.

Catherine aimait son époux, et le roi avait pu maintes fois vérifier qu'elle était intelligente, tenace et avisée. Elle possédait aussi le don de savoir demeurer à sa place, ce que le monarque, sans cesse en proie aux caprices d'Anne de Pisseleu, sa maîtresse, trouvait reposant. La jeune femme témoignait de plus d'un grand sens politique qui rassurait François, lequel décelait chez le dauphin une réelle faiblesse quant au métier de roi.

– Le dauphin de France se doit d'avoir un héritier et je n'enfante point ! pleurait la dauphine. S'il convient à Votre Majesté, je puis me retirer dans un couvent ou bien encore, pour vous plaire, demeurer au service de la femme assez heureuse pour devenir la nouvelle épouse de mon mari !

Abasourdi, François la contempla un instant, l'air navré. Puis, gentiment, il la releva et souleva d'un doigt son menton.

– Allons, allons, qu'est-ce que cela, ma bru ? Vous ai-je laissé penser que je puisse souhaiter vous voir quitter ma Cour ? Ma fille, puisque Notre Seigneur a voulu que vous soyez la femme du dauphin, je n'espère pas pour ma part qu'il en aille autrement. Peut-être Dieu voudra-t-il se rendre à vos désirs et aux nôtres*… Dans l'attente de ce jour, vous resterez dauphine de France, je vous en fais serment ! Allons, séchez vos larmes… ajouta-t-il d'un ton définitif, signifiant que prolonger ces débordements finirait par l'indisposer.

Catherine renifla et sortit de son aumônière un petit carré de dentelle dans lequel elle se moucha.

– Bien. Maintenant que vous voilà rassérénée, ayez l'obligeance de consulter les aménagements que je m'apprête à faire chez moi[7]. La Florentine que vous êtes ne manquera pas de me donner de judicieux conseils en matière d'architecture !

*

Les sens apaisés, Diane se reposait contre le flanc d'Henri qui la tenait dans le creux de son épaule. Elle s'amusait de ses doigts fins dans la toison brune de son torse. Henri lui caressait doucement le bras. La pièce était maintenant assez sombre. Seul le feu l'éclairait encore.

– Quelle heure peut-il bien être ? Nous sommes tout à fait déraisonnables !...

– Si fait. Mais nous sommes aussi merveilleusement heureux, n'est-ce pas ?

– Assurément. Mais nous ne pouvons vivre ici comme si nous étions seuls au monde. Henri, tu es dauphin de France !

– Certes, mais pour la première fois de ma vie, je ne me sens plus seul au monde...

– Je serai toujours à tes côtés. Mais personne ne doit savoir... commença Diane en se redressant sur un coude.

– Voyons, Diane, tous les rois, les fils de rois, ont des maîtresses. En quoi serions-nous différents ?

---

7. « Chez moi », c'est ainsi que François Ier désignait Chambord.

– Non, non ! Cela doit être notre secret, insista-t-elle.

– Mais enfin, mon père lui-même a une maîtresse attitrée ! La duchesse d'Étampes… avança Henri.

– Justement ! s'emporta Diane. Je n'ai rien à voir avec cette traînée ! Pour toute la Cour, je porte le deuil de mon époux, et ne souhaite en aucune manière porter atteinte à sa mémoire…

– Que voilà d'embarras pour…

– Henri ! Si vous ne respectez pas ma requête, plus jamais je ne serai à vous !

Cette fois, la grande sénéchale s'était levée d'un bond, laissant son amant esseulé sur la couche qui les avait vus s'étreindre. Le bonheur avait été de courte durée ! Le dauphin paraissait désemparé, comme s'il s'éveillait brusquement d'un rêve.

– Ne craignez rien, ma douce, souffla-t-il, vaincu. Je me rends à vos objections et ferai comme il vous conviendra.

– À la bonne heure !

Diane se fit soudain plus câline et, sans quitter Henri des yeux, laissa descendre le long de son torse, avec une lenteur infinie qui le mettait à la torture, ses longs doigts effilés, jusqu'à son membre qui se dressait déjà.

– N'ai-je pas toujours défendu âprement vos intérêts ? murmura-t-elle en déposant de petits baisers sur son ventre.

– Si fait, mais… souffla Henri.

– N'ai-je pas toujours été inconditionnellement de votre parti ?

– Certes, je n'en disconviens point… haleta le dauphin.

– Alors, remettez-vous à moi pour tout ce qui concerne ces choses dont je vous entretiens, mon aimé, et faites-moi confiance ! dit-elle en se coulant sur lui.

La réponse d'Henri fut un soupir de plaisir lorsqu'elle le prit en elle.

VII

Village de Fontainebleau, février 1539

La chaise à porteurs venait de s'immobiliser et une silhouette de taille moyenne dissimulée sous une grande cape, le visage voilé de noir, en descendit dès que le laquais eut ouvert la porte. En quelques enjambées, elle monta le perron d'une demeure très simple dont les volets clos ne laissaient passer qu'un rai de lumière.

On entendait au loin le tonnerre et les premières gouttes commençaient à tomber. L'orage arrivait. Un éclair zébra le ciel tandis que la main fine et joliment gantée de la visiteuse actionnait le heurtoir. Un instant après, un homme d'une trentaine d'années ouvrit la porte, le visage mal rasé, entièrement vêtu de noir à l'exception de son col blanc, et écarta les bras avec un large sourire :

– *Sono cosi felice di rivederti*[1], *Caterina !*

– *Gabriello !*

Les deux jeunes gens s'étreignirent, puis Catherine s'écarta en relevant son voile.

1. Je suis si heureux de te revoir !

– Parlons le français, car la France est ma nouvelle patrie et les Italiens ne sont pas toujours les bienvenus, comme tu le sais. On pourrait nous entendre…

– Comme tu voudras. J'ai reçu ta lettre et je suis là. Tu as de la chance : j'ai quitté l'Angleterre et étais de retour à Florence depuis peu… Que se passe-t-il ?

Catherine enleva lentement ses gants avant de se laisser tomber sur une chaise.

– J'ai besoin de toi, Gabriello…

– En quoi puis-je t'aider ?

– Je veux connaître mon avenir, je veux savoir si je serai reine un jour, savoir si je vais être mère !

Simeoni[2] la contempla un instant, puis soupira. Lentement, il se dirigea vers la cheminée, dans laquelle il jeta une bûche avant de tisonner les braises. Enfin, il se retourna :

– Cela fait beaucoup de questions en une seule !

– Comprends-moi : je suis dans une situation… très délicate ! Je suis l'épouse d'Henri, fils de France, et je n'enfante pas. La couronne doit avoir un héritier. Le royaume entier a les yeux fixés sur mon ventre, que puis-je faire ?

Le jeune homme vint s'asseoir auprès d'elle et lui prit les deux mains.

– Je sais que cette situation est très difficile pour toi, mais je ne suis pas inquiet. Je ne vois rien dans ton thème astral qui marquerait un empêchement à être mère…

– Peut-être que celui d'Henri…

---

2. Gabriello Simeoni est né à Florence en 1509 (il meurt à Turin en 1575). Humaniste, écrivain de langue française, italienne, latine, il était aussi historien et astrologue. Il jouissait auprès de ses contemporains d'un prestige certain lié à ses connaissances nombreuses et à ses prédictions.

– Je te rappelle qu'il a déjà une fille !

Catherine se rembrunit.

– Je ne le sais que trop : la situation est devenue intenable depuis la naissance de cette enfant !

– Qu'en pense le roi ?

– Il m'a assurée qu'il ne chercherait pas à obtenir l'annulation de mon mariage, mais…

– Donc pour le moment, tu n'es pas en danger.

– Henri finira par se détourner définitivement de moi s'il voit qu'honorer ma couche ne sert à rien. N'as-tu pas un philtre, un remède qui pourrait m'aider à être grosse ?

– Caterina… Tu souffres et je le comprends, mais il est plus facile de faire passer un enfant que de le faire venir ! Je vois dans l'avenir, je ne refais pas le présent !

– Alors, aide-moi en me disant ce qui va arriver.

L'Italien marqua un temps, considérant le feu, appuyé sur la poutre de la cheminée, puis se retourna :

– Es-tu sûre de le vouloir, Caterina ? articula-t-il en insistant sur chaque mot.

Catherine planta fermement son regard dans celui de son ami d'enfance et murmura :

– Je le veux.

– Bien. En ce cas, attends-moi, dit-il en traversant la pièce. Je reviens.

Un instant plus tard, Gabriello reparaissait avec un récipient de terre rempli d'eau qu'il posa devant lui en s'asseyant. Il alluma une bougie, prit la main de Catherine en silence et ferma les yeux. La jeune femme retenait son souffle, essayant de capter le moindre frémissement de ses paupières.

Un long moment s'écoula.

Puis, lentement, Simeoni rouvrit les yeux et, d'une voix changée, lointaine, presque métallique, commença de parler :

– Je vois… le sang. Beaucoup de sang. Tant de souffrance…

La main de Catherine se crispa. Gabriello poursuivait, comme pour lui-même :

– Les choses que tu crains aujourd'hui ne sont pas à redouter, mais il y a d'autres dangers que tu ne vois pas et dont tu devrais pourtant te défier. Tu es dans l'erreur, Caterina. Et ta peur t'aveugle. Tu es si effrayée à l'idée de ne jamais être reine que tu ne vois pas qu'une autre commence son règne à ta place !

Il marqua une pause. Catherine n'osait respirer.

– Je vois du sang, encore du sang… reprit-il, et des cris aussi… Tant de gens… Tant de larmes et de souffrance… La route sera longue, Caterina…

La flamme de la bougie tremblait tandis que résonnaient les paroles du mage.

– Et ce sang… Il ruisselle maintenant sur tes cuisses, c'est celui de tes menstrues… Non ! Ce n'est pas ça, c'est le sang de ton accouchement ! Caterina, tu seras mère !

La main de Gabriello serra celle de Catherine si fortement que la jeune femme poussa un gémissement. L'astrologue se tut, puis referma lentement les yeux. Un instant après, il les rouvrit et, ayant retrouvé sa voix, demanda doucement à Catherine de bien vouloir à présent le laisser se reposer.

La dauphine se leva et fut frappée de voir, à la lueur de la chandelle, combien le visage de Gabriello s'était creusé.

Sans un mot, elle sortit.
Simeoni, épuisé, avait déjà refermé les yeux.
Elle ne vit pas les larmes qui coulaient sur ses joues.

VIII

Château de Fontainebleau, mars 1539

Les heures de l'après-dîner[1] étant les moins froides, Catherine et Oriane partirent faire une promenade. Le printemps plein de promesses colorait déjà le parc, et les bourgeons gonflés de sève témoignaient d'une énergie nouvelle après un hiver glacé. On avait entrepris de prolonger et de surélever d'un étage l'aile du château jusqu'au pavillon des Poêles, destiné au roi, ainsi appelé car il était chauffé. Devant la façade sud de ce pavillon, à l'alignement de l'aile, un portique couvert en terrasse, la galerie basse, au bord de l'eau, était un espace magnifique, monumentalisé par vingt colonnes portant une voûte de pierre de taille à caissons. Elle servait de passage, grâce à un petit pont dressé à son angle sud-ouest, entre la cour des cuisines et le « jardin clos de l'étang », qui permettait d'atteindre le bosquet où les attendaient leurs chevaux, sans passer par la basse-cour. Le palefrenier avança l'escabelle, et les deux femmes

1. Après-midi.

s'installèrent sur leurs montures avant de prendre la direction du sous-bois.

La dauphine et sa dame d'honneur, enveloppées dans des capes de laine doublées de fourrure, cheminaient au pas. Le pied gauche à l'étrier et le droit replié sur la corne de l'arçon, Oriane se tenait fièrement en selle, montant en amazone comme sa future souveraine, laquelle lui avait demandé de se familiariser à cet exercice, souhaitant la voir à ses côtés suivre les chasses du roi. Toutes deux avaient adopté une sorte de chausse de tissu fin[2] destinée à protéger leur intimité des regards éventuels lors de la monte.

– Vous me paraissez bien lasse, madame ! Y a-t-il une chose que je puisse faire pour vous être agréable ?

– Je vais très bien, ne vous inquiétez pas de ma santé. Mais je dois vous parler.

– Je suis tout ouïe, Votre Altesse...

Le château qui s'éloignait découpait ses lignes harmonieuses sur un ciel azur dénué de tout nuage. Elles s'engagèrent dans une grande allée cavalière où se déclinaient déjà toutes les nuances de vert.

– Oriane, lorsque je suis venue vous chercher en votre couvent, je vous ai dit que j'avais besoin auprès de moi d'une amie fidèle à la Cour...

Catherine marqua un temps, comme s'il lui fallait mettre de l'ordre dans ses idées.

– Je suis arrivée de mon pays avec ma suite, il est vrai, reprit-elle, mais la mort subite du dauphin François et les soupçons qui ont pesé sur le comte de Montecucculi[3]

2. Ancêtre de la culotte, que l'on doit aussi à Catherine !

3. Voir annexe A.

ont occasionné le renvoi de plusieurs personnes, et il m'arrive aujourd'hui de me sentir bien seule...

– Si je puis faire quelque chose pour vous être agréable... Je vous suis tellement reconnaissante de m'avoir sortie de ma prison !

Catherine s'arrêta et considéra la jeune fille.

– Vous le pouvez, lâcha-t-elle. Suivez-moi.

Les deux femmes bifurquèrent au détour d'une allée pour faire halte dans un bosquet de verdure, à l'abri des regards et des oreilles indiscrètes. Là, Catherine se laissa choir de sa monture et invita sa protégée à s'asseoir sur un banc. Le vent se levait. La jeune femme resserra l'étole qui l'enveloppait et souffla dans ses mains.

– J'ai tout lieu de croire, commença la dauphine, que mon époux s'est engoué de la grande sénéchale...

Oriane sursauta.

– Madame, peut-être ne devriez-vous pas prêter...

– Il suffit. Je sais que vous souhaitez m'être agréable, mais la vie m'a appris très tôt à regarder la vérité en face. Ce que j'ai considéré à mon arrivée en France comme une légitime affection, une sorte de... piété filiale, est bien plus que cela.

– Vous pensez vraiment que le dauphin soit... amoureux de Diane ?

– Non seulement il en est épris, mais je gage qu'il est payé de retour, répondit sombrement Catherine.

– La grande sénéchale porte toujours le deuil de son époux. Bien sûr, elle est très attachée au dauphin, mais...

– Ils sont amants, j'en jurerais.

Oriane dévisagea la dauphine comme si cette dernière avait perdu la raison.

– Ne vous fiez pas aux démonstrations hypocrites de Diane de Poitiers. Si vous voulez m'en croire, le deuil qu'elle porte avec autant d'ostentation lui permet non seulement d'obtenir du roi de continuer à percevoir les revenus des apanages de son défunt époux[4], mais encore de conserver les prérogatives dues à son rang!

– Vous voulez dire qu'en se présentant comme une épouse inconsolable elle continue, au fond, à faire… exister son mari?

– C'est tout à fait cela! Et voyez comme elle fait merveille! Même le roi s'y est laissé prendre, qui lui a confié l'éducation du dauphin et la charge de le guider dans son rôle d'héritier de la couronne à la mort de son frère!

Oriane commençait à se rendre aux vues de Catherine, décelant en elle une immense clairvoyance. Ainsi donc, Diane, l'inaccessible déesse que tout le monde respectait à la Cour, cachait une ambitieuse qui œuvrait dans l'ombre, poursuivant son habile dessein.

Dans cette perspective, la jeune fille comprenait mieux pourquoi la dauphine, bientôt reine de France, avait tant besoin d'une alliée : étrangère dans une Cour dont elle commençait à percevoir tous les rouages, elle voyait se dresser entre elle et son mari une femme redoutable et se trouvait bien isolée.

L'exemple du roi François, qui imposait l'insolente Anne de Pisseleu, devenue duchesse d'Étampes, à la pauvre reine Éléonore, ne devait pas la rassurer. Comme Éléonore, sœur de Charles Quint, l'ennemi juré de François Ier, Catherine avait été épousée

4. Voir annexe B.

pour raison d'État. La première devait sceller la paix – mission presque impossible entre deux hommes que tout opposait – et la seconde, censée combler les rêves italiens de son beau-père et renflouer le trésor, se trouvait aujourd'hui être, contre toute attente, dauphine de France, nièce en deuil d'un pape disparu trop tôt, qui ne tiendrait jamais ses promesses politiques sur le Milanais et ne paierait jamais sa dot !

Comble d'infortune, sa situation était d'autant plus fragilisée qu'elle ne donnait pas d'héritier à la dynastie pourtant prolifique des Valois. L'angoisse se lisait sur le visage de la petite Italienne.

– Jamais veuve n'a eu autant de privilèges que la grande sénéchale, continua Catherine. Elle tient plus que tout à son titre : il lui confère liberté et fortune !

– Mais… comment en êtes-vous arrivée à toutes ces conclusions ? demanda Oriane, éblouie par la capacité de raisonnement de cette jeune femme qui paraissait si timide et si réservée jusqu'alors.

– Ma chère, pour être laide, je n'en suis point sotte et sais observer ce qui m'entoure. J'ai pu me renseigner, au hasard des conversations, et j'entends davantage aujourd'hui les us et coutumes de la cour de France… Diane vit comme si son époux occupait toujours sa place, perçoit en son nom propre les rentes qui revenaient à son mari. Et son statut de veuve inconsolable lui évite d'avoir à contracter une autre union. Elle dispose d'une entière liberté jointe à une grande fortune, mais il lui manque une chose…

– Le pouvoir ! Est-ce bien ce à quoi vous pensez ?

Catherine se félicita de la perspicacité de sa nouvelle amie. Décidément, cette petite apprenait vite. Elle lui serait une alliée précieuse.

– Exact. Et le pouvoir, ce n'est pas le roi d'aujourd'hui dont le cœur appartient à la dame d'Étampes, mais le roi de demain, à qui la Providence a donné une épouse qu'il respecte, mais dont il n'est point épris.

– Ne soyez point si cruelle envers vous-même, Votre Altesse…

– Une femme avertie en vaut deux, et je veux savoir l'exact point où les relations de mon époux et de cette femme en sont rendues. C'est là que vous intervenez.

Oriane sursauta.

– Que… j'interviens ?

Elle posa sur la dauphine un regard stupéfait. Cette dernière affichait un sourire énigmatique et la jeune fille put lire sur son visage une implacable détermination qui la fit frissonner.

IX

Écouen, avril 1539

La quintaine[1] attendait au bout du pré que les chevaliers s'élancent. Montés sur deux immenses destriers de guerre, les compagnons de joute n'avaient ni heaume[2] ni harnois[3]. Seuls leurs plastrons[4] permettaient de les identifier. L'un noir et blanc – les couleurs de Diane – frappé du lys de France, l'autre arborant un écu en champ composé d'azur et d'or, que la Cour connaissait pour être celui de la famille du Plessis de Saint-Herray. L'absence de toute protection montrait qu'il s'agissait moins de s'entraîner véritablement au combat que de faire un peu d'exercice dans l'air frais de ce printemps naissant. Henri de France paraissait de bonne humeur et Marc riait de ses plaisanteries.

1. Mannequin de bois monté sur un pivot, qui, lorsqu'on le frappait maladroitement avec la lance, assénait un coup sur le dos de celui qui l'avait heurté.

2. Casque à visière des chevaliers.

3. Armure du chevalier.

4. Pièce du devant de la cuirasse.

– Habillés comme nous le sommes, nous n'avons pas droit à l'erreur !

– Certes ! Si la quintaine se fâche, c'en est fait de nous !

– Peut-être aurions-nous dû enfiler nos armures et nous entraîner plus sérieusement…

– Mais tout cela est fort sérieux : la faute n'est pas permise !

Marc haussa les épaules.

– Un bon coup de bâton n'a jamais tué personne !

– Certains maris infidèles qui ont tâté du gourdin de leur épouse pourraient témoigner qu'il vous en cuit !

– J'ignore tout de ces sévices, monseigneur : je n'ai point encore épousé !

Les deux hommes éclatèrent de rire avec insouciance, puis Henri donna le départ et Saint-Herray s'élança. L'entraînement concernait autant l'homme que la monture, un destrier de combat devant savoir obéir, ne pas avoir peur et faire preuve de résistance et de force. Toutes ces qualités semblaient être rassemblées dans la bête puissante qui s'élança au grand galop, crinière au vent, visiblement heureux de donner toute sa mesure. Avec souplesse, Marc se déplaça légèrement sur sa selle au moment de croiser la quintaine et heurta l'écu de cette dernière qui fut renversée du premier coup. Un jeune écuyer se précipita pour la relever tandis que le cavalier reprenait les rênes, afin de faire volter son étalon et d'attendre le dauphin qui s'élançait à son tour. Avec la même habileté, Henri triompha du mannequin de bois, puis ralentit au bout du pré pour rejoindre son compagnon.

– Eh bien, Votre Altesse, on dirait que l'épouse bafouée nous fait grâce de ses remontrances ! nota Marc malicieusement.

Henri parut soudain songeur.

– En effet... À ce sujet, mon ami, il faut que je vous entretienne d'un... petit service que j'aurais à vous demander.

– Une mission particulière ? s'enquit le comte, soudain intrigué.

– Pas exactement une mission. Écoutez... Vous connaissez la nature des liens qui m'unissent à Mme de Poitiers. Vous êtes mon homme de confiance et vous savez garder un secret. Diane ne souhaite pas que notre liaison soit ébruitée, mais enfin, il apparaît très probable que la dauphine soit un jour avisée de son infortune...

– Cela paraît assez envisageable, convint Saint-Herray qui ne voyait toujours pas où le dauphin voulait en venir.

– Mme de Poitiers m'a fait part du fait qu'une ravissante personne est entrée il y a peu au service de mon épouse. Une certaine Oriane de Vaudricourt...

Marc pâlit.

Henri ne parut pas s'apercevoir du trouble de son compagnon et poursuivit :

– J'aimerais que vous vous rapprochiez suffisamment de cette jeune personne pour obtenir d'elle quelques confidences.

Marc fronça les sourcils.

– Des... confidences... de quel ordre ?

– Cette jeune fille semble proche de la dauphine. Je voudrais savoir si Catherine est au courant et, si oui, quelles sont ses intentions, qui elle voit… Je redoute les manigances de la duchesse d'Étampes. Et une femme blessée peut être encline à choisir des appuis… douteux. Vous me comprenez, n'est-ce pas ?

– Fort bien, monseigneur, lâcha le comte d'un ton peu amène. Mais qu'est-ce qui peut vous faire accroire que je puis entrer dans les bonnes grâces de cette jeune personne ?

Henri partit d'un grand rire et asséna une claque dans le dos de son ami.

– Ha ! Ha ! Sacré Saint-Herray ! Toujours aussi modeste !

Il éperonna son destrier et repartit au petit trot. Marc le suivit, sans joie.

L'entraînement avait cessé de l'amuser.

X

Fontainebleau, avril 1539

La chambre du roi était tendue de brocart grenat qu'incendiait un soleil déclinant. Baignée d'une lumière rosée, la pièce dégageait une atmosphère intime et douce propice aux élans de tendresse. C'est précisément ce que le roi était venu chercher à son retour de la chasse, pourtant l'attitude boudeuse d'Anne de Pisseleu, certes étendue dans les coussins, mais toujours parée de tous ses atours, ne présageait rien de bon. Écartant la courtine, François vint s'asseoir auprès d'elle et avança la main vers sa joue. Il passa doucement son doigt sur ses lèvres :

– Comme vous êtes belle, ma mie ! Votre bouche ferait se damner un saint !

Anne se redressa.

– Avez-vous songé à notre dernière conversation ?

Le roi prit l'air innocent et rapprocha son visage de celui de sa maîtresse.

– Conversation ? Mais pourquoi voudriez-vous que nous parlions quand j'ai mille autres idées pour passer avec vous un moment délicieux…

Il entreprit de délacer son corsage. Anne se laissait faire, mais François savait que la partie n'était pas encore gagnée. Affolé par l'apparition de ses seins blancs parfaitement ronds et fermes, le roi se mit à les embrasser avec fougue.

– Ma mie, ma mie… Vous me rendez fou !

– Et moi, ce qui me rend folle est que vous ne preniez jamais en compte ce que je vous dis !

Elle fit mine de se rhabiller et quitta sa couche. Le souverain parut tout déconfit.

– Mais enfin, qu'y a-t-il encore ?!

– Vous le savez fort bien !

Cette fois, ce fut au tour du roi de se lever pour parcourir la pièce de long en large.

– Madame, je suis las de vos exigences perpétuelles ! Que dois-je faire de plus pour que vous soyez enfin satisfaite ?!

– Vous savez très bien ce que je pense de la dauphine !

– La dauphine ?

François était stupéfait.

– Mais que vous a-t-elle fait ? Elle est la gentillesse même, et l'on me vante sans cesse son affabilité !

– Certes, elle n'est point déplaisante, mais elle ne peut rester unie au dauphin.

Le monarque écarquillait les yeux et tentait de comprendre ce qui se tramait derrière ce joli front.

– Pardonnez-moi, mais n'est-ce point vous qui emboîtiez le pas à ma sœur, il y a peu, pour me chanter ses louanges et insister pour que je la garde, malgré les menaces qui pèsent sur sa tête ?

– Assurément, je ne le nie point, mais c'était… avant.

– Avant ? Et avant quoi ?

À son tour, Anne faisait les cent pas.

– Avant que… je ne comprenne que je faisais passer mes sentiments pour Catherine devant les intérêts du royaume. Car il faut un héritier à la couronne, vous le savez fort bien. Vous ne pouvez prétendre gouverner en faisant passer en premier lieu l'attachement que vous avez pour la dauphine.

– Ce revirement me paraît, madame, fort suspect. Et dites-vous que je ne puis démarier mon fils d'un claquement de doigts ! Le fait de ne pas avoir d'enfant n'est point motif d'annulation pour l'Église ! Il se peut toujours trouver des arrangements, mais enfin cette union a été dûment consommé, et son annulation peut prendre des années ! Catherine est, de plus, la nièce d'un pape !

– La belle affaire ! C'est fort peu de chose qu'une parenté avec un pape mort[1] ! Henri VIII a bien fini par mettre fin à son mariage avec Catherine d'Aragon[2], et pourtant, elle était la tante de Charles Quint !

– Mais, mais, mais… Justement ! bredouilla François. C'est bien la raison pour laquelle la papauté n'a pas voulu le froisser en acceptant l'annulation ! Dois-je vous rappeler, ma chère, qu'il a rompu les liens sacrés qui l'unissaient à Rome ? Souhaitez-vous que je fasse de même et que j'aggrave encore une situation religieuse déjà très tendue dans le royaume uniquement

1. Anne a prononcé cette phrase devant les nonces, alors qu'elle assistait aux audiences du pape et de l'empereur Charles Quint.

2. Voir les annexes.

parce qu'Henri tarde à engrosser son épouse? Vous n'y songez point!

– Vous n'entendez jamais ce que je vous dis, et ne vous rangez jamais à mes avis!

– Mais comme voilà du courroux, ma mie!

Connaissant les crises de larmes et de convulsions de sa maîtresse dès qu'il lui refusait quelque chose, le roi se hâta de changer de sujet et, la voix soudain adoucie, revint s'asseoir sur le lit.

– Venez auprès de moi, ma douce… Je comptais vous en parer après vous avoir aimée, mais je crois que ce petit présent tombe à point nommé pour chasser vos idées noires. Asseyez-vous, intima-t-il en tapotant le matelas devant lui.

La duchesse d'Étampes fit mine de se résigner, et s'exécuta. Le roi ôta avec gourmandise l'étoffe qui lui recouvrait les épaules, puis sortit de son pourpoint un splendide collier de diamants qu'il passa autour de son cou, tandis qu'elle relevait ses cheveux.

– Là… Il est fait pour vous, murmura-t-il en lui effleurant la nuque de ses lèvres. Je vous remercie du soin que vous prenez de mon royaume, ma mie… Mais veillez aussi à prendre soin de moi… souffla-t-il en faisant glisser sa main pour lui caresser les seins.

Cette fois, Anne se retourna et le laissa faire. En une seconde, François était sur elle, avide de posséder ce jeune corps qui ne se refusait plus. L'instant d'après, il entrait en elle avec le grognement rauque de celui qui obtient enfin ce qu'il désire. Anne, fixant les courtines, subissait sans un mot les assauts du roi, ruminant son échec et se demandant comment elle pourrait évincer

Diane de Poitiers qui la haïssait et dont l'ascendant sur le dauphin croissait chaque jour.

Les espions de la duchesse lui avaient rapporté que Diane et Henri se retrouvaient en secret à Écouen, et que l'on avait vu, à Fontainebleau, le dauphin sortir des appartements de la grande sénéchale au petit matin. Anne de Pisseleu ne décolérait pas. Elle aurait volontiers envoyé ce traître de Montmorency au bûcher pour avoir favorisé les rencontres clandestines des deux tourtereaux. Elle n'avait jamais négligé l'ascendance de Diane sur le futur roi, mais, compte tenu de la différence d'âge, n'avait jamais imaginé non plus que ces deux-là deviennent amants.

Le rôle d'éducatrice de Diane auprès d'Henri enfant, ajouté à ses vingt printemps de plus, avait endormi toute la Cour. La duchesse pouvait anticiper grâce à ses informateurs. Tout le monde ignorait encore cette liaison dont la seule évocation lui faisait horreur.

Aujourd'hui, il ne fallait plus parler d'ascendance, mais d'emprise de Diane sur Henri, et cette pauvre Florentine aux yeux globuleux ne pourrait rien pour elle à l'avènement du nouveau roi. Il devenait impératif d'amoindrir le pouvoir de cette peste de Diane. Une jeune et jolie épouse aurait pu faire l'affaire, mais il n'était plus question d'y songer : le roi ne souhaitait pas démarier son fils. Si François venait à mourir, la grande sénéchale serait toute-puissante. Que faire, grand Dieu, pour empêcher ce désastre? Son seul atout était François, qui seul pouvait encore changer le cours des choses.

Le regard de la jolie duchesse revint sur son amant, dont les ahanements s'intensifiaient.

Enfin, le souverain roula sur le côté, l'assaut royal prenait fin.

Anne lui adressa son plus beau sourire et lui glissa langoureusement, en lui mordillant l'oreille :

– Vous êtes toujours un amant merveilleux !

XI

Chambord, mai 1539

Les veneurs avaient remplacé les fauconniers : les oiseaux étaient à la mue. Avec le mois de mai reparaissait l'époque de courre le cerf, ce dont le roi raffolait. Toujours accompagné de sa belle-fille lancée au grand galop en amazone sur son destrier, François goûtait ce sentiment de force et de liberté que seule la chasse savait lui procurer. L'appétit aiguisé par leur interminable course dans les belles forêts de Chambord, le roi et la dauphine revenaient des écuries, accompagnés des grands seigneurs et de quelques dames.

– Je gage que nous allons faire bonne chère, ma bru ! Ce grand air ouvre l'appétit !

– Je crois, sire mon père, avoir reconnu, avant notre départ, le fumet des terrines de chevreuil !

– Voilà qui me réjouit ! Allons, pressons, mes seigneurs ! Après cet exercice, il faut nous sustenter ! Vous en profiterez pour me présenter, ma mie, votre nouvelle dame de compagnie, que l'on dit fort belle ! Je vous ai vues toutes deux à cheval la semaine passée, mais je n'ai pu distinguer ses traits à cause de son masque[1].

– Si c'est d'Oriane de Vaudricourt dont il s'agit, sire mon père, je me ferai un plaisir de vous la faire connaître ce tantôt.

– Le plaisir sera pour moi, ma fille. Ma Cour est un jardin dont chaque femme est une fleur*...

Le roi s'interrompit, voyant arriver la duchesse d'Étampes qui n'avait point suivi la chasse et venait au-devant de son amant dans une splendide toilette de soie prune rebrodée de fil d'or et de perles. Connaissant la jalousie légendaire de sa maîtresse, François s'abstint de poursuivre le sujet, et c'est avec un baisemain appuyé qu'il accueillit sa belle.

– Que vous voilà crotté, sire ! s'exclama-t-elle.

– Certes, madame, et c'est la preuve de notre courage, car nous avons dû traverser des rus en crue et nous enfoncer parfois dans la vase pour ne point lâcher l'animal !

La duchesse offrit son plus beau sourire :

– Je gage que vous avez été vainqueur !

– Je m'enorgueillis d'être en effet venu à bout de ce huit-cors après deux passages d'eau[2]. Le coquin

1. Au XVIe siècle, la blancheur du teint était un critère de beauté. Les femmes de haut lignage se masquaient donc le visage pour monter à cheval, afin de ne pas avoir une peau hâlée.

2. On parle de « passage d'eau » quand l'animal poursuivi traverse une rivière ou un étang et interrompt ainsi son « sentiment », qui est sa trace olfactive. Les chiens peuvent être déroutés...

accumulait les ruses[3], mais la meute est vaillante! Ah, morbleu, ce fut une belle matinée!

La duchesse d'Étampes faisait mine d'être absorbée par la tâche consistant à dépoussiérer le pourpoint du roi, ignorant ostensiblement la présence de la dauphine, à qui le protocole lui imposait pourtant de faire la révérence. Catherine se détacha du groupe et s'adressa à elle d'une voix douce en plantant son regard dans le sien :

– C'est fort aimable à vous d'être venue à notre rencontre en prenant ainsi le risque de gâter vos atours, duchesse!

Anne esquissa une révérence de mauvaise grâce.

– Tout ce que je fais pour mon roi n'est point effort mais plaisir, madame, repartit-elle, roide.

– Cela nous fait un point en commun, sourit Catherine d'un air innocent en regardant le roi.

– Voyez comme je suis chanceux, constata le monarque. Les dames de ma Cour ne songent qu'à me plaire!

Anne pinça les lèvres en retroussant son joli petit nez, signe chez elle d'un agacement. Catherine, à qui rien n'avait échappé, demeurait placide, comme s'il s'agissait d'une conversation de salon. Mais son instinct lui dictait de se défier dorénavant de la duchesse. Elle n'avait plus en elle une alliée. Ainsi donc Anne de Pisseleu avait-elle gagné le clan de ceux qui souhaitaient la voir quitter la Cour et être démariée du dauphin…

---

3. Terme qui désigne les tactiques employées par l'animal pour échapper à ses poursuivants.

Ce changement de situation laissait la jeune femme songeuse. Elle n'ignorait rien de la haine violente que se vouaient la grande sénéchale et la duchesse d'Étampes et, jusqu'alors, cette dernière lui faisait, à elle, plutôt bonne figure.

Alors ? Que s'était-il passé qui motivait ce revirement chez Anne ? Catherine était tentée d'y déceler la preuve d'une évolution dans le statut de Diane. Tant qu'elle et Diane occupaient une position équilibrée auprès d'Henri, la duchesse marquait une préférence pour sa personne. Mais si Diane devenait toute-puissante, soutenir Catherine ne lui servait plus à rien…

Et c'est avec cette pensée bien amère que la dauphine s'installa à table, où l'on servit des tourtes d'écrevisse et du chapon braisé, du brochet au verjus et des pintades au lard, mais son appétit était coupé.

Elle ne fit guère honneur aux venaisons qui suivirent et toucha à peine au gigot d'agneau. Tout juste accepta-t-elle quelques cuillers de crème au miel avec un verre de vin d'Hypocras. Elle fit bonne figure au roi et sourit à chacun cependant qu'au fond d'elle s'insinuait un sombre pressentiment. Il fallait vraiment qu'Oriane l'aidât à découvrir ce qui se tramait entre la grande sénéchale et le dauphin son époux. Tous deux étaient à Écouen et Catherine se torturait pour savoir ce qui se passait réellement dans la demeure du connétable…

XII

Château de Compiègne, septembre 1539

– Qu'on introduise mon médecin, souffla François Ier, tordu par la douleur.

Dans l'immense chambre royale empuantie par le pus épais qui s'écoulait péniblement de son abcès au périnée, le roi, alité, souffrait mille morts. On avait tiré les rideaux depuis la tombée du jour et attisé le grand feu clair de la cheminée. Malgré la chaleur accablante, le roi claquait des dents, tremblant de fièvre. Les fumigations ne parvenaient pas à chasser l'irrespirable odeur de pourriture émanant de l'énorme bubon violacé récidivant, qui torturait le souverain à période régulière depuis plusieurs années, manifestation d'une maladie de Vénus[1] sans doute contractée lors de sa campagne d'Italie.

1. On appelait ainsi la syphilis. Outre ce genre d'affection, les Valois étaient, dans leur ensemble, plus ou moins tuberculeux…

– L'apostème[2] de Votre Majesté doit certainement encore mûrir, et je propose de vous saigner une nouvelle fois pour purger vos humeurs et dégager ainsi le...

– Nenni ! s'énerva le roi. Vous allez me faire le plaisir d'inciser tout de suite, afin que s'écoule cette pourriture qui me ronge les génitoires !

– Majesté, je pense qu'il conviendrait de patienter encore quelques jours pour ensuite...

– Peste soit de la médecine ! hurla le roi. Coupez, vous dis-je, ou je le fais moi-même !

– Calmez-vous, sire, murmura Anne de Pisseleu d'une voix douce en continuant de tamponner les tempes de son amant avec un linge imbibé d'eau de menthe. Il en sera fait comme vous le désirez.

Elle ajouta à l'intention du médecin et de l'apothicaire :

– Qu'on aille quérir le barbier[3] de Sa Majesté !

– Non, ma mie, souffla le roi. Pour cette fois, je préfère que le médecin s'en charge lui-même.

– En ce cas... soupira le praticien. Qu'on apporte des linges propres et le bassinet d'argent pour les soins du roi.

L'homme de science sortit ses instruments et les prépara sur un coffre posé à proximité de la couche royale. Les serviteurs se pressaient à disposer les ustensiles nécessaires à l'intervention chirurgicale que l'on s'apprêtait à pratiquer sur le souverain très affaibli.

---

2. Nom donné à l'époque pour « abcès ».

3. Au XVIe siècle, les saignées étaient décidées par le médecin et pratiquées par le barbier pour les gens importants.

Anne d'Étampes, blême, ne parvenait pas à se séparer de son royal amant, craignant que la situation ne s'aggrave. Elle ne quittait plus les appartements du roi depuis qu'il avait dû s'aliter, une semaine auparavant, en rentrant de la chasse, tant la douleur était violente.

Un page de la chambre s'approcha du souverain.

– Sire, le connétable demande à être reçu par Votre Majesté.

– Qu'on l'introduise… gémit François.

Anne de Montmorency entra et s'inclina devant le monarque gisant sans force, les traits déformés par la souffrance.

– Majesté, je viens vous informer que tous les préparatifs pour la venue de l'empereur se déroulent au mieux, à un détail près…

– Qui est ?

– L'état de santé de Votre Majesté n'est pas sans inquiéter – à tort ! – l'entourage de Charles Quint, lequel exige de nouvelles garanties avant que de traverser votre royaume…

– Mais enfin, que veut-il ? Ne lui ai-je pas assuré que nous le traiterions en ami, qu'il serait reçu avec tous les honneurs, comme il se doit ? Que faut-il encore ?

– L'assurance… du dauphin, répondit le connétable, gêné.

François se redressa dans son lit.

– Du dauphin ? Mais en quoi tout cela concerne-t-il mon fils ?

– …

– Ah, je vois… Si d'aventure je passe de vie à trépas, ce coquin veut être sûr que notre alliance perdurera…

– En quelque sorte, Majesté.

– Bien. Faites part de la volonté de l'empereur à Henri, afin qu'il rédige une lettre de sa main et envoyez ensuite à Charles Quint la preuve que le royaume de France tout entier veut la paix, souffla-t-il dans un effort qui lui arracha un cri.

– Je pense, intervint le médecin, qu'il vous faut vous retirer, monsieur, afin que je puisse officier auprès de Sa Majesté.

Montmorency s'inclina pour saluer respectueusement le roi.

Le médecin s'approcha, retira le drap, installa des linges sous les hanches du malade, puis le bassinet en argent. Il alla ensuite passer sa lame à la flamme d'une bougie, qui vacillait sur une crédence que l'on avait apportée afin de disposer tout le matériel nécessaire aux soins : flacons, tisanes, cordial, gobelets, pinces, charpie.

Enfin, il tendit à François un linge plié que le roi mit dans sa bouche et sur lequel il serra les mâchoires. Lorsque la lame incisa l'abcès purulent, le corps tout entier du roi devint un arc tendu sous l'effet de la douleur. Un pus vert et épais jaillit dans le bassinet, et le médecin appuya légèrement sur les contours pour drainer encore.

La duchesse d'Étampes faillit se trouver mal, puis se reprit. Elle alla faire quelques pas devant la grande cheminée, sur laquelle une salamandre sculptée, emblème de François Ier, se découpait en relief, entourée de sa belle devise : « *Nutrisco et extingo*[4] ». Phrase qui prenait tout son sens ce jourd'hui où se jouait peut-être

4. « Je me nourris du bon feu, j'éteins le mauvais ».

l'avenir du monarque et, avec lui, celui de sa maîtresse. Anne revint vers la couche royale où il reposait à présent, les traits plus détendus.

– Croyez-vous en la curation[5] du roi ? demanda-t-elle tout bas, d'un air anxieux.

– Nous ne pouvons rien faire de plus. Il lui faut du calme, répondit le médecin. Je vais lui préparer une décoction à base de thym, de miel et d'herbe de Saint-Julien[6].

– Bien. Moi, je vais aller prier à la chapelle pour que notre sire revienne à la santé, rétorqua la favorite.

---

5. Guérison.

6. Appelée aussi sarriette. Les feuilles et les sommités sont digestives, stimulantes, antiseptiques et antiputrides.

XIII

Amboise, décembre 1539

Le roi ne mourut pas.

L'automne avait été bien morose pour Catherine, contrainte de s'aliter un temps à son tour en raison de mauvaises fièvres, déçue de ne faire qu'apercevoir son époux sans cesse occupé loin d'elle. Elle avait assisté aux joutes politiques de la grande sénéchale et de la duchesse d'Étampes, la première soutenue par le clan des catholiques, auquel appartenait la puissante famille des Guises et le cardinal de Lorraine que le roi se devait de ménager, et la seconde encourageant la Réforme, aidée en cela par Marguerite, la sœur du roi, que ce dernier aimait tendrement.

François Ier, d'abord ouvert à l'idée de la liberté de croyance, avait changé d'attitude dès 1534 après l'affaire des Placards[1]. Catherine ne prenait jamais part aux débats et s'abstenait bien de rejoindre l'un ou

1. Des placards contre la messe furent affichés à Amboise jusque sur la porte de la chambre du roi, ainsi que dans diverses villes de France. Le roi, furieux de cette provocation, poursuivit les hérétiques, dont plusieurs furent brûlés.

l'autre des deux clans. Mais elle observait, écoutait et apprenait. Nièce du pape, elle savait depuis l'enfance que la religion était plus affaire politique que différend théologique et que toutes ces discussions pour savoir s'il y avait transsubstantiation dans l'hostie ou s'il fallait retourner à l'Évangile masquaient au fond de vrais enjeux politiques. Pour elle, seuls comptaient l'unité du royaume et le respect dû au souverain.

Elle découvrait l'esprit français et surtout le pouvoir des femmes dans une Cour où s'entretuaient symboliquement la maîtresse du roi et celle – supposée – de son fils. Ce dernier point occupait davantage ses pensées, et les préparatifs de l'arrivée de Charles Quint[2] donnant lieu à toutes sortes de festivités qui obligeraient son époux à demeurer à la Cour lui fournissaient enfin une occasion d'agir.

Lorsque Oriane de Vaudricourt pénétra dans l'antichambre de la dauphine, celle-ci sortait de son oratoire. Sans doute avait-elle encore supplié Dieu – quel qu'Il fût – de lui accorder d'être mère…

– Votre Altesse m'a fait mander ?

– Asseyez-vous, Oriane, nous avons à parler.

La jeune fille prit soin de refermer la porte du cabinet derrière elle et s'avança vers le siège que lui désignait son hôtesse. L'hiver était très rude, et les deux femmes s'assirent devant le feu. Oriane, vêtue d'une très belle toilette de velours incarnat ouverte sur une jupe de dessous en soie dorée rebrodée d'un ruban, resserra sur elle son manteau de martre à très larges manches,

2. Un grand bal eut lieu le 9 décembre à Amboise.

cadeau de la dauphine, attendant ce que Catherine avait à lui dire.

– Je vais avoir besoin de vous, commença-t-elle, pour une mission délicate.

Oriane se redressa, vaguement inquiète.

– Il s'agit de mon époux. Vous savez combien sa vie m'est chère et comme je souffre de ne pouvoir le satisfaire sur le point douloureux de l'enfantement. Mais je ne vous ai pas celé[3] non plus que j'ai d'autres tourments, directement liés, hélas, aux premiers, quant à ma place dans cette Cour…

– Mais, Votre Altesse, vous m'avez affirmé que le roi lui-même s'en remettait à Dieu pour l'héritier du royaume, et ne songeait nullement à mettre un terme à votre mariage…

– Certes, certes, je n'en disconviens pas ! Mais je gage ce jourd'hui que mon infortune conjugale est une réalité. Il me faut la preuve que Diane de Poitiers est bien la maîtresse d'Henri et, surtout, je dois connaître ses intentions à mon égard. Les soupçons dont je vous avais fait part se confirment hautement.

– Que craignez-vous, madame ? demanda Oriane, considérant l'air anxieux de Catherine.

– Si elle est la maîtresse du dauphin aujourd'hui, demain, elle sera la favorite d'un roi ! Et si je reste mariée tant que vit Sa Majesté François, rien ne me dit que l'on ne m'enverra pas finir mes jours dans un couvent à l'avènement d'Henri. Je dois savoir !

– Je comprends votre inquiétude. En revanche, je ne vois pas bien où je puis…

---

3. Caché.

– C'est vous qui allez trouver la preuve de cet adultère, asséna froidement Catherine.

Oriane se figea.

– Mais comment vais-je…

– Il y a trois personnes dans l'entourage d'Henri qui lui sont très chères et qui savent, forcément : la grande sénéchale, évidemment, mais qui ne vous dira rien, le connétable de Montmorency qui les reçoit à Écouen et procure un alibi à mon époux et l'homme de confiance d'Henri, qui le sert fidèlement et le suit comme son ombre : Marc du Plessis, comte de Saint-Herray.

La jeune fille lâcha la tasse de vin chaud qu'elle s'apprêtait à porter à ses lèvres.

– Oh, mon Dieu, comme je suis maladroite ! se reprit-elle.

Mais déjà la future reine s'était levée et sonnait pour qu'on vienne. Oriane avait fouillé dans son aumônière et tentait fébrilement d'essuyer de son carré de dentelle les taches qui maculaient sa jupe.

Catherine l'observait.

La servante entra et la dauphine donna des ordres pour que l'on nettoie le vin répandu au sol. Oriane demanda la permission de se retirer pour se changer.

Pensive, Catherine regarda la jeune fille s'enfuir vers ses appartements.

*

L'agitation ayant repris aux Pays-Bas, Charles Quint avait obtenu du roi François, son ennemi de la veille – et de son fils, le dauphin Henri –, d'emprunter les voies de son royaume pour aller mater quelques grandes cités flamandes qui se rebellaient devant ses exigences financières.

François avait donc accepté que l'empereur et sa suite, une cinquantaine de ses plus brillants gentilshommes, traversent la France, reçus dans les résidences royales avec les honneurs dus à leur rang. Il est vrai que les souverains étaient beaux-frères, puisque le roi de France avait épousé Éléonore, la sœur de Charles, qu'il délaissait d'ailleurs depuis leurs noces.

Les festivités s'ouvraient à Amboise par un grand bal célébrant le prestige des deux souverains. La vaste salle tendue de velours et de brocart embaumait des herbes odorantes que l'on avait répandues sur le sol. D'immenses tapisseries aux couleurs très vives décoraient la salle du banquet où l'on s'apprêtait à festoyer.

L'échansonnerie du château recelait quantité de tonneaux de vin blanc et clairet, gris, rouge et surtout de vin d'Arbois. Les panetiers s'étaient activés pour pétrir des livres de pain bis qui serviraient de tranchoirs[4]. On avait dressé les tables sur de larges tréteaux recouverts de nappes damassées qu'éclairaient des candélabres et de nombreuses torchères. Les pièces d'argenterie, carafons, gobelets et bassins ciselés étincelaient, démultipliant à l'infini les flammes des bougies. Les deux monarques avaient pris place au centre de la table en U, devant un dressoir de bois foncé sur lequel était disposée une somptueuse vaisselle d'apparat.

---

4. À l'époque, on n'utilisait pas encore des assiettes, mais des tranches de pain sur lesquelles on déposait des mets et que l'on finissait par manger. De même, les soupes, potages et crèmes étaient « saucés » avec des morceaux de pain jusqu'à la dernière bouchée

On leur présenta une serviette parfumée d'eau de nèfle, puis le cardinal de Lorraine, archevêque de Reims, bénit la table et les convives. Alors, le repas à proprement parler commença, dans un brouhaha général. On apporta de petits pâtés en croûte, des jambons salés et fumés, de la saucisse et plusieurs sortes de terrines, auxquels Charles Quint fit honneur. Entouré de la reine, de ses fils et de sa bru, François Ier, les traits toujours un peu tirés, paraissait très à l'aise, tandis que Charles et ses gentilshommes semblaient plus réservés.

Catherine les observait, tâchant de deviner ce que pensait l'empereur. Elle aurait juré qu'il demeurait sur ses gardes, l'ennemi de la veille pouvant toujours être celui du lendemain.

La dauphine savourait cette fête avec d'autant plus de plaisir que la grande sénéchale, venant de perdre son père, Jean de Poitiers, avait dû quitter la Cour depuis le 31 octobre pour se rendre sur sa tombe à Saint-Vallier où il venait d'être inhumé dans la chapelle seigneuriale. Assise aux côtés de son époux, Catherine jouissait donc pleinement de sa place d'honneur sans avoir à la partager avec Diane, ce qui suffisait à la mettre en joie.

L'écuyer tranchant découpait la viande du deuxième service qu'apportaient le maître d'hôtel et l'écuyer de cuisine. On servit du bœuf et de la laitue, du mouton grillé et du poulet bouilli, des potages aux œufs relevés de safran. Enfin, précédés de l'huissier, les pages de la chambre présentèrent pigeons et oies grasses, cochons, lapins, perdrix, fèves vertes fricassées et pois cuits en gousse, fritures de poissons et écrevisses, servis avec des bols de vinaigrette aux câpres, de vinaigre rosat et de suc d'oseille. On apporta aussi des escargots et des harengs frais.

Catherine mangeait de bon appétit, tout en surveillant du coin de l'œil sa jeune amie assise assez loin d'elle en bout de table, et qui, elle, ne touchait guère à son tranchoir. La réaction d'Oriane lorsqu'elle avait évoqué Saint-Herray laissait Catherine perplexe. Les deux jeunes gens étaient censés ne pas se connaître, et pourtant, Catherine avait l'intuition que la jeune fille n'avait pas renversé sa coupe de vin par hasard. Interrogée le surlendemain par la dauphine, elle avait bien sûr juré ses grands dieux qu'elle n'avait jamais ouï parler du jeune homme, mais l'héritière des Médicis n'était pas aussi naïve. La véhémence avec laquelle Oriane avait ensuite tenté de dissuader Catherine de mettre son plan à exécution n'avait fait que renforcer les convictions de cette dernière. Quelque chose lui échappait, et elle se faisait fort de le découvrir.

Ce qui surprenait la dauphine, c'était que, placé de l'autre côté de la table, éloigné certes, mais en vis-à-vis d'Oriane, Marc du Plessis de Saint-Herray, diaboliquement séduisant dans son pourpoint de velours bleu de nuit, semblait tout aussi lugubre.

Il avait accompagné le dauphin qui, avec son frère le duc d'Orléans, avait escorté l'empereur jusqu'à Amboise et semblait vivre ces réjouissances sous la contrainte. Catherine ne connaissait pas le jeune homme, mais chaque fois qu'il lui avait été donné de l'apercevoir, elle l'avait toujours vu affable et souriant, ayant un mot pour chacun. Son air renfrogné contrevenait grandement à l'image qu'elle se faisait de lui. Et surtout, elle aurait juré que les deux jeunes gens évitaient de croiser leurs regards.

La prudence étant de mise dans ce genre d'interprétation, Catherine se promit de les observer durant le bal. Toutes les protestations d'Oriane avaient été vaines : la dauphine était demeurée intraitable. La jeune fille devait attirer l'attention de Saint-Herray, puis gagner sa confiance, afin de pouvoir lui soutirer de précieux renseignements.

L'« issue » du repas arrivait, avec du fromage frais et plusieurs sortes de fromages cuits, des tartes, des tourteaux[5], du riz au lait bien sucré, des dattes, des figues, toutes sortes de confitures et de la « dragée », c'est-à-dire de l'anis, du fenouil et de la coriandre confits dans le sucre. Catherine, gourmande, fit honneur à chaque plat.

On apportait déjà les bassines et les serviettes pour laver les mains des gentilshommes, et l'on s'affairait à desservir en vue de permettre la danse. Les grâces furent dites tandis que s'installaient sur l'estrade les musiciens, joueurs de luth, hautbois, cornet et flûte.

L'empereur, en grand deuil de son épouse Isabelle du Portugal, portant un vêtement de drap noir sur lequel étincelait le collier de la Toison d'or, vint prendre place non loin de Catherine, manifestant ainsi le fait qu'il renonçait à la danse, tandis que l'orchestre attaquait une pavane[6]. La dauphine, assise sur un siège disposé le long du mur, regardait évoluer Anne de Pisseleu, parfaitement à l'aise. La reine Éléonore semblait pour

5. Voir annexe A.

6. Voir annexe B.

une fois moins effacée, mais le cœur de Catherine se serra en pensant à tout ce que cette pauvre femme subissait d'affronts et d'humiliations, une situation qui commençait à résonner en elle de façon plus précise...

Elle aperçut sa petite protégée qui, derrière un candélabre, tâchait de se faire oublier et la rappela à l'ordre silencieusement, lui désignant Saint-Herray du regard. Oriane, désemparée, respira à fond et, clignant des yeux d'un air entendu vers Catherine, lui fit comprendre qu'elle espérait le moment propice.

Vêtue d'une robe de soie feuille morte de la même couleur que ses prunelles, ses cheveux de miel savamment tressés retenus par des perles, la taille très serrée d'où descendait une chaîne précieuse, Oriane était ravissante. Le roi François ne s'y trompait pas et la regardait à la dérobée, prenant soin de ne pas être vu de la duchesse d'Étampes.

Quel ne fut pas l'étonnement d'Oriane, alors qu'elle tentait désespérément de trouver le courage de faire un pas, de voir arriver vers elle Marc du Plessis de Saint-Herray, traînant presque les pieds, visiblement d'humeur maussade.

– Quelle surprise de vous croiser ici, mademoiselle de Vaudricourt, voici une fort jolie toilette pour une couventine ! lâcha-t-il, peu aimable.

Oriane sentit immédiatement que son appréhension faisait place à la colère.

– La vie réserve bien des surprises, bonnes ou mauvaises, messire, rétorqua-t-elle en plantant son regard dans le sien.

Catherine ne perdait pas de vue sa dame d'honneur et, même si elle ne pouvait entendre un mot de ce qu'elle disait à son compagnon, il lui semblait que l'échange entre les deux jeunes gens était plutôt vif.

– Il est vrai. Et preuve est faite que l'on peut vraiment croiser n'importe qui à la Cour… renchérit-il, féroce.

– Je n'en disconviens pas, même des gens indésirables… grinça-t-elle.

Marc partit d'un grand rire, ce qui rassura la dauphine. Oriane était-elle en train de parvenir à sympathiser avec son compagnon ?

– De grâce, ma mie, trouvez un autre mot que celui d'*indésirable* en ce qui me concerne !

Il ajouta plus bas, ne pouvant être entendu que d'elle seule :

– Il fut un temps où vous me désiriez, l'auriez-vous déjà oublié ?

Oriane était hors d'elle.

– En effet, messire. Mais mon cœur a bel et bien chassé tout cela et mon esprit lui-même peine à s'en ressouvenir. Maintenant veuillez m'excuser, je me dois à madame la dauphine.

Sans laisser à Marc le temps de répondre, elle tourna les talons pour se diriger vers Catherine, tandis que les musiciens attaquaient une volte, danse qui ravissait les dames.

L'épouse d'Henri accueillit joyeusement la jeune fille.

– Je vous félicite, lui dit-elle. J'ai vu que vous l'aviez fait rire… et qu'il vous avait même murmuré quelque chose à l'oreille. Cela semble de bon augure !

– Assurément, Votre Altesse, assurément, bredouilla Oriane.

– Je savais que vous parviendriez à le séduire ! On ne peut rester insensible à vos charmes et même le roi François vous dévore des yeux ! Je suis sûre que vous obtiendrez très vite ce que j'attends.

– Votre confiance m'honore, Votre Altesse, parvint à articuler Oriane.

Elle aurait tout donné pour pouvoir se retirer en ses appartements et disparaître sous l'édredon de son alcôve. Là, et seulement là, elle aurait pu donner libre cours aux larmes qu'elle refoulait.

XIV

Blois, fin décembre 1539

Il y avait presse sur l'aire de jeu[1]. Henri de France disputait une partie de paume contre Jacques de Savoie, duc de Nemours, célèbre pour ses revers. Le dauphin arborait comme à l'accoutumée le noir et le blanc, couleurs de sa maîtresse, ce que Catherine, qui assistait au spectacle, feignait d'ignorer. Assis dans le « dedans », la galerie qui leur était réservée, le roi et l'empereur, entourés des gentilshommes et des dames, s'étaient confortablement installés pour suivre le jeu qui promettait d'être serré. Parées de leurs beaux atours, les dames voulaient voir autant qu'être vues, poussant des ah ! et des oh ! chaque fois que l'esteuf[2] rebondissait sur une ligne de chasse plus proche du fond du jeu que lors du coup initial mis en suspens[3].

1. Voir annexe A.

2. Ou « éteuf ». Ainsi appelait-on la balle de cuir, bourrée et plutôt lourde.

3. Voir annexe B.

Henri se battait comme un beau diable, fixant l'endroit où Diane avait pris place lorsqu'il se concentrait avant de servir, comme si cela devait lui porter chance.

– Tenez[4] !

Le bruit de la balle sur la raquette résonna entre les quatre murs, et de la galerie monta un oh ! enthousiaste à l'instant où Jacques de Savoie usa de son redoutable revers pour rattraper le coup.

Assise auprès de la dauphine, Oriane suivait la partie avec attention, lorsqu'elle vit s'avancer une silhouette familière. Marc du Plessis de Saint-Herray présenta fort courtoisement ses hommages à Catherine et se tourna vers la jeune fille.

– Je suis enchanté de vous voir, mademoiselle de Vaudricourt. J'espère que la partie vous intéresse. Je pense que vous devez, comme moi, souhaiter la victoire de monseigneur !

– Je… En effet, monsieur, bien que j'apprécie grandement la manière dont M. de Savoie se défend. Après tout, que le meilleur gagne !

– Je reconnais là un esprit généreux qui est tout à votre honneur, mademoiselle, dit-il d'un air inspiré. Me permettrez-vous de vous apporter, ainsi qu'à madame la dauphine, un gobelet de vin chaud ?

– Ce ne sera pas néc… commença Oriane.

– C'est une idée délicieuse ! intervint Catherine. Vous m'obligeriez, en effet, messire, il fait si froid !

4. Mot que l'on criait avant de servir et qui, en passant outre-Manche, est devenu « Tennis ! »

Marc s'inclina respectueusement et tourna les talons. La future souveraine regarda sa jeune amie à la dérobée. La mâchoire crispée, elle avait l'air particulièrement tendue.

– Cela vous importune-t-il donc tant que cela de devoir faire bonne figure à ce jeune homme ?

– Non point. C'est juste... que je ne suis en effet pas très à l'aise de devoir gagner son amitié pour trahir ensuite sa confiance ! répondit Oriane tout bas.

– N'exagérons rien, tout de même ! Je ne vous demande pas de le trahir, lui !

– Il lui faudra pourtant livrer un secret qu'il est censé garder jalousement...

– Un secret... Une confirmation plutôt. Car je gage, hélas, que ce ne sera plus un secret très bientôt. Considérez déjà avec quelle insistance mon époux regarde Mme de Poitiers...

– Il en a toujours été ainsi depuis son retour d'Espagne !

– Non, aujourd'hui, quelque chose a changé... Ah, voilà M. de Saint-Herray qui nous revient !

Le jeune homme portait un plateau sur lequel étaient disposés trois gobelets de vin chaud et une assiette de petites galettes au beurre croustillantes que Catherine dégusta avec appétit.

– Merci infiniment, messire. Voilà qui devrait nous permettre d'avoir moins froid pendant que se termine la partie. Je pense que mon époux sera vainqueur !

– Les galettes ne sont-elles pas de votre goût, mademoiselle ? demanda Marc en tendant le plateau avec une grande civilité.

– Je n'ai pas très faim, je vous remercie, rétorqua Oriane en regardant ailleurs.

– Je vais devoir vous abandonner pour retrouver monseigneur le dauphin, car je vois que la partie se termine en effet, dit Marc d'un ton très doux en se levant.

Le cœur d'Oriane se serra. En sa présence, elle étouffait ; lorsqu'il partait, elle ressentait de nouveau ce manque insidieux qu'elle avait combattu durant de nombreux mois. Ce dernier ne parut pas s'apercevoir de son trouble et s'éloigna de sa démarche souple.

Henri était vainqueur, à la grande satisfaction du roi François, qui montrait ainsi à son hôte la valeur de son héritier. La comtesse de Poitiers applaudissait à tout rompre, tandis qu'Anne de Pisseleu, l'air boudeur, gardait tous ses sourires pour Charles Quint.

Marc savait qu'il trouverait le dauphin à la baignerie[5] du château, car souvent, après l'effort, Henri aimait à se délasser dans l'eau bien chaude des étuves que l'on parfumait de giroflée.

*

Lorsque Marc pénétra dans le bâtiment, la chaleur le prit à la gorge. Il ôta son pourpoint et contourna deux cloisons avant d'arriver dans une vaste salle où plusieurs cuves de bois étaient disposées, couvertes d'un ciel de toile de lin, séparées par des courtines de drap. De petites tables alignées le long du mur supportaient

5. Voir annexe C.

piles de linge propre, onguents, huiles et bassins de fumigation. Il flottait une bonne odeur d'herbes odoriférantes et de lavande. Au fond de la salle, Jacques de Savoie, étendu sur une table de bois à tréteaux, se faisait voluptueusement masser le dos par une servante.

Marc ne mit pas longtemps à repérer Henri, la tête renversée, les cheveux mouillés, se délassant dans l'eau fumante de sa grande cuve de bois, un carreau posé sous la nuque.

– Belle partie, monseigneur ! Rondement menée !

– Ah ! Saint-Herray ! Vous voilà ! Je voulais vous voir… Prenez de quoi vous asseoir.

Marc approcha un tabouret de la cuve et s'installa près du dauphin.

– Alors, où en êtes-vous, mon ami, avec votre donzelle ? Je vous ai aperçu non loin de mon épouse pendant la partie…

– En effet… Je me suis permis d'apporter à Son Altesse Royale du vin chaud et quelques douceurs. Elle était accompagnée de sa dame d'honneur, Mlle de Vaudricourt…

– Et vous plaît-elle ?

– Pardon ?

– La dame d'honneur de ma femme, Mlle de Vaudricourt ! Vous plaît-elle ?

– Je… Oui, elle est charmante naturellement, mais…

– Tant mieux ! C'est vrai qu'elle est très belle ! Et si je n'étais pas moi-même dans les rets de qui vous savez, je me laisserais bien tenter ! Enfin, voilà qui me réjouit, car vous allez pouvoir joindre l'utile à l'agréable !

Le comte soupira. Visiblement, Henri n'avait pas renoncé à sa fâcheuse idée de le voir séduire Oriane.

– Vous avez l'impression que vous l'intéressez ?

– Mais… Il est sans doute encore trop tôt pour le dire… balbutia Marc.

– Vous êtes toujours trop modeste, Saint-Herray ! Tâchez de gagner sa confiance et rapportez-moi ensuite ce que je veux savoir.

– Ce sera fait, comptez sur moi, monseigneur, répondit-il d'un ton circonspect, songeant qu'il neigerait en enfer le jour où Oriane de Vaudricourt aurait confiance en lui.

– Je vous ai vu l'approcher au bal donné à Amboise en l'honneur de l'empereur, et il m'a semblé que la demoiselle se montrait plutôt rétive, mais je peux bien sûr me tromper…

L'espoir naquit soudain chez Marc : le dauphin allait peut-être comprendre que l'entreprise était vaine, et le relever de sa mission.

– Votre Altesse perçoit très justement les choses : je pense que Mlle de Vaudricourt n'est point tournée vers la galanterie.

– Allons, allons, Saint-Herray, il n'est femelle qui n'aime à être séduite ! Non, je pense plutôt que, chez celle-ci, il s'agit moins de dégoût que de timidité. Songez tout de même qu'elle nous arrive droit de son couvent ! Elle ne peut que se sentir un peu effrayée à la Cour. Il va vous falloir l'amener où nous le souhaitons, mais avec grande délicatesse. Elle est très jeune et si innocente !

Marc ne put réprimer un sourire en songeant à l'« innocence » d'Oriane.

– Naturellement, naturellement, répondit-il. C'est la raison pour laquelle je suis allé ce tantôt pendant la partie offrir aimablement à ces dames de quoi les désaltérer. Je ne voulais pas que Mlle de Vaudricourt restât sur une impression de crainte...

– Voilà qui est bien ! s'exclama Henri.

Puis, soudainement, il baissa le ton et ajouta d'un air de conspirateur :

– À moins, bien sûr, que nous ne fassions fausse route !

– Qu'est-ce à dire, monseigneur ?

– Se pourrait-il qu'un autre gentilhomme allât sur vos brisées ?

Le cœur de Marc manqua un battement. Oriane aimait-elle en secret un autre homme dans cette Cour ? L'art de la galanterie exigeait l'absolue discrétion. Il en allait de l'honneur d'un chevalier. On acceptait parfaitement les amours clandestines, il était communément admis qu'un homme puisse aimer une femme qui n'était pas la sienne, mais le dernier vulgaire eût été de se vanter d'être payé de retour. Le roi François lui-même avait banni de sa Cour un gentilhomme qui avait fait publiquement état de sa bonne fortune[6].

Il se pouvait donc tout à fait qu'Oriane aimât et fût aimée sans que quiconque ne le sût. À cette idée insupportable, Saint-Herray sentit la morsure d'une indicible jalousie.

6. Voir annexe D.

– Tâchez de savoir de quoi il retourne ! reprit Henri en s'essuyant vigoureusement.

– Comptez sur moi, Votre Altesse, répondit sombrement le comte.

XV

Fontainebleau, Noël 1539

Assise devant sa table de toilette, la délicieuse Anne de Pisseleu, dame d'Heilly, se laissait coiffer par sa chambrière en ressassant ses déconvenues, son joli minois altéré par un besoin de vengeance qui maintenant l'obsédait.

Car son ennemi triomphait.

Les accords de principe passés entre Charles Quint et François Ier consacraient celui qui avait servi d'intermédiaire entre les deux souverains : le connétable de Bourbon, qu'elle haïssait. N'était-il pas celui qui protégeait Catherine en encourageant le roi à garder sa bru ? Si le dauphin se séparait de sa femme pour épouser Louise de Lorraine, Anne de Montmorency verrait le clan des Guises l'emporter, ce qui n'entrait guère dans ses vues, le cardinal de Lorraine étant le seul à la Cour à lui disputer son influence auprès du roi. La favorite l'avait parfaitement compris.

Mais Montmorency était aussi celui qui avait permis à Diane d'asseoir son emprise sur le dauphin, et c'était pour la duchesse d'Étampes une faute impardonnable.

Il avait encouragé cet amour répugnant, favorisé les rencontres de cette créature avec le futur roi, et pire encore : il œuvrait à rapprocher François de son fils ! Anne savait que, lorsque son amant mourrait, elle serait chassée de la Cour, mais tant qu'elle le pouvait encore, elle s'acharnerait à nuire à la grande sénéchale. Or pour le moment, François et Henri semblaient avoir mis de côté leurs antagonismes et assistaient conjointement aux festivités qui marquaient la venue de l'empereur. Cela ne pouvait qu'asseoir la position de Diane. La jeune femme en aurait trépigné de frustration.

– Aïe ! Tu me fais mal, maladroite ! hurla-t-elle après la servante qui lui tressait les cheveux.

– Pardon, Votre Grâce... murmura la jeune fille rougissante, craignant les colères homériques de la duchesse.

– Gare à toi si tu recommences, il t'en cuira !

Dans le dos de sa maîtresse, la servante leva les yeux au ciel. Elle termina promptement de coiffer la favorite, qui se leva et marcha dans la pièce d'un air exaspéré, se remémorant l'après-dîner, lorsque Charles Quint s'était extasié sur les splendides fresques et stucs de la galerie du château de Fontainebleau, dont les peintures de Rosso, grand artiste florentin, exaltaient la grandeur monarchique à travers des représentations du roi, du dauphin et de son mentor[7]. Une nouvelle fois, Anne de Montmorency et Henri de France avaient été mis à l'honneur, ce qui n'arrangeait décidément pas les affaires de la dame d'Heilly qui cherchait désespérément un moyen de perdre le connétable dans l'esprit du roi.

7. Voir les annexes.

Furieuse, elle cogna le montant en colonne torsadée du baldaquin qui retenait les courtines du lit :

– Misérable ! maugréa-t-elle, je te jure que tes heures dans cette Cour sont comptées !

*

Dans un salon, non loin du cabinet particulier de la duchesse, l'homme sur qui les foudres de cette dernière devaient s'abattre discutait gaiement avec un ami qui n'était autre que Marc du Plessis de Saint-Herray.

– Je vous entends fort bien, mon cher, disait le connétable de Bourbon, mais convenez à votre tour que cette paix est inespérée pour le royaume !

Marc fronça les sourcils et reposa le tisonnier tout en marchant vers la fenêtre.

– Je ne vous ai pas dit qu'il ne fallait pas la paix en France, répondit-il. Je dis simplement que je n'y crois guère…

– Mais enfin, pourquoi ce pessimisme ? Vous avez vu comme moi notre roi et l'empereur fraterniser !

– Ce ne serait pas la première fois qu'ils passeraient un marché de dupes ! Nos deux jeunes princes en ont jadis fait l'amère expérience en se retrouvant presque cinq ans dans les geôles espagnoles ! Qui vous dit que Charles Quint tiendra ses engagements une fois qu'il aura traversé le royaume de France et maté la rébellion flamande ?

– Allons, allons, Saint-Herray ! Je me suis laissé dire que, tout comme la noblesse de France, les grands d'Espagne sont las de donner leur sang pour des guerres qui…

Mais Marc n'écoutait plus le connétable.

Par la croisée du salon, il venait d'apercevoir Oriane de Vaudricourt, qui partait pour sa promenade. Son cœur accéléra à la vue de la jeune fille dans sa robe d'amazone noire, qui semblait murmurer quelque chose à l'oreille de son cheval. Elle se tourna vers la fenêtre, et Saint-Herray se recula vivement. Puis, d'un geste souple, elle monta en selle, tira les rênes et s'éloigna au petit trot dans la grande allée qui menait vers le fond du parc, où commençait la forêt. Ainsi donc, elle se promenait seule… Voilà qui était pour le moins intéressant.

Depuis qu'Henri de France avait évoqué devant Marc la possibilité que la jeune femme puisse avoir un galant, ce dernier ne vivait plus. Qu'Oriane ait renoncé à lui pour se tourner vers Dieu lui avait été une douleur indicible, mais qu'elle puisse vouloir revenir à la vie pour se donner à un autre lui était tout bonnement insupportable.

La jalousie l'étreignait depuis sa conversation avec monseigneur à la baignerie. Il voulait en avoir le cœur net, et peut-être l'occasion s'offrait-elle à lui : la jeune femme rentrerait bientôt de sa promenade, il lui suffirait de se trouver au bon moment dans les écuries.

La tenir une fois, une fois seulement, dans ses bras.

Alors, il saurait si elle avait encore des sentiments pour lui, tout en poursuivant la mission dont le dauphin l'avait chargé…

– Qu'en pensez-vous, Saint-Herray ? demanda Montmorency.

Marc, pris de court, tourna vivement la tête pour revenir à la conversation.

– Mais... Je dis comme vous qu'il y a évidemment matière à réflexion, répondit-il, n'ayant pas entendu un traître mot du développement de son compagnon.

– Ah ! Vous voyez que, progressivement, vous vous rangez à mon avis ! triompha le connétable.

– La prudence reste de mise, mon cher. Mais si vous le voulez bien, je vous abandonne à vos considérations, car j'ai une affaire urgente à régler. Je vous revois au souper.

Montmorency parut étonné de ce départ soudain, mais ne dit mot et, résigné, se resservit un gobelet de vin de Vouvray.

*

Marc gagna prestement les écuries. Le ciel s'était brusquement assombri et l'orage menaçait. Avant qu'il ne pénètre dans le bâtiment, il entendit le premier coup de tonnerre, ce qui le rassura : Oriane ne devrait pas être très longue à rentrer. Il passa par la sellerie, où il fit mine d'examiner le matériel soigneusement rangé et astiqué. Les minutes s'égrenèrent sans qu'il n'entende autre chose que les chevaux qui piaffaient, énervés par l'orage. Il pleuvait maintenant à verse, et l'impatience chez le comte fit place à l'inquiétude. La jeune femme devait avoir galopé bien loin pour ne pas être encore de retour. Marc commençait d'envisager de seller un étalon pour partir à sa recherche, lorsqu'il entendit un bruit de sabots dans l'allée pavée des écuries. Son cœur se mit à battre plus fort.

Il quitta la sellerie et se trouva nez à nez avec Oriane, qui venait de démonter[8] et menait son alezan par la bride. Sa toilette était ruisselante, comme si elle sortait du bain, son escoffion trempé lui collait aux cheveux et des mèches mouillées lui barraient le front. Mais Dieu qu'elle était belle ! Son regard de miel se posa sur le jeune homme, puis s'assombrit aussitôt.

– Vous ! s'exclama-t-elle.

– Bonjour, très chère. Vous êtes revenue à la nage ?

– Très amusant. Aidez-moi donc à ôter cette selle, au lieu de faire de l'esprit !

Elle se sentait en colère de tomber ainsi sur lui dans cette tenue lamentable. Habillé d'un pourpoint beige magnifiquement coupé qui mettait en valeur ses larges épaules, il était diablement séduisant. Aussi s'arrangeait-elle pour éviter de croiser ce regard bleu toujours moqueur qui la faisait chavirer.

D'un bond, Marc fit le tour du cheval et se retrouva devant elle.

– Aussi curieux que cela puisse vous paraître, je suis très heureux de ce hasard qui nous réunit…

– Vous appelez hasard le fait de me surveiller depuis les fenêtres du salon attenant à la grande galerie et de vous trouver ensuite précisément aux écuries quand je reviens ?

Marc pesta intérieurement.

Perspicace.

Elle n'avait pas changé.

8. Ce verbe perdra son sens de « descendre de cheval » à la fin du XVIe pour prendre la valeur forte de « désarçonner ».

Comment avait-elle pu l'apercevoir, alors qu'il se tenait en retrait derrière les rideaux ? Peut-être avait-elle aussi de son côté fait en sorte de savoir où il était... Cette pensée le ragaillardit.

– Vous avez gagné, Oriane, dit-il d'une voix un peu voilée. Je souhaitais vous revoir en effet, souffla-t-il en écartant de son front la petite mèche qui s'y était collée.

La jeune femme leva les yeux, surprise, et leurs regards se croisèrent intensément pour la première fois depuis qu'ils s'étaient retrouvés. En une seconde, Marc se pencha vers elle et l'enlaça avant de l'embrasser fougueusement, goûtant de nouveau ce bonheur infini de la sentir à lui. Les jambes de la jeune femme fléchirent, elle s'arqua contre lui, répondant à son baiser avec ardeur. Marc s'enhardit et promena sa main sur son dos, la caressant doucement.

Mais soudain, le charme fut rompu ; elle se débattit pour se dégager de cette étreinte et le gifla. Le cheval fit un écart et Marc faillit perdre l'équilibre.

– Oriane, bon sang ! Mais qu'avez-vous ?

– Si vous pensez qu'il vous suffit de venir m'attendre à l'écurie pour me renverser dans le foin comme une fille de ferme, vous faites fausse route, monsieur de Saint-Herray ! Partez d'ici !

– Mais enfin...

– Partez, vous dis-je !

Elle semblait hors d'elle. De peur que l'on n'entende ces éclats de voix et que l'on ne vienne, Marc s'exécuta et tourna les talons sans un mot. Oriane le vit s'éloigner, sa haute silhouette s'encadrant à contre-jour dans la porte ouverte de l'écurie, et s'appuya un instant contre sa monture en fermant les yeux pour reprendre ses esprits. Que cherchait-il ? Voulait-il encore s'amuser d'elle ? Ne lui avait-il pas déjà broyé le cœur ? Fallait-il encore qu'il la poursuive ? Elle respira à pleins poumons et se ressaisit. Peut-être avait-il tout simplement obéi à une envie soudaine et irraisonnée. Il lui faudrait être plus prudente la prochaine fois. Car si elle entendait obtenir de lui les renseignements qu'exigeait la dauphine, elle ne voulait plus souffrir les mêmes tourments…

Elle confia sa monture au garçon d'écurie qui entreprit aussitôt de la bouchonner. Soudain, elle distingua dans la paille, sur le côté droit de l'allée, un petit carré de couleur blanche et s'avança pour le ramasser. Il s'agissait d'un billet, qu'elle déplia promptement. Elle parcourut les premières lignes en étouffant un cri :

Voici vraiment qu'Amour un beau matin
S'en vint m'offrir fleurette très gentille
Car, voyez-vous, fleurette si gentille
Était garçon frais, et dispos et jeunet
Ains[9], tremblotante et détournant les yeux,
« Nenni », disais-je. « Ah ! Ne soyez déçue ! »
Reprit l'Amour et soudain à ma vue
Va présentant un laurier merveilleux.
« Mieux vaut », lui dis-je, « être sage que reine. »
Ains me sentis et frémir et trembler.
Diane faillit[10] et comprenez sans peine
Duquel matin je prétends reparler[11]…

---

9. Mais.

10. Fauta.

11. Poème écrit par Diane de Poitiers pour Henri de France.

« Mon aimé,

Je confie au comte de Saint-Herray ces quelques vers composés à votre intention en souvenir de ce matin lumineux à Écouen où je fus toute à vous pour la première fois. Il vous remettra ce billet, ainsi qu'une petite fiole de cet onguent que l'on me fabrique à Anet et dont vous goûtez tant la fragrance sur ma peau. Elle adoucira, à Dieu ne plaise, notre courte séparation.

D. »

La jeune fille relut une nouvelle fois la missive. Elle n'en croyait pas ses yeux.

La preuve.

Elle détenait la preuve de l'infortune conjugale de Catherine. Celle-ci était sans doute tombée du pourpoint du jeune homme lorsqu'elle l'avait bousculé pour interrompre leur baiser.

Oriane le glissa dans son aumônière en chantonnant et sortit d'un pas léger des écuries. Elle se dirigea vers ses appartements pour changer de toilette et s'apprêter un peu avant de se rendre chez la dauphine lui faire part de sa découverte.

*

– Cette femme est un serpent, vous dis-je ! Et elle a presque tout pouvoir sur mon père !

Assise en contre-jour sur le banc de pierre adossé à la fenêtre, sur lequel on avait disposé des carreaux[12] de velours, Catherine écoutait son époux en silence,

12. Coussins.

les mains croisées. Henri ne décolérait pas, la présence d'Anne de Pisseleu lui étant chaque jour plus insupportable.

– Et je sais qu'elle tourne le roi contre moi ! Elle me hait !

– Peut-être vous laissez-vous emporter par votre courroux. Mme d'Étampes n'est certes pas de vos amis, mais de là à vous haïr...

– Catherine, je reconnais bien là votre bon cœur !

Il s'approcha de la dauphine, lui prit la main et la lui baisa.

– Vous êtes bien trop bonne, ma mie, et n'entendez rien à la politique et aux intrigues de cette Cour, car votre tempérament doux vous place hors d'atteinte de toutes ces manigances !

Catherine considéra un instant son époux. Henri était un homme bon, mais il prenait pour de l'innocence ce qui n'était chez elle que prudence et résignation. Elle comprenait parfaitement la ruse et les machinations qui se tramaient parmi les courtisans, et essayait tant bien que mal de maintenir sa position qu'elle savait précaire, en évitant soigneusement de tomber dans les pièges qui lui étaient tendus.

Le dauphin, aveuglé par son ressentiment envers la favorite, ses relations houleuses avec son père et son amour pour Diane de Poitiers, ne voyait pas tous les efforts que déployait sa femme pour ne pas être emportée par toutes ces intrigues. De plus, la résignation de la dauphine quant à l'adultère de son mari était vécue à tort par ce dernier comme de l'ignorance. Catherine demeurait une épouse douce et aimante, ce qui signifiait pour lui qu'elle n'entendait rien à ce qui se passait autour d'elle.

Elle avait parfois envie de hurler!

Elle baissa les yeux et prit l'air modeste.

– Vous devez avoir raison, mon ami… Je tâcherai d'être plus vigilante à l'avenir.

– Ma mie, je sais que vous intercédez sans cesse en ma faveur auprès du roi qui vous a en grande estime, et je vous en sais gré, mais défiez-vous davantage de sa maîtresse : elle n'aime point qui nous aimons!

Catherine toussota. Ce « nous » lui était une offense. Certes, elle s'appliquait à faire bonne figure à la grande sénéchale par respect et soumission à son époux, mais Henri, égoïstement, se plaisait à croire que les deux femmes s'appréciaient. C'était tellement plus simple…

– Je m'en souviendrai, mon ami. Mais vous avez raison de souligner que vos relations avec Sa Majesté sont plutôt sereines : vous avez été très à l'honneur durant ce séjour de l'empereur, et croyez bien que je m'en suis réjouie. Cela veut peut-être dire aussi que Mme d'Étampes ne parvient pas à vous séparer du roi votre père! répondit Catherine presque timidement.

– Que le ciel vous entende, madame! Peut-être que le roi commence à dessiller les yeux. Il ne serait que temps! Mais approchez donc, mademoiselle de Vaudricourt! J'en ai fini avec madame la dauphine…

Oriane venait d'arriver et s'était arrêtée dans l'antichambre en entendant la voix d'Henri de France. Elle fit quelques pas, puis une profonde révérence au couple delphinal.

– J'espère que je ne vous chasse pas, monseigneur? dit-elle avec un joli sourire.

– Du tout, du tout. Je dois me rendre chez Mme de Poitiers, avec qui j'ai quelques affaires. Madame, je vous verrai plus tard, dit-il en baisant la main de son épouse.

Catherine se leva et marcha nerveusement lorsqu'elle entendit la porte se refermer.

– Il a « à faire » avec Mme de Poitiers ; oui, ça, j'en jurerais !

– Vous pouvez, lâcha Oriane en tendant le papier qu'elle avait déplié.

La dauphine lut le billet en silence en se rapprochant de la lumière du jour, vers la fenêtre.

– Comment ce mot est-il en votre possession ?

– Je l'ai subtilisé à Marc de Saint-Herray.

– Magnifique ! Je savais que je pouvais avoir toute confiance en vos talents ! Par le Christ, cette femme est donc bien la putain[13] de mon mari, ajouta-t-elle comme si elle venait de comprendre ce que cette missive signifiait.

Elle alla s'asseoir et Oriane tira un siège pour venir auprès d'elle.

– Saint-Herray sait que vous possédez ceci ?

– Je ne le pense pas. Ce mot est tombé de sa poche et je l'ai ramassé.

– En ce cas, il vous faut le lui rendre !

– Comment cela ?

– Réfléchissez. Je ne pense pas que Saint-Herray ira se vanter auprès de mon mari d'avoir égaré ce billet dont il était en charge. Une fois que vous le lui aurez rendu, il

13. Ce mot a en effet été employé par Catherine pour désigner Diane, en 1584, dans une lettre adressée à sa fille, la reine Margot, dans laquelle elle écrit : « Jamais femme qui aimait son mari n'aima sa putain, car on ne le peut appeler autrement, encore que le mot soit vilain à dire à nous autres ».

ira juste le lui remettre, comme cela aurait dû être fait. Je veux que mon époux ignore que je suis au courant de sa liaison. Mais si nous gardons ce mot, Saint-Herray devra annoncer au dauphin qu'il a perdu un pli que Mme de Poitiers lui avait confié, ce qui aura pour effet de diminuer la confiance que mon mari place en ce jeune homme. Ce n'est pas ce que nous souhaitons, n'est-ce pas ?

– Je... Non, bien sûr que non, mentit Oriane.

La jeune fille écoutait Catherine, dont l'esprit pourtant chagrin continuait de raisonner de façon calme et appliquée.

– De plus, poursuivit la dauphine, si Saint-Herray se souvient des circonstances dans lesquelles il l'a égaré, les soupçons se porteront tout de suite sur vous – et donc sur moi ! Ce qu'il nous faut à toute force éviter.

– Mais...

– Ce sera comme une sorte de pacte secret entre vous et lui, coupa Catherine. Voilà qui est parfait : cela ne peut que renforcer votre relation naissante et servir nos desseins !

Oriane était au bord de la nausée.

Elle croyait avoir rempli sa mission et être débarrassée de l'obligation de côtoyer Marc de Saint-Herray, et voilà qu'elle se voyait contrainte d'établir une connivence nouvelle avec lui. La tête lui tournait en repensant à ce qui s'était passé dans l'écurie et elle redoutait une nouvelle entrevue, seule avec lui. Et c'est pourtant bien ce qui l'attendait, car elle ne pouvait en aucun cas lui remettre ce compromettant message en présence d'un tiers.

*

Le roi partait à la chasse avec son escorte. Les grands du royaume encadraient le souverain. Les dames, dont plusieurs avaient maintenant adopté la monte en amazone, le suivaient dans leurs riches toilettes, accompagnant Catherine et sa demoiselle d'honneur. Les festivités qui entouraient la venue de Charles Quint avaient contribué à rapprocher François de l'héritier du trône, et c'était la raison pour laquelle Henri se tenait directement à côté de son père, suivi d'Anne de Montmorency et de Marc de Saint-Herray. Celui-ci avait plusieurs fois tenté de croiser le regard d'Oriane, en vain. Il repensait sans cesse à ce baiser échangé dans les écuries.

Certes, elle l'avait giflé, puis éconduit, mais il n'avait pas rêvé : elle s'était bien, au moins un moment, abandonnée dans ses bras. Et en répondant à ses caresses, elle n'avait fait qu'accroître le désir qu'il avait d'elle. Des images précises dansaient devant ses yeux. Il se sentait comme un jouvenceau devant sa belle, et cette idée lui arracha un juron.

S'il n'avait été au service d'Henri, il aurait quitté la Cour pour repartir quelques semaines sur ses terres, à Saint-Herray, afin d'oublier ce moment d'égarement. Il fallait qu'il chasse Oriane de ses pensées, qu'il ne voie en elle qu'une femme à séduire pour obtenir des renseignements sur les faits et gestes de Catherine. Mais la mission que lui avait confiée le dauphin ne faisait que réveiller en lui des sentiments enfouis. Or, si Oriane pouvait encore se sentir attirée vers lui, il était clair qu'elle ne l'aimait plus. Peut-être même ne l'avait-elle jamais aimé...

Son comportement était sans équivoque : elle ne voulait plus avoir affaire à lui et l'avait violemment repoussé. Et c'était sans doute à ce moment-là qu'il avait perdu ce satané billet. Il était retourné à l'écurie en début de soirée avec une chandelle, mais n'avait hélas rien retrouvé. Il projetait de chercher encore en rentrant de la chasse : à la lumière du jour, peut-être aurait-il plus de chance.

Maudite journée.

Plongé dans ses pensées, il n'avait pas vu la jeune fille arriver derrière lui. Elle aligna son cheval aux côtés du sien et lui décrocha un sourire radieux.

– Bonjour, comte, dit-elle simplement.

– Mademoiselle de Vaudricourt, répondit-il en ôtant son chapeau.

– Il est rare de vous voir dans l'entourage de notre roi pour une partie de chasse, remarqua-t-elle.

– J'espère que cela vous rend ce moment précieux, rétorqua-t-il avec une lueur ironique dans le regard.

– Il pourrait l'être encore davantage pour vous que pour moi si je vous restitue ce que j'ai trouvé par terre dans l'écurie après votre départ, souffla-t-elle en se penchant en avant pour flatter l'encolure de son cheval et n'être entendue que de lui.

Il se redressa vivement.

– Je dois impérativement récupérer ce billet, grinça-t-il, la mâchoire crispée.

– Je vous crois, murmura-t-elle d'un air malicieux. Retrouvez-moi près de l'étang dans un moment, avant l'embranchement de l'allée aux Cerfs. Je ne puis vous le remettre ici, cela ne serait pas convenable et pourrait faire jaser.

– J'en conviens. Je vous estime trop pour mettre en péril votre réputation sans tache, mademoiselle, sourit-il. J'y serai donc, comptez sur moi.

Sans tourner la tête, Oriane claqua de la langue pour faire avancer son cheval et rejoignit la dauphine, avec laquelle elle échangea un regard de connivence. Un instant après, le signal du départ était donné. La meute bruyante s'élançait et, à sa suite, l'escadron de cavaliers.

Presque trois quarts d'heure plus tard, Oriane bifurqua dans le sous-bois et prit à gauche l'allée forestière. Cavaliers et suiveurs galopaient au son du cor de chasse qui se répercutait en écho.

Elle vit s'envoler un couple de canards sauvages et entendit les grenouilles coasser dans les hautes herbes. La jeune femme ralentit, mit sa monture au trot, puis déboucha dans la clairière et s'approcha de l'étang.

Marc l'attendait.

Il la regardait arriver, visiblement tendu. Qu'allait-elle exiger de lui en échange de la restitution de ce précieux document ? Elle semblait parfois si hostile…

Mais pouvait-il vraiment l'en blâmer ?

Il avait cru qu'elle avait trouvé la paix en s'abîmant dans la prière lorsqu'elle était entrée au couvent, et ne comprenait toujours pas les raisons qui l'avaient poussée à en sortir. Elle vivait aujourd'hui à la Cour, dont elle était l'un des plus beaux ornements, mais il était manifeste qu'elle n'avait rien oublié…

– Merci d'être venue, souffla-t-il.

– C'est moi qui vous l'ai proposé, je n'avais aucune raison de ne pas honorer mes engagements.

– En ce cas, soyez-en vivement remerciée. Vous avez dû lire ce billet, j'imagine ?

Oriane ne répondit pas.

– Bien. En ce cas, reprit-il, vous devez savoir ce qu'il contient et combien la chose est délicate. Monseigneur ne me pardonnerait pas d'égarer une lettre d'une telle valeur. Et je m'apprêtais à la lui remettre quand je l'ai perdue.

– Elle est sans doute tombée de votre poche lorsque vous m'avez embrassée de force. Comme quoi une mauvaise action est toujours punie ! ironisa-t-elle.

– Oriane, je n'ai pas voulu vous blesser, je vous l'assure. C'est la dernière chose que je veuille au monde…

– Assez de sottises avec moi, monsieur de Saint-Herray, vous n'avez pas besoin d'essayer de m'amadouer : voici le pli, dit-elle en lui tendant le petit papier plié.

Il s'en saisit en gardant dans sa main celle d'Oriane un temps légèrement plus long que les convenances ne l'y autorisaient.

– Puis-je me permettre de vous poser une question ?

Oriane se redressa et eut un demi-sourire.

– Mais je vous en prie, répondit-elle.

– Pourquoi m'aidez-vous ? Je veux dire que vous semblez me poursuivre d'un tel ressentiment… Or, vous avez l'occasion de me perdre auprès de monseigneur et, au lieu de cela, vous m'aidez à dissimuler ma faute, car cela en est une : j'ai failli à ma mission en égarant un document qui m'avait été confié. Pourquoi m'aidez-vous, Oriane ?

– Ne vous méprenez pas sur mes sentiments, messire, lâcha-t-elle, glacée. Je n'ai pas envie de vous nuire, car je ne vois pas en quoi le fait de vous perdre dans l'esprit de monseigneur aiderait à effacer le tort que vous m'avez fait naguère. Mais quoi qu'il en soit, toutes ces choses appartiennent au passé, laissons-les là où elles sont, voulez-vous ?

Elle se força à prendre un air dégagé :

– Maintenant que tout cela est oublié, tâchons d'être amis…

– Amis ? répéta-t-il, effaré. Oriane…

– Taisez-vous, souffla-t-elle.

Des larmes lui montaient aux yeux. Il fallait à toute force qu'elle s'éloigne.

– Je voulais juste vous dire que je n'oublierai jamais ce que vous venez de faire pour moi, reprit-il. Vous pouvez compter sur mon indéfectible loyauté.

– Votre loyauté ?

Elle éclata d'un rire forcé en faisant demi-tour avec son alezan.

– Votre loyauté, monsieur de Saint-Herray ? Je sais ce qu'elle vaut, je vous remercie, gardez-la !

Elle éperonna son cheval et partit au galop.

Marc la regarda s'éloigner et disparaître au détour d'une allée. Il écouta le bruit des sabots décroître jusqu'à ce que le silence s'installe de nouveau.

Consterné, il considéra le billet de Diane et poussa un profond soupir.

Sans enthousiasme, il reprit sa monture et regagna au pas les écuries du château.

Il n'avait décidément plus goût à la chasse.

XVI

Saint-Germain, février 1540

Après les festivités du 1er janvier où les deux souverains avaient fait leur entrée solennelle à Paris, la Cour s'était retirée à Saint-Germain. Les fêtes avaient été grandioses. L'empereur, toujours vêtu de noir, sous un dais brodé où se dessinait l'aigle d'or, précédé du connétable tenant bien haut l'épée royale hors du fourreau, avait été acclamé par la foule, aux côtés du roi François, majestueux dans un pourpoint d'or et d'argent rebrodé d'hermine, une longue cape descendant presque jusqu'à terre, maintenant au pas son fier destrier, lui-même très richement caparaçonné. À leur suite, le duc d'Orléans et le dauphin, en grand apparat, marchaient la tête haute, recueillant les hommages du peuple de Paris. La foule en liesse avait mangé et bu aux fontaines de vin installées sur les places.

Puis, l'empereur ayant poursuivi sa route jusqu'à Valenciennes où il avait encore distribué de beaux présents aux deux princes, François Ier avait donné le signal du départ pour Saint-Germain. Dans un grand tumulte, les divers appartements et réduits avaient été attribués à chacun des membres de la Cour.

Le roi venait de prendre possession du château, entouré des deux reines Éléonore et Marguerite de Navarre sa sœur, de ses fils Henri et Charles, de la dauphine Catherine, de sa fille Marguerite, de sa nièce Jeanne d'Albret, de la duchesse d'Étampes, d'une foule de princes et de princesses, ainsi que de Caillette et de Triboulet[1], ses deux nains bouffons dont il ne se séparait jamais.

Quelques jours auparavant, le grand maître de Cour, Montmorency, avait fait meubler l'endroit, réinstaller les tentures et les tapisseries destinées à égayer et réchauffer les pièces, accrocher les tableaux pour le plaisir des yeux et fait répandre partout des herbes odoriférantes pour flatter les narines. De bons feux de cheminée brûlaient dans les appartements des grands du royaume. Aux cuisines, on plumait, embrochait, rôtissait, pétrissait, assaisonnait, cuisait sans relâche. Le bâtiment s'animait pour devenir une ruche bourdonnante à l'arrivée du souverain. Et tout se figerait de nouveau dès son départ.

La nuit était déjà tombée depuis bien longtemps lorsque Oriane frappa à la porte de l'antichambre de la dauphine. Elle fut introduite dans le cabinet privé de cette dernière qui congédia ensuite la servante.

– Vous m'avez fait mander, Votre Altesse. Il est bien tard. Êtes-vous souffrante ou incommodée? s'inquiéta Oriane.

1. Ces deux personnes ne quittaient en effet guère le roi François, et il nous est parvenu nombre de récits sur leurs farces et leurs facéties.

– Nenni, nenni. Approchez.

La jeune fille vint vers elle s'interrogeant sur ce qui pouvait bien motiver Catherine pour la rappeler à cette heure avancée, alors qu'elle avait déjà quitté son service depuis plus de deux heures.

– Savez-vous qui loge au-dessous de chez moi ?

– Ce sont les appartements de la grande sénéchale, ce me semble...

– Exact. Et regardez ce je viens de découvrir !

Elle écarta le tapis, qui masquait un trou dans le plancher, par lequel s'échappait un rai de lumière.

– Ceci va me permettre de voir ce qui se passe dans la pièce en dessous. Je confesse que deux lattes étaient disjointes et que je l'ai un peu agrandi, sourit Catherine[2].

– Mais... Que comptez-vous faire, madame ?

– Regarder. Lorsque mon époux honore ma couche, la messe est dite en quelques minutes. Je veux savoir à quoi il emploie tout ce temps qu'il passe à mignoter Mme de Poitiers.

– Vous risquez, je le crains, d'en avoir plus de peine que de satisfaction.

– Comprenez-moi, Oriane. Je dois apprendre à plaire à Henri. Avant mon mariage, je fus un temps éprise de mon cousin Hippolyto[3], mais jamais un autre homme que le dauphin ne m'a tenue en ses bras !

– Je le conçois aisément, madame, cependant...

– Or, qui pourrait à part lui m'enseigner les sciences de l'amour ? Vous êtes ignorante de toutes ces choses,

2. Cette scène est authentique. Plusieurs historiens s'en sont fait l'écho.

3. Voir les annexes.

Oriane, mais croyez-moi, si l'on veut retenir un homme, il faut éviter dans l'alcôve de n'être que soumise, j'en jurerais !

Mlle de Vaudricourt détourna les yeux et fixa le feu. Dans la douceur des flammes, elle revit le corps musclé de Marc contre le sien, se souvint de l'odeur de sa peau et sentit son ardeur sauvage lorsqu'il la possédait, cet élan primitif qui les poussait à s'unir…

– Naturellement, poursuivait la dauphine, je ne vous ai certes pas fait venir pour que vous regardiez, ce ne serait pas convenable pour une jeune fille. Mais je souhaitais que vous soyez auprès de moi, car je sens que l'épreuve va être rude, et vous êtes ma seule amie…

– Je suis là, Votre Altesse, n'ayez crainte.

– Ah, j'entends du bruit !

Catherine s'allongea à plat ventre et colla son œil au trou du plancher.

– Ils viennent d'entrer… Henri est déjà vers elle et la couvre de baisers…

– …

– Il a l'air d'avoir faim d'elle, car elle est déjà en chemise et… Oh !

– Qu'y a-t-il, Votre Altesse ?

– Ils sont tombés du lit, cela les fait rire… Ils ont l'air si heureux !

Oriane alla s'asseoir près de la cheminée, pressentant que la soirée allait être longue. Catherine, toujours à plat ventre, commentait l'intimité des deux amants en ne gardant pour elle que ce qui aurait pu vraiment choquer la pudeur d'une jeune fille ou la bienséance.

Les minutes s'égrenaient.

Chaque mot de la dauphine renvoyait Oriane à des souvenirs précis qu'elle avait voulu enfouir et qui s'imposaient à elle avec une force inouïe. Elle fixait les flammes qui dansaient devant ses yeux, tandis qu'un beau visage, impérieux et volontaire, se dessinait à elle. Elle sentait bien que Catherine ne lui disait pas tout et passait sous silence les détails par trop intimes. Mais Oriane les devinait, se les remémorait. Dix fois, cent fois, mille fois, elle les avait revécus dans ses songes avec la même poignante intensité.

– Ah, mon Dieu, gémit Catherine.

– Madame, dit Oriane, vous devriez cesser de vous torturer ainsi ! Ce n'est pas bon pour vous.

– Vous avez raison, chère petite. Vous êtes bien heureuse que d'ignorer cette douleur d'être trahie…

Oriane la fixa intensément, puis tourna la tête. Elle eût tellement aimé, en effet, ne pas savoir ce qu'était la trahison… hélas !

Enfin, Catherine se releva. Elle paraissait émue, mais apaisée.

– Il faut reconnaître que Diane est vraiment très belle, murmura-t-elle. Je pensais voir une vieille femme aux chairs flasques, je viens de découvrir une déesse aux jambes interminables et musclées, à la peau d'albâtre et aux seins très fermes…

– Madame !

– Vous semblez bouleversée, ma chère Oriane ! Peut-être n'aurais-je pas dû vous demander d'être à mes côtés ce soir, vous qui êtes encore si innocente !

– Non, non, ne craignez rien, se défendit Oriane. Cela me fait juste peine de vous voir dans les affres…

– Certes, mais cela fut très instructif. Je me promets de mettre toutes ces choses en pratique dès que mon époux daignera me visiter. Vous savez, il est cruel d'être délaissée, mais il est plus humiliant encore que ce soit pour une femme de vingt années de plus que vous ! Au fond, avoir pu apprécier la beauté de Diane me fait appréhender les choses un peu autrement, même s'il m'en coûte de devoir partager celui que j'ai épousé !

– Je pense que n'importe quelle dauphine eût été contrainte de le partager, Altesse. Monseigneur aime Mme de Poitiers depuis l'enfance !

– Vous avez sans doute raison… Cependant, une femme jeune avec des appas qui, hélas, me font défaut, aurait peut-être pu le détourner de ce tendre élan… Enfin, n'y pensons plus ! Je me dois aujourd'hui d'user de tous les subterfuges pour qu'Henri remplisse auprès de moi ses devoirs. Je n'ai aucune chance d'être grosse si toutes ses nuits sont à Mme de Poitiers !

Oriane réprima un bâillement.

– Allez vous coucher, ma fille, vous tombez de sommeil. Prenez cette chandelle et dites à Marie de vous raccompagner en vos appartements. En partant, envoyez-moi Mathilde. Je vous souhaite le bonsoir.

La jeune fille ne se fit pas prier. Elle trouva encore un peu de force pour faire sa révérence et disparut dans la pénombre du château endormi.

XVII

Fontainebleau, avril 1540

Héritière et descendante de la glorieuse lignée des Médicis, Catherine se passionnait pour tous les aménagements que François Ier réalisait sur ses nombreux domaines. À Fontainebleau, tout particulièrement, des artistes venus de sa chère Italie natale élaboraient de véritables chefs-d'œuvre dont le rayonnement dépassait largement les frontières du royaume.

François était un roi bâtisseur, curieux de tout, esthète et inspiré, ne lésinant jamais sur les dépenses, encourageant les artistes et découvrant les talents. Après avoir fait venir d'Italie Léonard de Vinci qui fut son ami jusqu'à sa mort survenue à Amboise en 1519, il continuait de pensionner peintres et sculpteurs en les payant fort cher pour qu'ils ne soient pas tentés de retourner dans leur pays.

La dauphine, très souvent consultée par le roi, ne se lassait pas d'admirer les peintures du Rosso, lequel venait de mourir et se voyait remplacé, pour assurer la direction du chantier royal, par Francesco Primaticcio[1], peintre, stucateur et architecte de génie travaillant avec le non moins excellent Niccolò Dell'Abate, peintre et fresquiste[2]. Un des plaisirs de la jeune femme était de visiter le chantier, échangeant quelques mots en italien avec chacun d'entre eux. Le sulfureux Benvenuto Cellini, nouvellement arrivé, ne s'y était pas trompé, qui était venu chercher la protection du roi après sa disgrâce auprès de Paul III et son extravagante évasion du château Saint-Ange. Connu pour ses mœurs dites « italiennes », Cellini avait hélas le mauvais goût de ne pas suffisamment flatter la favorite, Anne de Pisseleu, laquelle le poursuivait d'une haine tenace. Catherine, en revanche, l'appréciait et louait son talent.

Elle venait de bavarder un moment avec lui et marchait en direction du chantier de l'escalier de la Reine.

Dix années durant, ce monumental escalier édifié en 1531, prévu pour exalter la majesté royale, avait servi uniquement à la souveraine, compte tenu de son emplacement par rapport à la distribution intérieure des appartements. Au cours des festivités liées à la venue de Charles Quint, le roi François avait pu mesurer que cet escalier, disproportionné au regard des dimensions de la cour intérieure et renvoyant le symbole de l'importance de cette pauvre Éléonore qu'il cherchait sans cesse à nier, était inadéquat. On entamait donc sa démolition pour

1. Dit « le Primatice », en français.

2. Voir annexe A.

le remplacer par des degrés intérieurs certes imposants, mais moins encombrants[3].

Attentive à toutes ces transformations et mesurant la portée symbolique du geste de François Ier, Catherine se demandait si elle aurait elle aussi à vivre ce genre d'humiliation lorsque son époux serait roi et que la nouvelle favorite régnerait sans partage sur sa Cour. Elle en était là de ses réflexions quand la dame d'Anet, justement, déboucha d'une allée et vint à sa rencontre.

– Belle journée pour une promenade, Votre Altesse, lui lança gentiment Diane. Puis-je vous accompagner un peu ?

– Je vous en prie, grinça Catherine.

– Je vous ai vue bavarder avec Benvenuto Cellini...

– En effet. Il travaille[4] sur un décor que le roi lui a commandé pour la Porte dorée, et nous regardions lui et moi les esquisses de sa nymphe, qui, je dois le dire, sont fort belles.

– Il n'a pas son pareil pour sculpter les courbes féminines, lui qui, au fond, ignore tout des femmes, sourit Diane.

– Il faut se méfier de ceux qui font semblant d'ignorer les choses, et se garder d'un jugement trop hâtif sur les gens, laissa tomber la dauphine.

Diane coula un regard de biais vers l'épouse d'Henri de France avec la désagréable sensation qu'elle ne parlait plus de Cellini. Elle tenta de changer de sujet.

– Vous avez vu les travaux du grand escalier de la Reine. Je me demande comment sera le nouveau...

---

3. Les travaux commenceront en 1541.

4. Voir annexe B.

– Intérieur, discret et effacé, comme se doit de l'être une souveraine délaissée par son époux, répondit Catherine d'un ton neutre.

Diane se sentait de plus en plus mal à l'aise, mais elle n'était pas femme à céder du terrain. Elle avait bien perçu le jeu de la dauphine et aurait juré que celle-ci cherchait à lui dire quelque chose.

– La reine Éléonore est bonne, mais elle a été imposée à notre roi par son frère l'empereur… avança Diane.

– Il est vrai. Cela ne facilite guère l'attachement du roi. Mais c'est aussi le lot de tous les mariages royaux : ils ne sont que jeux d'alliances.

– Vous oubliez aussi qu'elle ne lui a pas donné d'enfant[5] ! renchérit Diane.

– Je pense que notre sire était bien pourvu quant à sa descendance et guère désireux de voir naître, si près du trône de France, des neveux de Charles Quint…

– Cela aurait néanmoins permis à la reine Éléonore d'avoir vraiment sa place dans la famille royale…

– Et quelle était sa *place* ? poursuivit Catherine en insistant sur le mot. À la Cour, les *places* ne sont jamais définitives… Regardez-moi : j'étais duchesse d'Orléans et me voilà dauphine de France. Qui l'eût dit ? Et cependant, des rumeurs me sont parvenues affirmant que bon nombre de courtisans souhaiteraient me voir enfermée dans un couvent pour pouvoir offrir la délicieuse Louise de Lorraine, nièce du cardinal de Guise, à mon époux, afin de donner un descendant au dauphin. Mais vous devez savoir tout cela, je présume…

– Mon Dieu, madame, je…

---

5. Voir annexe C.

– Rassurez-vous. Pour l'heure, le roi mon beau-père m'a assurée de ses bons sentiments, mais qu'adviendra-t-il à l'avènement d'Henri ?

– Vous serez grosse bien avant d'être reine, Votre Altesse, je suis certaine que Dieu y pourvoira, s'exclama Diane avec véhémence.

– Il faudrait pour cela que le dauphin visitât ma couche !

Diane blêmit. Catherine la fixa un instant, comme pour s'assurer qu'elles s'étaient bien comprises.

– Il faut parfois aider le Ciel ! poursuivit-elle. Les caprices du sort donnent à réfléchir : songez que, si le roi François s'était profondément attaché à la reine Éléonore, c'en eût été fait de Mme d'Étampes, qui eût perdu sa *place* de favorite !

La grande sénéchale, embarrassée, ne sut que répondre.

Ainsi donc, Catherine savait qu'Henri et elle étaient amants.

Diane, tout à sa faveur, n'avait pas mesuré qu'en entrant dans le lit du dauphin elle l'éloignait de son devoir conjugal. Il allait falloir y remédier : Henri devait engrosser son épouse. Et comble du paradoxe, c'est à elle que Catherine demandait de l'aide !

Tout comme elle, Diane ne tenait pas à voir arriver une jeune et jolie beauté qui aurait tôt fait de la détrôner dans le cœur et le lit du jeune homme. La grande sénéchale s'apprêtait à répondre, mais sans lui laisser le temps d'ouvrir la bouche, la dauphine tourna les talons pour rentrer vers le château.

XVIII

Fontainebleau, mai 1540

Un flot de soleil entrait dans la chambre, éclairant la pièce, ravivant l'éclat des tapisseries et faisant briller les beaux meubles cirés.

Encore essoufflé de son dernier assaut, Henri reposait dans la pénombre des courtines tirées, serrant Diane dans ses bras. Sa peau crémeuse et douce l'émerveillait.

– Vous êtes la plus belle femme qu'il m'ait été donné de connaître, ma mie.

– Et vous, le seul homme avec qui j'ai pu goûter un tel éblouissement…

– J'en suis tellement heureux… Savez-vous que j'aurais été jaloux de votre vieux mari s'il vous avait donné du plaisir avant moi ?

– Voyons, Henri, ne faites pas l'enfant… sourit-elle.

– Je vous l'assure : au fond, ce que vous avez vécu avant que d'être mienne ne compte pas, et j'en suis satisfait !

Diane eut un gloussement de gorge.

– Êtes-vous sûr, monseigneur, de ne pas confondre amour et amour-propre ?

– Cela se peut, convint le prince en souriant à son tour. Mais quel mal y aurait-il à cela ?

– Le passé est de peu de prix. Seul importe l'avenir ! répondit Diane, redevenue sérieuse.

– L'avenir ? Le mien est avec vous. N'êtes-vous pas la nymphe qui a ravi mon cœur ?

– Si fait, et vous avez le mien. Mais nous ne sommes pas seuls au monde…

– Lorsque nous nous trouvons céans, en vos appartements, je me plais pourtant à le croire… souffla-t-il en embrassant la paume de sa main.

– Certes, mais quand vous en sortez, vous êtes dauphin de France ! rétorqua Diane en se relevant.

Elle tira les rideaux du lit, et les draps froissés furent soudain inondés de soleil. Le jeune homme cligna des yeux.

– Je ne le nie pas et je remplis mes devoirs auprès de mon père, reprit-il, mais…

– Vous ferez davantage encore, coupa Diane qui avait saisi son jupon et commençait de se vêtir.

– Je ne vois pas…

– J'entends que vous honoriez la couche de Catherine quatre fois la semaine.

Henri s'assit dans le lit, stupéfait.

– Ah, ça, pardieu ! Une maîtresse qui plaide en faveur de l'épouse, voilà qui ne manque pas de surprendre !

– Ce n'est pas la maîtresse qui l'exige, mais la plus fidèle servante de la couronne. Il y a nos sentiments, Henri, et il y a le trône. La dauphine doit être grosse ! Et pour cela, il n'y a guère d'autres moyens d'y parvenir.

– J'entends bien, ma mie, mais ne vois guère en quoi cela vous importe tant, rétorqua-t-il en fronçant les sourcils.

– Vous régnerez un jour, certes, mais que serez-vous sans descendance ? Un roi mal assis sur un trône vacillant. Est-ce là ce que vous m'offrez ?

– Ce que je vous offre ? Mais je vous offre mon amour, n'est-ce pas ce qui…

– Votre amour ! Je ne pourrai le vivre au grand jour, la tête haute, que quand vous serez roi, un roi détenant autorité sur sa Cour et sur ses sujets. Et ce roi se doit de perpétuer sa dynastie, afin d'asseoir son pouvoir !

Sentant qu'il ne sortirait pas vainqueur de cette joute, Henri soupira et quitta le lit pour se rhabiller.

– C'est bien, madame, vous avez gagné. J'honorerai donc comme il se doit la couche de la dauphine…

Il leva les yeux sur Diane et, tendant la main, effleura d'un doigt son épaule et sa nuque en ajoutant, l'air rêveur :

– Mais ce sera en ne pensant qu'à vous…

XIX

Fontainebleau, été 1540

Il faisait nuit.

Une de ces belles nuits d'été où la chaleur monte du sol, où les pierres restent tièdes. Le château, silencieux, sommeillait. Seules quelques lueurs, çà et là, indiquaient que certains domestiques ne dormaient pas encore à l'office.

Fenêtre grande ouverte, Catherine, penchée sur une sorte de gros cylindre orienté vers le ciel[1], regardait les étoiles et prenait des notes.

– Entrez, entrez, Oriane ! lança-t-elle comme s'il s'agissait d'une visite d'après-dîner. Je vous ai fait mander pour vous montrer quelque chose qui va vous couper le souffle. J'espère que vous ne dormiez pas ?

– Nenni, madame. Cette chaleur est insupportable et je suis venue tout de suite, comme vous l'aviez recommandé, sans me vêtir davantage !

– Vous avez bien fait.

1. Précurseur du télescope, la lunette d'approche a été conçue en Italie vers 1586. Voir les annexes.

La dauphine paraissait ravie.

– Je viens de recevoir cet appareil qui n'a pas encore de nom, expliqua-t-elle. Il me vient d'Italie. Il n'est certes pas encore au point, mais il permet tout de même de grossir les étoiles et, par une nuit comme celle-là, le spectacle est éblouissant ! Tenez : penchez-vous !

La jeune fille colla son œil contre la petite ouverture et s'extasia :

– C'est étonnant ! Tout simplement prodigieux ! Et cependant un peu flou, non ?

– Hélas, oui. Mais enfin... Voyez-vous cette espèce de gros W, là, sur votre gauche ? Tenez, regardez, on le voit mieux à l'œil nu...

– Oui... oui ! Je le vois !

– Il s'agit de Cassiopée. C'est une constellation dont parlait déjà Aratus de Soles dans ses *Phénomènes,* un poème de mille cent cinquante-quatre vers en grec, traitant de l'astronomie.

– Vous l'avez lu ? demanda Oriane, incrédule.

– Bien sûr ! Cette constellation représente la reine Cassiopée dans la mythologie grecque. On dit que, pour son orgueil, la reine a été enchaînée à son trône, condamnée à tourner autour du pôle Nord et parfois à pendre à l'envers de façon très peu digne ! expliqua Catherine en riant.

– C'est comme dans un rêve...

– On apprend beaucoup des hommes par les étoiles... Et regardez, là, en poursuivant dans le prolongement de cet axe, on tombe sur la constellation de la Grande Ourse, généralement assez basse sur l'horizon quand Cassiopée est bien visible. Vous voyez ce carré ouvert avec une sorte de bras ?

– Je le vois, oui.

– Selon la mythologie grecque, cette constellation représenterait Callisto, une nymphe aimée de Zeus. Quand Héra, l'épouse de Zeus, découvrit leur relation, elle changea Callisto en Grande Ourse.

– Châtiment bien cruel, commenta Oriane qui avait toujours l'œil devant le gros cylindre.

– Mais bien mérité ! Si vous saviez comme j'aimerais, parfois, changer Mme de Poitiers en ourse et l'envoyer jusqu'au ciel !

Elles éclatèrent toutes deux de rire. Catherine tira de son buffet une assiette de massepains et sortit une petite bouteille de vin d'Hypocras. Elle en servit deux gobelets et posa les biscuits sur un petit coffre, non loin de la jeune fille.

– Je suis vraiment heureuse que vous soyez venue vivre auprès de moi, Oriane.

– Il en va de même pour moi. Le couvent m'était vraiment pénible…

– Évidemment, il n'est pas toujours aisé d'évoluer parmi tous ces gens et surtout de ne pas tomber dans les pièges qui nous sont tendus…

Craignant que Catherine ne vienne à lui parler de Marc, Oriane orienta la conversation sur un autre sujet :

– Il est vrai que, de plus en plus, il nous faut choisir un clan, et cela n'est pas toujours aisé. Savez-vous d'où vient cette haine que l'on devine entre Mme d'Étampes et la grande sénéchale ?

Catherine, gourmande, reprit un gâteau et s'assit sur le banc de pierre de la fenêtre, à la recherche d'un peu de fraîcheur.

– Eh bien… On raconte qu'il y eut une sorte de vote à la suite du tournoi donné en l'honneur du remariage de François avec Éléonore[2]. Les gentilshommes de la Cour devaient élire la plus belle des dames. Anne de Pisseleu, maîtresse en titre, régnant sans partage sur le cœur du roi, était sûre d'être désignée. Or, à sa grande déconvenue, elle est arrivée *ex æquo* avec Diane qui est bien plus âgée… dit Catherine d'un ton las. Alors, Mme d'Étampes, humiliée, a commencé à répandre d'odieuses rumeurs sur la grande sénéchale…

– Quel genre de rumeurs ? demanda Oriane.

– Que ses dents étaient gâtées, que ses cheveux n'étaient pas les siens, qu'elle se fardait à outrance, toutes sortes de choses insensées ! Pour l'avoir vu nue dans les circonstances que vous savez, je puis, à mon grand dam, témoigner de son extraordinaire beauté…

– Mais enfin, tout de même ! Un motif aussi futile pour une haine aussi tenace !

– Vous n'imaginez même pas jusqu'où ces deux harpies sont capables d'aller ! Elles finiront par mettre ce royaume à feu et à sang ! s'emporta Catherine. Car ce qui devrait rester du domaine privé est rapidement devenu politique ! Diane soutient le clan des catholiques et Anne celui des réformés, et chacune attise la haine de l'autre parti. Vous souvenez-vous de cette épouvantable affaire des Placards ?

– Non. J'étais hélas aux prises avec de grandes difficultés familiales, et tout ce bruit n'est pas parvenu jusqu'à moi !

---

2. François Ier a épousé Éléonore de Habsbourg, sœur de Charles Quint et veuve du roi Manuel Ier de Portugal, le 7 août 1530.

– C'était un an après mon mariage[3]. Des pamphlets furent placardés un peu partout, réclamant une réforme de la messe, et ce jusque sur la porte des appartements du roi. Sa Majesté, furieuse, s'en remit au Parlement pour ne pas avoir à châtier ceux-là mêmes que protégeait Mme d'Étampes. Mais Diane comptait beaucoup d'amis influents parmi les membres du Parlement, car la plupart d'entre eux étaient de fervents catholiques. Ce fut horrible !

– Que s'est-il passé ? s'alarma Oriane.

– En janvier de l'année suivante, il y eut une cérémonie expiatoire à Paris, à laquelle toute la Cour fut tenue d'assister. Six luthériens furent brûlés vifs ! Je n'oublierai jamais l'air satisfait de Diane... La duchesse, elle, se consumait de haine, et je sais qu'elle aura sa revanche un jour. Tant qu'elle se contentait de faire détruire des statues de saints à la porte des églises, cela n'était pas trop grave, mais les événements ont pris une autre tournure, et le roi François est bien pris !

– Pensez-vous qu'il soit à ce point aveugle ?

Catherine se leva et marcha dans la pièce. Elle se servit un nouveau massepain et tendit l'assiette à sa dame d'honneur. Oriane la regardait, grignotant son biscuit, les genoux repliés sous elle, dans une position bien peu protocolaire devant la dauphine de France. Mais elle n'aurait manqué pour rien au monde ces discussions avec la jeune Italienne érudite et clairvoyante, qui l'aidait à comprendre les rouages de la Cour et l'instruisait pareillement de toutes sortes de choses,

3. Le 17 octobre 1534.

mathématiques, sciences de la nature, poésie, astronomie ou médecine.

– Notre sire est aussi avisé lorsqu'il s'agit d'architecture que soumis à ses sens dans le domaine amoureux, reprit la dauphine. Ces deux femmes sont deux ensorceleuses et, par malheur, la chair des Valois est faible. François ne peut se passer d'Anne, et j'ai bien peur que les choses ne changent guère lors du prochain règne, car mon époux ne jure que par Mme de Poitiers !

– La duchesse d'Étampes a pourtant de nombreuses fois été accusée de tromper le roi, s'indigna Oriane.

– Et c'est pure vérité ! Sa Majesté a même trouvé un jour le jeune Christian de Nançay dans le lit de sa maîtresse, car la demoiselle Renée des Colliers, postée dans le couloir et chargée de faire le guet, s'était par mégarde endormie. Eh bien, croyez-le si vous voulez, le roi a fait semblant de ne pas reconnaître sa belle Anne, car il lui aurait fallu la répudier ! Voyez comme elle le tient !

Oriane pouffa de rire.

– Mon Dieu que tout cela est drôle ! Je m'imagine la tête de la duchesse d'Étampes ! Et qu'est-il advenu de son compagnon ?

– Le roi l'a vertement tancé d'oser mignoter *une des dames de Mme d'Étampes* dans son propre appartement et l'a purement et simplement fait jeter en prison !

– Il est vrai qu'il y avait crime de lèse-majesté ! renchérit Oriane, au comble de la joie.

Les deux femmes devisèrent ainsi un long moment, et la soirée était fort avancée lorsque, une chandelle à la main, Oriane regagna ses appartements situés non loin de ceux de la dauphine.

Elle n'avait pas fait cinq pas dans le couloir qu'elle entendit des rires. Lentement, à pas mesurés, elle s'approcha. Ces bruits provenaient des appartements d'Henri de France. La jeune femme colla son oreille à la porte de l'antichambre et, reconnaissant la voix de Mme de Poitiers, qui se rapprochait, comprit que la porte allait s'ouvrir. Promptement, elle recula pour se cacher derrière les lourds rideaux de velours, non sans avoir soufflé sa chandelle.

La porte s'entrebâilla en effet, et la jeune femme vit Diane sortir tout d'abord, suivie du prince.

– Allez, mon ami ! chuchota-t-elle. Je vous promets des heures délicieuses demain !

– Mais ma mie, nous sommes déjà demain ! Je vous en prie…

– Non, une promesse est une promesse. Allez ! insista-t-elle en lui désignant du menton les portes des appartements de la dauphine.

Henri soupira et frappa de petits coups secs sur l'huis. Quelques secondes plus tard, une servante ensommeillée ouvrit la porte. Reconnaissant le visiteur, elle se réveilla tout à fait, fit une révérence et s'effaça pour le laisser entrer.

Dans le couloir, Diane s'éloignait déjà vers l'escalier.

Dès que la galerie fut de nouveau sombre, Oriane sortit de sa cachette et demeura un instant immobile, attendant que le silence revienne.

Elle soupira tristement. Le sort de Catherine n'était décidément pas enviable.

– Que diable faites-vous ici, en chemise, à cette heure avancée de la nuit ?

La jeune femme sursauta. Elle ne connaissait que trop bien cette voix.

– Mais… Et vous ? repartit-elle, surprise.

Marc leva un sourcil.

– Serait-ce trop vous demander que de savoir pourquoi je vous vois en cette tenue plus que légère devant les appartements de monseigneur ? Est-ce donc cela le but que vous poursuivez ?

– Le… Comment ? s'écria-t-elle, scandalisée.

– Vous avez lu vous-même le billet que j'ai malencontreusement perdu : vous savez pourtant que la place est prise ! lâcha-t-il, amer.

– Mais vous perdez la raison ! Vous m'accusez de vouloir séduire Son Altesse ?

Oriane était hors d'elle.

Marc, blême, ne décolérait pas.

– Ainsi, vous voulez bien renoncer à votre vocation, mais seulement si le sacrifice en vaut vraiment la peine !

– Mais vous êtes fou ! Et cessez d'évoquer ma vocation, je vous prie, vous moins que tout autre avez le droit de m'en entretenir ! rugit-elle. Je viens de chez madame la dauphine qui m'a fait mander, car elle ne parvenait pas à dormir ! Et puis d'ailleurs, je ne vois même pas pourquoi je prends la peine de vous raconter tout cela, puisque je n'ai aucun compte à vous rendre ! Bonsoir messire !

Sans lui laisser le temps de dire un mot, elle tourna précipitamment les talons et se dirigea vers ses appartements. En deux enjambées, Marc fut sur elle et lui attrapa le bras.

– Je n'en ai pas fini avec vous !

– Moi, si ! Et lâchez-moi ! Vous me faites mal !

Marc l'attira contre lui et prit ses lèvres. Elle se débattit, mais il ne relâcha pas son étreinte. Il l'embrassait si avidement qu'il lui coupait le souffle. Il y avait dans son baiser tant de frustration, de désir contenu qu'il en perdait la tête... Elle tenta encore de s'échapper, en vain. Peu à peu, elle se sentait s'alanguir, et finit par répondre à son appel.

Elle le trouvait certes insupportable, mais l'attirance qu'elle éprouvait pour lui était intacte et le fait de le côtoyer presque chaque jour avait ravivé une passion qu'elle croyait enfuie.

Marc gémissait à présent, continuant à l'embrasser, parcourant son dos de ses belles mains, jusqu'à descendre dans le creux de ses reins. Oriane soupirait, se plaquant contre lui, sentant son désir aviver le sien. Les mains du jeune homme remontèrent jusqu'à ses seins qu'il caressa tout en promenant sa bouche sur son cou et dans son décolleté. Puis, n'y tenant plus, il fit remonter la chemise le long de ses cuisses nues en la plaquant contre le mur. Oriane sentait sa tête tourner.

– Mon amour... murmura Marc en commençant à la caresser de façon plus précise.

Oriane fondait littéralement dans les bras de cet homme qu'elle n'avait pu oublier et poussa un long soupir, à l'écoute des sensations que Marc réveillait. De son autre main passée sous sa chemise, il effleurait toujours l'un de ses seins, tout en la couvrant de milliers de baisers. Oriane sentit le désir monter en elle comme une vague. Son corps appelait celui de Marc, réclamait plus. Elle arrêta soudain sa main qu'elle prit dans la sienne. Le jeune homme se recula et scruta le regard d'ambre de la femme qu'il aimait, à la clarté lunaire qui filtrait dans le couloir.

Il y lut l'invitation au voyage qu'il attendait.

Elle l'entraîna vers ses appartements, situés au bout de la galerie. Lorsque la porte se referma derrière eux, il prit Oriane dans ses bras pour la déposer sur le lit.

Le temps était suspendu.

La nuit leur appartenait.

*

Marc s'éveilla aux premières lueurs de l'aube, le bras engourdi sous la nuque d'Oriane qui dormait profondément. Il le retira en prenant soin de ne pas la réveiller et la contempla un long moment dans la pénombre. Ses cheveux soyeux étalés sur l'oreiller laissaient voir sa nuque gracile. Il ne résista pas à l'envie de tirer le drap et regarda son dos, la courbe gracieuse de sa hanche, ses longues jambes… Il aurait voulu parcourir encore de ses mains la peau si douce de celle qu'il retrouvait enfin. Son parfum flottait dans la pièce, et c'est avec un soupir de bonheur qu'il recouvrit Oriane et se leva sans faire de bruit. Il eût été impensable que l'on puisse dire à la Cour que l'on avait vu M. de Saint-Herray sortir des appartements de Mlle de Vaudricourt au petit matin.

Marc se hâta de se vêtir, afin de disparaître avant que les premières chambrières ne commencent à gagner les étages. Tout doucement, il traversa la pièce, parvint à l'antichambre et ouvrit la porte. Il s'assura que le couloir était désert, puis, après avoir jeté un dernier coup d'œil sur le théâtre de cette inoubliable nuit, se glissa à l'extérieur et referma le lourd battant de bois en tournant très délicatement la poignée. En quelques enjambées, il fut dans l'escalier et décida que l'air frais du matin lui ferait du bien. D'un pas alerte, il partit en direction des écuries où il sella son cheval.

Le ciel était rose lorsqu'il prit la grande allée qui l'emmena au fond du parc. Le soleil promettait d'être encore brûlant tout le jour et Marc respira à pleins poumons cette aube nouvelle.

Il l'avait aimée toute la nuit.

Elle avait souhaité faire l'amour avec lui, comme naguère. Il avait retrouvé la femme qui s'était éveillée à la sensualité dans ses bras et, lorsque Marc repensait aux moments qu'il venait de partager, il ne pouvait s'empêcher de sourire en songeant au chemin parcouru. Elle était décidément bonne élève, car c'était une femme épanouie, expérimentée, qu'il avait amenée au plaisir la nuit passée, dans le secret de leur alcôve.

Aujourd'hui, rien ne s'opposait à ce qu'il vive avec elle au grand jour. Un sentiment de joie lui gonflait la poitrine, il lui semblait qu'un poids s'était enlevé de ses épaules. Après tout ce temps perdu, elle serait enfin sa femme.

*

Oriane émergea d'un sommeil sans rêve lorsque sa servante tira les rideaux. Le soleil déjà haut entra à flots dans la chambre, et la jeune femme cligna des yeux. Elle entendit l'eau chaude que l'on versait dans son bassin d'argent et s'étira. Son corps engourdi gardait l'empreinte de sa nuit, et toutes les images lui revinrent précipitamment en mémoire. Comment avait-elle pu se laisser aller à refaire l'amour avec Saint-Herray ? Il fallait qu'elle ait complètement perdu l'esprit ! Était-elle grise du petit vin qu'elle avait bu chez Catherine ? Les tempes lui battaient, elle peinait à garder les yeux ouverts et sentait que son humeur virait à l'orage. Elle espérait seulement que cet épisode demeurerait sans lendemain et que Marc ne lui accorderait pas plus d'importance qu'elle ne souhaitait lui en donner elle-même. Il fallait une fois pour toutes qu'elle parvienne à ne plus l'aimer, et ce n'était certes pas en vivant des moments d'intense volupté dans ses bras qu'elle allait y arriver !

Pestant contre elle-même, elle se dirigea vers son cabinet de toilette sous l'œil attentif de sa servante, qui se demandait ce que sa maîtresse pouvait bien lui reprocher pour ne pas lui avoir jeté un regard ni même l'avoir saluée.

Oriane mit ses mains en coupe et plongea son visage dans l'eau parfumée, puis se tamponna avec un linge propre. Elle revint s'asseoir sur son lit avant de poursuivre sa toilette, n'étant pas bien sûre d'avoir envie de se lever. Elle ne souhaitait rien tant que de glisser à nouveau dans le sommeil pour oublier sa bêtise, ne plus avoir à en envisager les conséquences et pouvoir peut-être même rêver d'autre chose. Mais Catherine lui avait donné rendez-vous pour une promenade à cheval. Elle ne pouvait y déroger sans afficher une indisposition quelconque qui ne manquerait pas d'alerter la dauphine, laquelle dépêcherait auprès d'elle une quantité de médecins et d'apothicaires chargés de la saigner, de la purger ou d'ordonner des fumigations. À cette seule pensée, elle se remit sur ses jambes et pria sa servante de l'aider à sa toilette. Elle monta dans une bassine et reçut l'eau tiède sur ses épaules comme une bénédiction.

Oriane ne parvenait pas à savoir ce qui l'irritait davantage : avoir de nouveau succombé à Saint-Herray ou bien avoir vécu le même éblouissement…

Ainsi préparée, en tenue d'amazone légère, elle descendit les degrés qui la menaient au jardin. Elle avait à peine contourné le bâtiment pour parvenir aux écuries qu'elle entendit des voix. Avant qu'elle n'ait eu le temps de réagir, le dauphin, accompagné de Montmorency et de Saint-Herray, arrivait en bavardant gaiement après son entraînement matinal.

– Les affaires de l'État ne sont que prétexte, mon cher, quand cela vous permet de ne rien faire par cette chaleur déjà pesante, plaisantait Henri à l'adresse du connétable de Bourbon.

– Je reconnais avec toute l'honnêteté du monde que je n'ai pas pressé le pas pour venir vous rejoindre : je n'ai guère dormi la nuit passée, confirma Montmorency.

– Eh, j'ai de même peu sommeillé, renchérit le dauphin avec un clin d'œil à l'adresse de Saint-Herray, et pour autant, j'étais en lice à l'heure dite ! Tiens, mademoiselle de Vaudricourt ! Charmante surprise. Quel bon vent vous amène ?

Oriane s'inclina gracieusement devant le futur souverain sans un regard pour Marc qui pourtant la dévorait des yeux.

– Je dois rejoindre madame la dauphine aux écuries pour une promenade à cheval avant que le soleil ne soit trop haut.

– Il est vrai que nous allons encore avoir une journée de feu. Vous êtes bien courageuse, car nous étions justement en train d'évoquer la torpeur qui nous gagne sous des températures assommantes la nuit comme le jour !

– Je crains davantage le froid que la chaleur, Votre Altesse, et, par chance, mes appartements sont orientés au nord. Je puis donc m'y reposer tout à fait convenablement.

Oriane s'adressait exclusivement au dauphin, répondant fort courtoisement à cette anodine conversation de cour, tandis que ses jambes tremblaient et qu'elle eût volontiers demandé à s'asseoir.

– Fort bien, fort bien. En ce cas, bonne promenade, mademoiselle, et dites de notre part à la dauphine de se ménager sur sa monture et de préférer l'amble au galop ce matin, afin de ne pas compromettre les chances d'un heureux événement ! ajouta-t-il d'un air entendu qui fit baisser les yeux d'Oriane.

– Comptez sur moi, Votre Altesse, dit-elle en achevant sa révérence.

Lorsqu'elle se releva, son regard croisa enfin celui de Marc dont les prunelles étaient glacées. Il n'appréciait visiblement pas d'être traité comme quantité négligeable. Mais Oriane se félicita d'être parvenue à ne rien laisser paraître de ses sentiments et, ramassant la traîne de sa longue jupe, s'éloigna dignement pour gagner les écuries où l'attendait Catherine.

XX

Manoir de Vatteville, Normandie,
septembre 1540

La chaleur était accablante. Arrivé d'Anet où il avait souhaité faire une halte, François, accompagné d'une partie de sa Cour, séjournait dans son manoir de Vatteville. Revenu du port de Villefrançoise-de-Grâce[1] qu'il venait d'inspecter, le souverain avait dû s'aliter, en proie à de fortes coliques[2].

– Par Dieu, voilà trois fois que mon fondement se vide ! pesta le roi.

– Peut-être faudrait-il envisager de purger Votre Majesté, avança timidement le médecin convoqué au chevet du malade qu'il savait toujours récalcitrant.

– Morbleu, ne trouvez-vous pas que la nature le fasse d'elle-même ? Par tous les diables, je ne garde aucune nourriture et ne puis quitter ma chaise percée ! Est-ce mon trépas que vous espérez ? Au lieu de chercher un

1. Le Havre.

2. La canicule avait sévi tout le mois d'août en Normandie, déclenchant une forte épidémie de dysenterie qui n'épargna ni le souverain ni sa famille.

moyen de m'occire, dites-moi plutôt comment va le dauphin ?

L'homme de science parut embarrassé.

– Eh bien, parlez, ventrebleu ! rugit le roi. Vous n'êtes point donzelle !

– Son état s'est aggravé, Majesté.

François se redressa sur ses oreillers.

– Qu'est-ce à dire ?

– Il ne quitte pour ainsi dire plus le lit et, comme ses jambes ne le portent plus, il ne peut gagner son cabinet d'aisances et se soulage dans un bassin. De plus, il a vomi plusieurs fois ce tantôt et semble vraiment très faible. La grande sénéchale le veille jour et nuit.

François se renfrogna. Décidément, les temps n'étaient pas aux réjouissances. L'héritier du trône de France malade et la Cour plus que jamais partagée en deux clans, celui de la duchesse d'Étampes contre celui de Diane et du dauphin, qui soutenaient le connétable de Montmorency.

On savait depuis avant l'été[3] que Charles Quint s'était joué du roi de France. Toutes ces fêtes, ces agapes, ces entrées solennelles dans les villes où les deux souverains avaient chevauché côte à côte n'avaient été qu'un leurre.

François, floué, abusé, trompé, ne décolérait pas.

On annonça la visite de Montmorency. Le roi, agacé, fit répondre qu'il se reposait et ne pouvait le recevoir. Après tout, le connétable de Bourbon était en grande partie responsable de cette humiliation. La duchesse d'Étampes avait raison de fustiger Anne de

3. Voir les annexes.

Montmorency. Il avait été l'instigateur de la rencontre entre les deux souverains et avait grandement appuyé au Conseil dans le sens d'une réconciliation.

Le souverain soupira. La couronne de France était un bien lourd fardeau.

Il referma les yeux et tenta de sommeiller.

Demain serait un autre jour.

*

– Là… tout doux, tout doux…

La voix calme de Diane parut apaiser le dauphin tandis qu'elle lui bassinait les tempes d'un linge imbibé d'eau de rose fraîche. On avait à l'instant retiré le bassin, et l'air de la chambre empuantie, plongée dans l'obscurité, était suffocant. Henri venait d'avoir une effroyable colique qui l'avait laissé pantelant. D'un air inquiet, Diane avait tendu le bassin à la servante chargée de le vider, et chacun avait pu voir que le dauphin maintenant saignait par les boyaux. Blanc, émacié, les traits tirés, il se marquait déjà du masque de la mort tant ses joues étaient creusées et ses yeux cernés de noir. Il ne parlait plus, mais gémissait continuellement, serrant la main de Diane, qu'il ne voulait pas lâcher. La grande sénéchale ne quittait pas sa chambre, l'assistant dans sa douleur au risque d'y perdre elle-même la santé, car chacun avait compris qu'il s'agissait d'un mal contagieux. Le mot *épidémie* circulait à la Cour : de nombreuses personnes avaient déjà péri dans la région. Fêtes et bals avaient cessé, chacun tentant de se protéger, et l'on craignait aussi pour les jours d'Henri d'Albret[4] qui semblait au plus mal.

– Madame, madame la dauphine demande à vous remplacer, afin que vous puissiez prendre quelque repos, chuchota la servante, qui revenait avec des draps propres.

– Remerciez-la vivement de son attention, mais dites-lui que monseigneur insiste pour que ce soit moi qui le veille, répondit Diane.

Puis elle se retourna vers le malade, qui lui serra la main.

– Là… Je suis là… Ne craignez rien…

*

– Ah, ça, par exemple ! Entendez-vous, Oriane ? Il ne veut qu'elle !

La servante porteuse de cette délicate commission se dandinait d'un pied sur l'autre, ne sachant s'il lui fallait disposer ou demeurer.

– Eh bien, qu'attendez-vous, ma fille ? Filez ! Vous serez bien plus utile auprès de monseigneur qu'en restant plantée là ! rugit Catherine.

– Calmez-vous, Altesse, je suis certaine que monseigneur ne souhaite pas vous exposer à la contagion… avança Oriane.

– Et pourquoi en ce cas prendrait-il le risque de mettre en danger sa maîtresse ? Non, cela ne tient guère : aucun homme ne songe à ce genre de choses !

4. Époux de Marguerite d'Angoulême, la sœur de François Ier. Ils sont les parents de Jeanne d'Albret, qui elle-même sera la mère du futur Henri IV.

– Toute maîtresse qu'elle est, la grande sénéchale n'est pas censée porter en son sein l'héritier de France ! Et si le dauphin sent sa vie menacée, celle de l'enfant que vous attendez peut-être n'en est que plus précieuse !

– Mmm… admettons, maugréa Catherine, l'œil soupçonneux. Mais quels que soient les motifs de mon époux, toute la Cour à présent connaît la bonne fortune de Mme de Poitiers, et cela me rend folle de rage !

Oriane songea avec amertume qu'elle s'était obligée à renouer une relation avec Marc, afin d'obtenir un renseignement qui n'était ce jourd'hui plus un secret pour personne. Si seulement tout cela était arrivé plus tôt, elle n'aurait pas été tenue de se briser le cœur une seconde fois. Fort heureusement, Oriane n'avait pas eu l'occasion de recroiser Saint-Herray après ce moment d'égarement où, à Fontainebleau, ils étaient redevenus amants.

Elle chassa une mouche qui l'agaçait depuis un moment. L'air était irrespirable et la tension palpable : l'orage approchait et chacun l'appelait de ses vœux pour que la fraîcheur s'installe enfin. Le vent se levait, aérant un peu le manoir où l'odeur des fumigations se mêlait à celle qui montait des cuisines.

La jeune femme n'aspirait qu'à une chose : gagner sa couche et dormir sitôt que Catherine lui aurait signifié qu'elle pouvait disposer. La chaleur l'alanguissait et tous ces relents pestilentiels émanant des appartements des malades lui portaient sur le cœur.

– Qu'avez-vous, Oriane ? Vous êtes bien pâle, vous aussi ! J'espère que vous n'allez pas succomber à cette odieuse épidémie ! Allez donc vous reposer, nous nous verrons demain, ordonna Catherine.

La jeune femme ne se fit pas prier, s'inclina et disparut dans la pénombre du couloir.

Digne descendante des Médicis, l'ancienne duchessina alla s'asseoir vers sa fenêtre ouverte et consulta un vieux grimoire. Lorsque tout semblait lui échapper, elle se rassurait avec des sciences exactes. La pratique de la mathématique allait lui fournir de quoi s'occuper l'esprit et se calmer.

XXI

Château de Saint-Germain-en-Laye,
novembre 1540

Dans les appartements royaux, les murs tremblaient de la colère du souverain. Arpentant les épais tapis colorés, François Ier, totalement remis de ses déboires de santé normands, vociférait injures et menaces en levant le poing vers le plafond, comme s'il en appelait Dieu à témoin. Assise dans le lit, calée par de nombreux oreillers, la duchesse d'Étampes savourait son triomphe : elle allait enfin pouvoir abattre le connétable de Montmorency. Mais connaissant le roi, elle attendait qu'il ait fini de vitupérer pour avancer ses pions.

Toute la Cour était en état de choc. On venait d'apprendre par un chevaucheur que le 11 octobre, à Bruxelles, Charles Quint avait conféré le duché de Milan à son fils. La trahison était totale. Plus question d'accords de paix, de traités ou d'alliances, on s'acheminait droit à la guerre. Il était clair pour tout le monde que l'empereur s'était joué de François Ier et que toutes ces manifestations d'amitié qui avaient eu lieu lors des fêtes de fin d'année quelques mois plus tôt n'étaient qu'hypocrisie. Charles Quint avait eu besoin de traverser le royaume de France et avait endormi le roi François par de bonnes paroles pour parvenir à ses fins.

L'humiliation était à son comble.

Anne de Montmorency, qui avait tant œuvré pour le rapprochement des deux souverains, se trouvait dans une position délicate. On ne savait ce qui l'emporterait de l'amitié que lui portait le roi ou de la haine que lui vouait la duchesse. L'atmosphère à la Cour devenait irrespirable.

– J'aurais dû savoir qu'avec ce fourbe il ne pouvait s'agir que d'un marché de dupes ! tempêta le roi.

– Mais mon ami, votre vigilance et votre grand sens politique ont été endormis par le fait que tout cela se faisait par l'entremise de quelqu'un en qui vous aviez toute confiance… Ce n'est pas vous, mais le connétable qui aurait dû peut-être prendre plus de garanties. Il y a là un réel manquement !

– Vous avez sans doute raison, ma mie, concéda le monarque, dont l'orgueil était blessé, mais enfin l'empereur lui-même m'avait assuré de ses bons sentiments…

– Et qui vous dit que Montmorency ne lui promettait pas aussi dans votre dos des choses que la France n'aurait pas pu tenir ensuite ?

– Je connais Anne depuis l'enfance, il ne trahirait jamais la couronne.

– Et comment appelez-vous la situation dans laquelle nous sommes aujourd'hui par sa faute ?

– Ah, j'enrage ! tempêta le souverain en assénant un coup de poing dans un carreau de velours posé sur un coffre de bois sculpté.

– Vous savez combien il m'est pénible de devoir vous blesser, mais je vous aime de tout mon cœur et si je ne suis pas sincère avec vous, qui le sera ? minauda la duchesse. Il faut pourtant regarder les choses en face…

– Qu'est-ce à dire ? grogna François.

– Le connétable est certes un de vos amis d'enfance, mais ces dernières années, il s'est davantage rapproché de votre fils. Or, depuis la maladie du dauphin, vous n'ignorez plus, je pense, les liens qui unissent Henri à Mme de Poitiers.

– Et puis ?

– Eh bien, je sais que ce genre de choses n'intéresse guère la gent masculine, susurra-t-elle, mais il se trouve que Mme de Poitiers me jalouse terriblement. Elle me hait même, car je suis bien plus jeune et plus jolie qu'elle… expliqua Anne d'une voix douce en lissant sa belle chevelure cascadant sur ses épaules, dénouée par sa nuit d'amour avec le roi.

– Ma mie, je vous accorde que votre beauté surpasse sans conteste celle des autres femmes de cette Cour, mais je ne vois pas très bien le rapport avec le connétable de Bourbon ! s'agaça François.

Anne écarta prestement draps et fourrures, laissant apparaître son beau corps d'albâtre. Frissonnante, elle se leva, les seins durcis par le froid, et se précipita dans les bras de François qui referma sur elle les grandes manches tombantes de sa robe d'intérieur en velours bleu de nuit.

– Naïf que vous êtes ! Pensez-vous que l'on puisse aujourd'hui décemment et en toute honnêteté servir fidèlement à la fois le roi et le dauphin, que tout oppose dans cette Cour ?

– Mais, je…

– Nenni !

Elle se serra contre lui jusqu'à sentir qu'elle le troublait.

– Vous êtes empli de bonté et ne percevez pas toujours la noirceur des hommes… C'est pour cela que je vous aime tant… ajouta-t-elle le souffle court, la bouche entrouverte, embrassant son visage, comme si une vague de désir lui faisait perdre la tête.

– Ma mie, ma mie, haleta le roi, que ferais-je sans vous ? dit-il d'une voix altérée en empoignant ses fesses.

– Vous n'êtes pas sans moi, souffla-t-elle. Je suis toute à vous…

Il la souleva comme un fétu de paille et l'emmena sur le lit.

Anne sut qu'elle avait gagné.

Le connétable serait désavoué.

XXII

Paris, palais du Louvre, décembre 1540

Oriane et Catherine choisissaient des étoffes que le drapier de la Cour venait de déposer. De lourds rouleaux de tissus chamarrés jonchaient le sol et les deux jeunes femmes s'extasiaient sur les soies, les velours et les satins que les Espagnols appelaient « *acetuni* », car ce tissu chatoyant arrivait en fait de Chine, d'une ville nommée Tsia-toung.

Catherine avait des goûts très sûrs et veillait toujours à ce qu'on laissât les échantillons dans son antichambre, afin de se décider seule, sans avoir un artisan pour papillonner autour d'elle et l'étourdir de propositions et d'exclamations concernant son teint ou son exceptionnelle tournure. La vile flatterie ne l'intéressait pas. Elle préférait grandement faire ses choix au calme avec sa dame de compagnie, passant en revue ses obligations à venir et la pertinence de porter telle ou telle toilette. Elle écrivait ensuite une sorte de bon de commande que le drapier venait chercher en remportant ses étoffes.

Les deux amies examinaient une soie grenade irisée de bleu aux reflets argentés, lorsqu'on annonça le dauphin. Oriane, agenouillée auprès des tissus, se releva promptement et commençait à se retirer quand Henri, paraissant dans l'encadrement de la porte, lui enjoignit de rester.

– Je vous en prie, mademoiselle de Vaudricourt, demeurez. D'abord parce que je n'en ai que pour un instant et ne voudrais priver mon épouse de votre présence bienveillante, ensuite parce que ce que j'ai à lui dire vous concerne tout autant.

– Que se passe-t-il ? demanda Catherine en lâchant le tissu.

– Des événements fâcheux et qui me contrarient au plus haut point, rugit-il. Le roi mon père vient de retirer à notre ami le connétable la direction de la diplomatie, qu'il a remise au chancelier. Sa Majesté lui laisse certes ses fonctions militaires, mais lui supprime les attributs de ses charges civiles : Montmorency a dû rendre les clés du coffre du Louvre qu'il détenait en sa qualité de grand maître, et le voici aujourd'hui privé de ses droits de gouverneur du Languedoc. C'est intolérable !

Catherine s'approcha et posa tendrement sa main sur le bras de son époux en signe de soutien.

– Je comprends votre indignation, mon ami, mais Sa Majesté est souveraine et ses décisions sont…

– Sont celles de cette vipère de Pisseleu, que je vous interdis, madame, de côtoyer désormais[1] ! tonna Henri.

– Vous m'interdisez d'adresser la parole à Mme d'Étampes ? Mais comment voulez-vous que cela soit, alors même que nous nous croisons chaque jour, à la chasse ou aux dîners ? s'indigna son épouse.

1. Voir les annexes.

– Arrangez-vous pour que cela puisse être ! Après tout, notre amie Mme de Poitiers y parvient fort bien depuis des mois.

À cette évocation, la dauphine se crispa et retira son bras.

– Mme de Poitiers a sans doute bien des talents, mais elle n'est pas la belle-fille du roi qui tient, lui, Mme d'Étampes en très haute estime ! Concédez, mon ami, que l'exercice est tout de même plus périlleux pour moi que pour elle ! regimba Catherine, qui s'agaçait du statut de Diane maintenant établi aux yeux de toute la Cour.

– Vous ferez cependant cet effort, madame, car je souhaite être obéi, lâcha Henri, glacé. J'ajoute que cette demande s'étend aussi à ma tante Marguerite, qui goûte un peu trop la compagnie de cette méchante femme. Vous ferez de même, mademoiselle de Vaudricourt, puisque aussi bien vous appartenez à la maison de la dauphine et que vous partagez son intimité. Sur ce, souffrez que je vous laisse à vos occupations, je dois retrouver le connétable et Mme de Poitiers.

– Il en sera fait selon vos désirs, monseigneur, répondit Oriane en faisant la révérence.

– J'imagine en effet que nous n'avons pas le choix, ajouta Catherine avec un sourire forcé.

Mais lorsque le prince eut tourné les talons et qu'elle entendit la porte se refermer, elle saisit une petite cruche en étain posée sur un coffre et la lança contre le chambranle de bois.

– Qu'il aille au diable avec sa dame de Poitiers ! hurla-t-elle.

XXIII

Fontainebleau, janvier 1541

La lumière du soleil teintait la neige de reflets bleutés. Henri et Diane, qui se promenaient avec le connétable, plissaient les yeux tant la réverbération était intense. Le léger redoux de la veille avait commencé à fondre le givre, lequel avait durci de nouveau au cœur de la nuit, figeant les gouttelettes au bout des feuilles et drapant de dentelles de glace les extrémités des branches. Les sons étaient atténués, l'atmosphère cotonneuse. Lorsque les trois amis cessaient de discuter, le bruit de leurs pas, caractéristique de la neige que l'on écrase, était le seul que l'on percevait dans toute la forêt.

Diane s'amusait à repérer les traces d'animaux, petits ou gros, laissées dans l'immense tapis blanc qui annihilait tous les reliefs. Il n'y avait plus de prairies ou d'allées, juste une étendue immaculée sur laquelle se reflétait le soleil. Le froid était vif, mais la grande sénéchale mettait un point d'honneur à sortir par tous les temps. Marcheuse infatigable, elle entraînait parfois le dauphin, lequel priait le connétable de se joindre à eux, afin de ne pas trop prêter le flanc aux mauvaises langues.

– La nature est vraiment splendide ! Est-ce parce que je suis née en janvier[1] que cette saison me plaît tellement ? Regardez comme tout brille !

– Il est vrai, ma mie. C'est certainement ma saison favorite, puisque c'est celle que vous avez choisie pour venir en ce monde, dit Henri en lui baisant le bout des doigts. Et Fontainebleau est sans doute l'un des domaines que je préfère en janvier. Le froid y est vif mais franc et je goûte mieux la neige que la pluie de la vallée de la Loire. Qu'en pensez-vous, mon cher ? demanda Henri en se tournant vers Montmorency.

– Ma foi, je partage votre préférence pour la neige plutôt que pour la pluie. Savez-vous que mon domaine d'Écouen, qui est à une vingtaine de kilomètres au nord de Paris, accuse des températures et des averses de neige plus sérieuses encore que Fontainebleau, qui est au sud ? On peine à croire que cela puisse faire une telle différence. Je me demande comment je vivrai cela tout au long de l'hiver… ajouta le connétable d'un air songeur.

– Tout au long de l'hiver ? Mais pourquoi y demeurer si longtemps ? s'enquit Diane, qui avait perçu dans sa réponse une tristesse sourde.

– Eh bien, les choses sont en train de changer en cette Cour… Le roi ne m'accorde visiblement plus sa confiance, poussé en cela par Mme d'Étampes qui me hait, vous l'avez vu vous-mêmes !

– Ah, ça ! J'ai interdit à la dauphine de fréquenter cette vipère ! s'emporta Henri.

1. Le 9 janvier 1500 (rappel).

– Ce n'est certes pas ce que vous avez fait de mieux, mon cher, lâcha Diane en arrêtant son pas.

– Que voulez-vous dire ? Vous ne souhaitez pas isoler cette méchante femme ?

– Mais ce faisant, c'est nous que vous avez isolés ! Tant que ma cousine Catherine devisait avec Mme d'Étampes, nous savions un peu plus ce qui se passait au Conseil !

– Il est vrai, intervint Montmorency en s'adressant au dauphin, que ne plus y siéger vous-même ne nous aide guère dans nos visées politiques. Comment donc avoir une idée précise de l'attitude qu'il convient d'adopter quand on ne sait rien de ce qu'il advient du royaume ? C'est à peine si l'on peut aujourd'hui rencontrer les ambassadeurs !

Le trio se remit en marche. Diane soufflait dans ses mains.

– La situation devient insupportable ! Je hais cette femme qui tient mon père sous son joug !

– La reine de Navarre[2] semble fort goûter sa compagnie, elle aussi, remarqua le connétable.

– Elles tentent toutes deux de convaincre le roi d'adopter la religion des réformés ! C'est une honte pour le royaume et pour notre sainte Église ! s'indigna Henri.

– Mme d'Étampes protège de nombreux huguenots, lesquels menacent directement les fondements mêmes de notre foi, reprit Diane calmement. Mais le jour où vous serez roi, Henri, il ne tiendra qu'à vous de ramener l'ordre et la paix, conclut-elle tendrement.

2. Marguerite, sœur du roi.

– Mes amis, mes chers amis, vous serez à mes côtés pour m'y aider, s'enthousiasma le futur souverain en prenant Diane et Montmorency chacun par une épaule.

Une légère brise secoua les branches, qui neigèrent sur les têtes de la grande sénéchale, du connétable et du dauphin, emportant leurs propos tandis qu'ils échafaudaient les grands projets des lendemains du royaume de France.

*

Oriane et Catherine venaient de démonter et sortaient de l'écurie dans le froid vif du matin. Elles avaient toutes deux les pommettes rouges et les yeux brillants. Malgré leurs gants, leurs doigts s'engourdissaient d'avoir serré les rênes. La belle-fille du roi de France n'aimait rien tant que ces échappées à travers bois avec sa dame d'honneur, loin des contraintes du protocole et des oreilles indiscrètes de la Cour.

– Venez, Oriane, passons par les cuisines, nous y goûterons le gâteau de pain rôti aux pommes que dame Eulalie préparait ce matin !

La jeune fille suivit sa maîtresse à contrecœur. Elle n'avait pas faim et aurait souhaité être un peu seule, se reposer de cette longue promenade en forêt qui l'avait obligée à se lever à l'aube quand elle eût tant aimé dormir au chaud sous ses fourrures. Elle n'avait pas revu Marc et avait appris incidemment que le dauphin lui avait demandé de l'accompagner à Anet. Toutefois, Henri étant de retour, il y avait fort à parier que Saint-Herray croisait de nouveau dans les parages, et cette idée la rendait nerveuse.

Sitôt entrée dans la cuisine, la dauphine s'était attablée, ce qui semblait gêner le personnel, peu habitué à côtoyer une personne de si haut rang. Catherine feignait de ne pas déceler leur trouble et leur intima l'ordre de se remettre au travail après qu'ils eurent effectué maladroitement une révérence.

– Son Altesse Royale souhaite que je lui fasse apporter un chaudeau[3], un riz cuit au lait et une part de mon pâté de pain aux pommes dans ses appartements ? demanda timidement Eulalie en rougissant devant ses fourneaux.

– Ne vous dérangez point, ma bonne, répondit Catherine. Nous serons très bien ici pour nous sustenter : c'est de loin la pièce la plus chaude du château et tout ceci sent divinement bon ! Asseyez-vous, Oriane !

Cette dernière parut hésiter, puis s'installa sur un tabouret de bois en notant qu'on la dévisageait avec curiosité.

– Oh ! Regardez-moi cette terrine ! Nous avons bien gagné d'y goûter un peu, par ce froid ! Je meurs de faim. Tenez, prenez un tranchoir...

Oriane, n'y tenant plus, se leva, la main sur la bouche, et se précipita dehors. Lorsque Catherine la rejoignit, sa nausée était passée et la jeune femme se tamponnait les tempes avec un carré de dentelle.

– C'est donc ça, lâcha Catherine. J'avais entendu deux chambrières bavarder à votre sujet, mais je ne voulais pas y croire... Vous êtes grosse ! Suivez-moi, intima-t-elle d'un ton sans réplique.

3. On l'appelle aujourd'hui « lait de poule », obtenu en versant du lait bouillant aromatisé sur des œufs crus.

Lorsque Oriane la vit se diriger vers les cuisines, elle eut un haut-le-cœur à l'idée d'être de nouveau confrontée à toutes ces odeurs, mais entendit la dauphine annoncer d'une voix impérieuse :

– J'ai changé d'avis, soyez aimable de nous faire monter, à Mlle de Vaudricourt et à moi-même, quelques tranches de pain, de la terrine, du fromage, du pâté de pain rôti aux pommes et des confitures. Ajoutez un peu de vin et un pot de lait.

Elle tourna les talons sans même prendre le temps de vérifier qu'Oriane la suivait dans les escaliers et regagna ses appartements en quelques foulées. Sitôt qu'elles furent seules, elle se retourna et dévisagea la jeune femme d'un air sévère et mécontent.

– Qui ?

– Pardon ?

– Dites-moi qui est le père du bâtard que vous portez !

– Votre Altesse...

– Ah, je vous en prie, ne jouez pas les vierges effarouchées avec moi, Oriane ! Vous sembliez ne point vous intéresser aux jouvenceaux de cette Cour et je vous retrouve sur le point d'être mère ! Qui est le père de cet enfant ?

– Marc de Saint-Herray, lâcha Oriane dans un souffle.

– Diantre, vous prenez trop à cœur les missions que l'on vous confie, ma fille ! Je vous avais demandé de le charmer, pas de vous compromettre ! Entrez ! ordonna-t-elle, entendant que l'on frappait.

Deux servantes déposèrent tous les mets sur un dressoir qui s'appuyait au mur.

– Merci, laissez-nous.

La porte se referma. S'ensuivit un long silence. Catherine s'était levée et commençait de piocher dans la terrine.

– Comment est-ce arrivé ?

– Cet été, ici… Une folie… murmura Oriane.

– Ça, vous pouvez le dire !

Elle marqua un temps, puis demanda plus doucement :

– Vous l'aimez ?

– Peu importe : lui ne m'aime pas.

L'épouse d'Henri se redressa vivement.

– C'est bien regrettable, car il va tout de même lui falloir vous épouser !

– Non !

Oriane avait crié sans s'en rendre compte. Catherine sursauta, puis examina sa compagne avec attention.

– Savez-vous bien à qui vous vous adressez, mademoiselle de Vaudricourt ?

– Je vous en demande pardon, Votre Altesse, je n'ai vraiment pas voulu vous manquer de respect. Et… vous m'êtes si chère ! Je sais que je suis bien ingrate de vous récompenser de la sorte de toutes les bontés que vous avez eues pour moi… Mais je refuse d'épouser M. de Saint-Herray !

– Et pourquoi non ? Il est assez bien fait de sa personne, ce me semble, titré, fortuné, attaché à la maison du dauphin, ce qui vous permettrait de demeurer auprès de moi. Vous ne pourriez espérer meilleur parti !

– J'ai été stupide, et je dois payer pour cela. Je retournerai au couvent si vous l'exigez de moi, mais de grâce ne me demandez pas d'épouser le comte, pas comme ça !

Catherine se retourna et fixa intensément son interlocutrice. Que voulait-elle dire au juste par « pas comme ça » ?

– Vous m'intriguez, jeune dame, dit-elle pensivement. Le mariage n'a rien à voir avec l'amour ! Si Saint-Herray vous a fait la grâce de vous honorer une nuit, c'est que vous ne lui déplaisez pas ! D'ailleurs, il serait difficile… ajouta-t-elle comme pour elle-même. Je vais donc de ce pas le convoquer et l'informer de votre état. Nous en parlerons avec le dauphin et l'affaire sera entendue bien avant que le parc ne reverdisse, croyez-moi ! Il faut à tout prix éviter le scandale et les malveillances !

– Votre Altesse, non ! Je vous en supplie… sanglota la jeune femme.

– Il suffit, trancha Catherine. Cet enfant a besoin d'un père et vous d'un époux, alors cessez ces atermoiements ! Allez vous rafraîchir, ajouta-t-elle en voyant la pâleur d'Oriane.

Celle-ci se leva, salua d'une révérence et sortit en silence.

– Quand je pense que Dieu offre un tel trésor à une femme qui n'en veut pas ! murmura la dauphine tristement.

XXIV

Fontainebleau, février 1541

Le jour baissait très vite. On avait déjà allumé torchères et chandelles. Un grand feu brûlait dans le salon d'apparat dans lequel Catherine attendait Marc de Saint-Herray, qu'elle avait convoqué.

Debout près de la cheminée, dans une robe de velours vert émeraude, sa couleur préférée, la dauphine s'apprêtait à vivre une bien curieuse ambassade. À vrai dire, elle ne savait pas du tout à quoi il lui fallait s'attendre. Quelle allait être la réaction de Saint-Herray, un homme libre et fier, lorsqu'elle allait lui intimer l'ordre de réparer sa faute ? Oriane n'était sans doute pas la seule damoiselle qui eût ses faveurs, et le comte se sentirait certainement pris au piège. Mais la dauphine avait arrêté sa décision. De plus en plus esseulée dans une Cour où il ne lui était même plus permis maintenant de passer du temps avec Marguerite de Navarre, qu'elle affectionnait tout particulièrement, partageant avec elle le même amour des belles lettres, elle ne pouvait se résoudre à chasser Oriane.

Or, si la jeune fille ne prenait pas époux dans les plus brefs délais, il lui faudrait aller cacher sa honte ailleurs. Le roi François, pour paillard qu'il était, ne supportait aucun manquement à la bienséance en sa Cour. On admettait que l'on puisse lutiner les dames, on tolérait même la bougrerie, mais les convenances devaient être sauves. Pas question de mettre au monde un enfant sans titre, sans nom, sans père…

Catherine soupira.

Oriane lui avait assuré qu'elle n'avait rencontré Saint-Herray qu'une fois, durant cette fameuse nuit… Une fois seulement, et elle en portait le fruit ! La grossesse d'Oriane était presque une douleur pour la dauphine qui ne savait plus quel saint implorer, afin que le ciel lui accordât d'être enfin mère…

L'intendante de la maison de la reine s'approcha :

– M. de Saint-Herray demande à être reçu, Votre Altesse.

– Introduisez M. de Saint-Herray, répondit Catherine sans bouger, toujours appuyée au montant de la cheminée.

Marc entra, superbe. Un pourpoint noir marquait sa taille et ses épaules, auxquelles était suspendue une longue cape d'un lourd tissu d'hiver dans le même ton. Les traits de son visage volontaire et décidé soulignaient l'intensité d'un regard océan et Catherine se surprit à penser que décidément elle ne comprenait pas les réticences d'Oriane à partager, sa vie durant, la couche d'un tel homme.

Le comte la salua avec respect.

– Votre Altesse Royale a souhaité me parler ?

– En effet, monsieur de Saint-Herray. Asseyez-vous, je vous prie.

Le chambellan arriva sur les talons de Marc avant que les gardes n'aient eu le temps de refermer les deux battants de la porte du salon d'apparat.

– Votre Altesse Royale ! Monseigneur le dauphin m'envoie vous dire que l'on vient de voir le cheval de votre dame d'honneur, Mlle de Vaudricourt, rentrer seul aux écuries. Il paraissait comme fou et il est blessé. Nous n'avons aucune nouvelle de la cavalière.

Marc s'était relevé, mû par une impulsion subite.

– Vers quelle heure Mlle de Vaudricourt a-t-elle quitté les écuries ? demanda Saint-Herray d'une voix blanche.

Catherine l'observait. Cet homme inquiet était épris, à n'en pas douter.

– En début d'après-midi, je crois, monsieur.

– Très bien, laissez-nous, intervint l'épouse d'Henri.

Dès qu'ils furent seuls, Saint-Herray manifesta une grande nervosité. Il ne pouvait se soustraire à cet entretien, mais mourait de partir à la recherche d'Oriane. La nuit tombait vite, l'hiver était glacé. La jeune femme n'y survivrait peut-être pas.

– Je ne comprends vraiment pas ce qu'il lui a pris de partir à cheval dans son état, dit la dauphine, marchant de long en large en se tordant les mains.

– Pardonnez-moi, madame, mais de quel état parlez-vous ?

Devant l'urgence de la situation, la belle-fille du roi décida que le temps n'était plus aux discussions de salon.

– C'est la raison pour laquelle je vous ai fait venir, monsieur de Saint-Herray, lâcha-t-elle en le regardant droit dans les yeux. Mlle de Vaudricourt est enceinte de vos œuvres !

– O… Oriane, enceinte ?

– Parfaitement. De quelques mois. Mais vous devez savoir de quand date tout cela, je suppose.

Saint-Herray paraissait assommé.

– En ce cas, madame, puis-je solliciter de votre part l'autorisation de me retirer, afin de me joindre à tous ces gens qui la recherchent. Ma place est avec eux, vous le comprendrez.

– Faites, mon ami, faites, et n'oubliez surtout pas de m'envoyer quelqu'un dès qu'on l'aura retrouvée !

– Ce sera fait, Votre Altesse, comptez sur moi, dit-il en s'en allant.

– Monsieur de Saint-Herray !

– Madame ?

– Oriane aime particulièrement le petit bois qui est derrière l'étang. Pensez-y et ramenez-la moi saine et sauve ! dit la dauphine d'une voix que trahissait l'émotion.

Demeurée seule, Catherine, dévorée d'angoisse, se retira dans ses appartements et s'abîma en prières dans son oratoire.

*

Le vent s'était levé et le froid saisit Marc lorsqu'il passa la porte. Il se dirigea en courant vers les écuries, sella son cheval et partit au galop vers l'endroit que lui avait indiqué Catherine. Le jour déclinait, mais l'on y voyait encore, et le jeune homme croisa à maintes reprises des paysans munis de torches, qui avançaient dans les bois. Tout le monde recherchait la demoiselle. Il fallait impérativement la retrouver avant la nuit. Marc accéléra pour déboucher dans la clairière où Oriane l'avait naguère prié de la rejoindre, afin de lui remettre le billet de Diane. L'endroit était désert. Les roseaux, prisonniers de la glace, craquaient sous le vent. Le long croassement d'un corbeau se fit entendre dans le soir et Marc força l'allure.

Oriane.

Depuis quand savait-elle qu'elle portait cet enfant ? Combien de nuits sans sommeil avait-elle passé à songer à son malheur ? Pourquoi diable ne le lui avait-elle pas fait savoir ? Il avait été assez longtemps absent après cette fameuse nuit et l'attitude glacée de la jeune femme aux lendemains de leurs ébats avait froissé son orgueil. Aussi, quand Henri l'avait envoyé à Anet en éclaireur pour donner toutes les instructions relatives à l'arrivée du dauphin et de la grande sénéchale, le comte avait préféré ne pas aller la saluer avant son départ. Et aujourd'hui, elle n'était peut-être plus de ce monde… À cette seule pensée, le sang de Marc se glaça. Ce n'était pas possible…

Soudain, le jeune homme remarqua une trouée dans le feuillage, comme des branches que l'on aurait cassées. Cela pouvait être une harde de sangliers, un grand cerf traqué par la meute ou… un cheval fou qui cherche à s'échapper. Saint-Herray fit volter son étalon et s'enfonça dans le sous-bois. Il lui fallait faire vite, le jour baissait dangereusement. Les branchages l'empêchaient de progresser facilement, il devait se coucher sur l'encolure pour ne pas être griffé par les ronces. Alors qu'il allait déboucher vers le petit étang que lui avait signalé

Catherine, il perçut un gémissement et immobilisa sa monture pour mieux écouter. Comme s'il avait compris ce que son maître attendait de lui, son étalon baissa les oreilles, écoutant lui aussi les frémissements de la forêt.

Plus rien.

Le silence oppressant : juste le vent dans les ramures.

Marc commençait à se décourager, lorsqu'il entendit quelqu'un gémir de nouveau. Il tendit l'oreille et remit sa monture lentement au pas, dans la direction qui lui semblait la bonne. Comme le murmure s'était encore éteint, il appela.

Une plainte monta alors des taillis qui lui faisaient face. En une seconde, il fut à terre et découvrit une forme noire, allongée sur le sol. Il distingua une chevelure blonde dans la pénombre, sous un escoffion tout déchiré.

Il se précipita pour prendre la jeune femme dans ses bras.

– Oriane, parle-moi, c'est Marc !

La blessée gémissait, ne paraissant pas entendre ce qu'on lui disait. Marc la souleva et la frictionna, afin de lui redonner un peu de chaleur. Il l'emporta dans ses bras hors du sous-bois. Sa robe était toute mouillée, sans doute était-elle tombée dans une flaque d'eau. Lorsqu'il surgit à découvert, les derniers rayons du jour lui permirent de constater que ses lèvres étaient violettes et que son visage témoignait du fait qu'elle avait pleuré. Le cœur du comte se serra. Péniblement, il la hissa sur sa selle et sauta derrière elle, puis il l'installa doucement entre ses bras et mit sa monture au pas pour ne pas trop la secouer.

Le trajet du retour lui parut interminable. Il aurait volontiers galopé, mais il craignait d'aggraver son état, car la jeune femme, livide, ne reprenait pas connaissance et Marc était de plus en plus inquiet. Il hurla aux abords du château, afin qu'on lui vienne en aide.

Descendu de sa monture, alors que chacun s'affairait à préparer la chambre, à prévenir la dauphine, à faire bouillir de l'eau et à appeler le médecin, il monta les escaliers tenant son amante toujours inconsciente dans ses bras, et l'emmena vers ses appartements.

La longue traîne de sa robe d'amazone bleu de nuit touchait le sol. Ce n'est qu'après l'avoir déposée sur son lit que Marc vit ses propres vêtements, maculés de taches brunes.

Il comprit avec effroi que la robe d'Oriane n'était pas trempée par la neige.

Elle l'était de son sang.

*

Arrivée à son chevet, le médecin de la Cour fit sortir tout le monde et ne garda que deux servantes qui furent chargées de déshabiller la jeune femme. En voyant les jupons tout rougis, le médecin fronça les sourcils et les deux chambrières se regardèrent d'un air entendu.

– Allez chercher madame la dauphine et demandez que l'on fasse bouillir de l'eau.

Une vingtaine de minutes plus tard, cette dernière s'annonça dans les appartements de Mlle de Vaudricourt, le visage tendu par l'anxiété.

– Qu'allez-vous m'apprendre, monsieur ?

– Elle a saigné abondamment, Votre Altesse, et je la traite avec une décoction de simples, de digitales exactement, qui stimule le cœur, et un peu d'ergot de seigle que nous sommes parvenus à lui faire avaler. On a coutume de l'employer… après la délivrance[1].

Catherine toussota.

– Cette demoiselle vient de perdre l'enfant qu'elle portait, madame, dit le médecin en baissant la voix. J'ai mêlé à ce breuvage un cordial à base d'opium afin de soulager ses douleurs. Mais elle a aussi reçu un choc très violent à la tête et c'est ce qui me préoccupe, car c'est pour cela qu'elle ne reprend pas connaissance.

– Pourrions-nous la perdre ? s'enquit l'épouse d'Henri d'une voix blanche.

– Les prochains jours seront décisifs, je ne puis me prononcer pour le moment. Il lui faut beaucoup de repos. Je repasserai la voir dans la soirée. Qu'elle ne soit jamais seule, mais dans le plus grand calme.

– Il sera fait selon vos instructions. Soyez aimable de dire à M. de Saint-Herray, qui patiente dehors, de bien vouloir se joindre à moi. Après tout, c'est lui qui a secouru cette dame, il est normal qu'on l'informe de son état.

– Tout de suite, Votre Altesse, dit le médecin en se retirant.

Marc, blême, entra sans faire de bruit. Il se précipita vers Oriane, qui gisait, plus qu'elle ne dormait, dans son lit. Elle était si pâle qu'on l'eût dit morte.

1. Voir Annexe A.

Il se tourna vers la dauphine, debout au pied du lit, qui considérait sa jeune amie, les larmes aux yeux. Lorsqu'elle croisa le regard de Marc, elle put y lire un abîme de douleur.

– Va-t-elle…

Les mots s'étranglèrent dans sa gorge.

– On ne peut le dire encore, il faut être patient, répondit Catherine doucement.

– Et l'enfant ? demanda le comte douloureusement.

– Oriane l'a perdu. Je prie juste le ciel que nous ne la perdions pas, elle non plus…

Marc se laissa tomber sur le gros coffre de bois qui constituait le pied du lit.

– Tout cela est ma faute ! Je suis un misérable ! Si jamais elle meurt…

– Monsieur de Saint-Herray, cessez, je vous prie. Nous sommes au chevet d'une blessée, non d'une mourante. Oriane a besoin de nos prières, pas de vos lamentations. Si vous voulez l'aider, songez à la garder en vie et n'envisagez point son trépas ! s'agaça Catherine.

– Vous avez mille fois raison, Votre Altesse. Elle va vivre ! répondit Marc en se redressant.

– Marc…

Tous deux sursautèrent et se précipitèrent au chevet d'Oriane.

Saint-Herray lui prit la main.

– Je suis là…

– Marc… répéta la jeune femme depuis un monde qui n'appartenait qu'à elle.

– Il est auprès de vous, Oriane, ainsi que moi, Catherine…

– Je veux mourir… souffla la jeune fille.

Un fluide glacé se répandit dans les veines du comte, qui dévisagea la dauphine.

– Ainsi donc, ce n'est pas un accident, murmura-t-il douloureusement.

– Je ne le pense pas, en effet, acquiesça la dauphine tout bas.

Oubliant toutes les convenances, Marc s'assit sur le lit auprès d'Oriane et lui prit la main, qu'il embrassa en la serrant dans les siennes, puis, levant la tête, s'adressa au crucifix qui était suspendu au-dessus des oreillers.

– Seigneur, ayez pitié ! Sauvez-la !

*

Catherine versifiait dans son cabinet de travail.

Avant que son époux ne lui interdise la fréquentation de la reine de Navarre, la dauphine passait de longs moments à écrire, lire ou parler de littérature avec Marguerite[2], laquelle avait déjà publié maints ouvrages en vers. C'est précisément son *Dialogue en forme de vision nocturne,* publié dès 1524, alors que l'ex-*duchessina* venait d'être envoyée à Florence par son oncle nouvellement nommé pape, que lisait la future reine de France.

Ces mille deux cent soixante vers étaient une réflexion sur la mort, une méditation sur le rôle de la foi. Et dans ce douloureux moment où la belle-fille du roi se sentait si seule, abandonnée par son oncle défunt, délaissée par son époux, humiliée par la grande sénéchale, privée de la compagnie d'Oriane, elle relisait tout haut les vers de sa

---

2. Sœur de François Ier. Voir Annexe B.

tante[3] pour y trouver un éventuel soutien. Elle n'avait ni la foi inspirée de Marguerite ni la grâce aérienne de Diane. L'une et l'autre lui eussent pourtant été une aide précieuse dans sa relation conjugale…

Elle relevait toutefois qu'Henri semblait lui faire confiance, la tenir en estime et ne point bouder sa compagnie. Il continuait de visiter régulièrement sa couche, consciencieux et sans fantaisie. Chaque fois qu'il l'honorait, les images brûlantes que Catherine avait volées en l'observant dans ses ébats avec Diane lui dansaient devant les yeux…

– Que vous voilà d'humeur chagrine, ma mie! remarqua le dauphin en pénétrant dans son cabinet de travail. J'ai là un petit présent qui, je l'espère, chassera loin vos sombres idées.

Catherine saisit le joli camée incrusté d'ivoire qu'il lui tendait et sourit tristement.

– Merci de vos bontés, mon ami. Il est vrai que je suis dans l'affliction, puisque Mlle de Vaudricourt n'a toujours point recouvré ses esprits. Je sais M. de Saint-Herray fort affligé de même. Il est bien cruel de ne pouvoir espérer davantage en cette curation…

– Ah, la force de l'amour! s'exclama le prince, l'air enjoué, ce que sa femme jugea tout à fait déplacé.

Elle regarda douloureusement la broche qu'il venait de lui remettre en se disant que c'était peut-être Diane qui l'avait choisie, ou pire, que c'était elle qui lui en avait suggéré l'idée. Jamais elle ne saurait ce que le mot *amour* voulait dire, parce que jamais elle ne serait aimée… Henri, tout à sa passion pour sa maîtresse, tentait certes

3. Par alliance, bien sûr, mais elle appelait Marguerite sa tante.

de lui être agréable pour éviter que leur cohabitation ne fût un enfer, mais il se souciait peu de ménager sa susceptibilité. Il aimait Diane, ce qui le rendait très heureux, et Catherine avait parfois l'impression qu'il souhaitait partager son bonheur avec elle!

– Pardonnez-moi de devoir vous abandonner, mais je m'en vais retrouver Mlle de Vaudricourt ; il est l'heure de relever M. de Saint-Herray.

– Faites donc, ma mie, je vous en prie. Daignez informer le comte que je souhaite m'entretenir avec lui.

– Comme il vous plaira.

Catherine sortit, laissant le camée sur sa table de travail, sans même prendre le soin de le remiser dans sa cassette.

Ce splendide bijou en or, incrusté de pierres et d'ivoire, n'était pas un gage d'amour.

Il n'avait pour elle aucune valeur.

XXV

Château de Fontainebleau, mars 1541

Lorsqu'elle gagna les appartements d'Oriane, la dauphine sentit tout de suite que quelque chose avait changé. Il y avait plus de lumière, on avait tiré les rideaux pour laisser entrer le doux soleil printanier. Les jonchées[1] fraîches embaumaient et l'air vivifiant pénétrait dans la pièce par une croisée entrouverte.

Pleine d'espoir, elle s'avança vers la couche de sa dame d'honneur qui, en effet, ouvrit les yeux. La jeune femme était revenue de son monde lointain depuis peu et avait l'air encore perdu.

– Vous voilà de nouveau parmi nous ! s'exclama Catherine en mesurant sa voix pour ne pas fatiguer la convalescente.

– Oui, je vais beaucoup mieux, murmura Oriane qui tentait de faire bonne figure.

– Vous nous avez vraiment fait très peur ! Comment vous sentez-vous ?

1. Herbes aromatiques que l'on épandait sur le sol pour parfumer les pièces.

– Le médecin sort d'ici et m'a ordonné de prendre encore un peu de ce cordial chaque fois que j'aurai des maux de tête… J'ai quelque mal à rassembler mes idées et je me sens très lasse, mais je vais bien…

Catherine vint s'asseoir auprès d'elle et lui prit la main.

– Le médecin vous a parlé de votre grossesse ?

– Il m'a dit que j'avais perdu l'enfant.

La dauphine baissa la voix.

– C'est ce que vous cherchiez, n'est-ce pas, lorsque vous êtes partie à cheval ?

– Je crois que je voulais en finir… Disparaître…

– L'idée d'épouser Saint-Herray vous est à ce point insupportable ? J'avoue que cela dépasse mon entendement.

– Il n'est plus nécessaire qu'il m'épouse, puisque je ne suis plus enceinte, répondit Oriane en évitant de croiser le regard de son interlocutrice.

Cette dernière se leva.

– Nous reprendrons cette conversation une autre fois. Pour l'instant, il vous faut du repos. Et puisque nous parlons de Saint-Herray, je pense qu'il ne devrait pas tarder à passer vous voir.

– Je vous en prie, Votre Altesse. Faites-lui dire que je dois me reposer, je n'ai nulle envie de devoir l'affronter en ce moment…

– *L'affronter* ? Mais, Oriane, il a été dévoué à votre chevet chaque jour depuis votre chute. C'est lui qui vous a retrouvée ! Cet homme ne me paraît animé que de très bonnes intentions à votre égard !

– Chaque fois que je croise sa route, il m'arrive malheur ! Je vous en prie, je ne souhaite pas le recevoir pour l'instant, je me sens très lasse…

– Bien. Je donnerai des ordres en ce sens. Reposez-vous, ma chère, ajouta la dauphine en serrant sa main entre les siennes. Je reviendrai vous visiter tantôt.

Catherine sortit sans faire de bruit et referma doucement la porte derrière la servante qui veillait en permanence sur Oriane.

« Chaque fois que je croise sa route »… Les paroles de sa dame d'honneur résonnaient à ses oreilles. Oriane et Marc se connaissaient bien avant leur présumée rencontre à la Cour.

Ainsi donc, elle ne s'était pas trompée.

XXVI

Amboise, avril 1541

– C'est en tout cas une nouvelle qui nous réjouit! lança le roi d'une voix forte, emporté par l'enthousiasme.

– Hélas, ne vous ébaudissez point, mon prince, ce ne sont pour l'heure que des rumeurs! trancha Anne de Pisseleu, acide. C'est à vous.

Installés de chaque côté d'une petite table haute, non loin de la fenêtre pour profiter de la lumière du soleil, le roi et sa favorite disputaient une partie d'échecs depuis un bon moment.

– Il est vrai, mais c'est tout de même la première fois que mon fils lui-même semble confiant. Peut-être est-il enfin parvenu à engendrer un héritier pour le trône de France! Ma tour vous attaque… Échec! Votre roi est en difficulté, ma chère!

Anne sourit d'un air moqueur.

– C'est vous le roi qui risque fort d'être en difficulté lorsqu'on apprendra que cette grossesse n'était qu'un joli rêve! Je déplace mon fou pour contrer votre attaque, dit-elle en bougeant son pion. Avez-vous vu la dauphine?

– Très brièvement. Je l'ai croisée hier. Elle ne m'a parlé de rien. Hélas pour vous, ma chère, je prends votre fou ! Échec et mat ! s'exclama François, ravi. J'ai gagné !

Indifférente à la partie qui se terminait, Anne se leva pour regarder par la fenêtre.

– L'heure n'est point encore au triomphe. Aucun médecin de la Cour n'est venu confirmer la bonne nouvelle en examinant la dauphine. La prudence est de mise.

– Certes, ma mie, certes. Comme toujours, votre voix est celle de la sagesse, mais reconnaissez que ce serait une formidable nouvelle !

Anne le toisa, puis reprit en adoucissant sa voix :

– Je ne souhaite que vous protéger d'une cruelle désillusion, car je sais combien vous seriez affecté d'apprendre qu'une fois de plus le ventre de cette pauvre femme est vide, soupira Anne faussement compatissante.

Elle contourna François et lui passa le bras autour des épaules, l'invitant ainsi à une vue plongeante sur sa gorge charmante.

– Je sais combien il doit être douloureux pour un père de se dire que l'on a peut-être fait le malheur de son fils et de son royaume en choisissant pour bru une femme stérile…

François n'avait pu résister à l'envie de la caresser et promenait maintenant ses mains sur ses seins, lui répondant d'une voix altérée par le désir qu'il avait d'elle.

– Anne, ne soyez pas si sévère avec la dauphine ! C'est une gentille personne et rien ne nous prouve qu'elle soit infertile, protesta-t-il en l'attirant sur ses genoux.

Anne entreprit de dénouer les rubans du pourpoint royal.

– Mais rien ne nous prouve hélas, pour le moment, qu'elle puisse être mère, susurra-t-elle en basculant la tête en arrière, afin de laisser son amant profiter de ses appas.

– Il lui faut peut-être un peu plus de temps, renchérit le monarque, qui avait passé sa main sous la jupe de sa maîtresse et semblait se contrôler de moins en moins.

– Eh bien, laissez-lui en encore un peu, et envisagez ensuite de donner à votre fils une femme qui fera enfin ce que l'on attend d'une future reine, dit Anne dans un long soupir, prenant entre ses doigts fins la virilité de son amant pour le guider en elle.

François ne répondait plus, tout au plaisir de posséder une fois encore cette femme au corps parfait, qui ondulait contre lui, le serrant entre ses cuisses. Assis sur sa chaise, sur laquelle Anne l'avait rejoint, il savourait une fois de plus cette jeune vie qui comblait ses désirs, le soulageant du difficile métier de roi.

Anne était autoritaire, entêtée, opiniâtre, capricieuse, jalouse et coléreuse, mais jamais, au grand jamais, il ne saurait se passer de ces instants de grâce qu'il vivait auprès d'elle.

*

Le soleil inondait la galerie. Par les croisées entrouvertes, on sentait les effluves des fleurs printanières. Oriane, encore fragile et fatigable, avait cependant récupéré ses forces et envisageait même de remonter à cheval maintenant que revenaient les beaux jours. Vêtue d'une élégante toilette vert menthe dont la taille était rehaussée d'un cordonnet d'or, elle se dirigeait vers les appartements de la dauphine, heureuse de pouvoir de nouveau lui rendre visite sur ses deux pieds.

Lorsqu'elle entra, Catherine était assise, concentrée devant une table près d'une fenêtre, et Oriane distingua son profil en contre-jour, avec ses cheveux nattés puis retressés en un savant entrelacs de perles.

– Mlle de Vaudricourt, Votre Altesse, annonça la servante.

– Entrez, Oriane, asseyez-vous en face de moi, dit Catherine sans relever la tête ni attacher d'importance à la révérence à laquelle s'appliquait la jeune femme.

Cette dernière s'installa et vit que la dauphine avait étalé devant elle plusieurs cartes disposées en croix, ce qui n'avait pour elle aucune signification.

– Voilà, dit-elle. Regardez ça : c'est bien ce que je craignais !

– Ce que vous craigniez, madame ?

– Oui. Le tarot[1] est formel : je ne suis pas enceinte.

– Les cartes peuvent peut-être se tromper, avança la jeune fille.

– Je sors l'Ermite, recouvert de l'amoureux, cela signifie un retard dans mes espérances doublé de quelque chose d'ambigu. En résumé, même si j'en présente les signes, ce n'est pas franc ! En face, la Maison-Dieu, qui montre bien que toutes mes aspirations vont être mises à mal, ce qui semble se confirmer par la Mort que

1. Voir annexe A.

recouvre le Pendu ! Oriane, je ne puis être enceinte avec un jeu pareil[2] !

– Mais comment être sûre que ce jeu concerne bien votre maternité ?

– Parce que j'ai fait un tirage en me concentrant sur ce sujet et que, de surcroît, la Mort sort par rapport à la Lune, ce qui ici est justement la carte de la maternité. Le Pendu signifie qu'une fois de plus je vais être contrariée dans mes réalisations et probablement encore la risée de toute la Cour, conclut-elle tristement.

– Je suis certaine que vous serez mère un jour, je n'en ai jamais douté ! s'exclama Mlle de Vaudricourt.

– Vous êtes aimable et votre présence est un vrai réconfort, car je sais que vous le souhaitez sincèrement.

– Je ne suis pas la seule ! Votre époux le souhaite ardemment, lui aussi !

– Certes... Mais parce qu'il ne veut pas être contraint d'épouser quelqu'un d'autre, puisque aussi bien je ne l'encombre pas dans ses amours avec Mme de Poitiers, laquelle appelle une grossesse de ses vœux pour asseoir son influence sur lui ! Vous voyez : je suis entourée de bonnes âmes qui ne veulent que mon bonheur, sourit Catherine avec amertume.

– Allons, chassez ces idées noires, elles ne peuvent être bonnes conseillères.

– Vous avez raison. Entretenez-moi d'autre chose et goûtez cette merveille dont la recette vient de mon

2. En effet, le 9 mai 1541, le nonce avertit, depuis Amboise, le cardinal Alexandre Farnèse, secrétaire d'État pontifical, que « la dauphine [était] indisposée », et qu'il ne s'agissait donc que d'un faux espoir.

pays[3], ajouta la dauphine en tendant à Oriane une part de brioche tiède et dorée qui embaumait. Et puisque nous changeons de sujet, nous allons maintenant parler de vous !

La brioche fondait dans la bouche, mais il sembla subitement à Oriane qu'elle allait avoir du mal à l'avaler.

3. Voir annexe B. L'Italie rayonne dans le royaume de France à l'arrivée de Catherine de Médicis à la Cour. Ses chefs florentins font découvrir à la France noble la brioche et les biscuits à la cuiller. Mais si les gourmandises plaisent, les légumes et les féculents sont eux aussi à l'honneur : au mariage de Catherine, on sert des artichauts, légumes rares et inconnus des Français, ainsi que des pâtes (cf. *Reines et favorites de France,* Renaud Thomazo, p. 36).

XXVII

Fontainebleau, mai 1541

Fontainebleau se transformait d'année en année sous les coups de burin et les croquis des différents artistes que mandatait le roi bâtisseur. Cette somptueuse demeure royale ramenait le prestige du trône des lys plus près de la capitale. Les châteaux grandioses n'étaient plus seulement ceux des bords de Loire, la majesté royale gagnait du terrain. Pourtant, un climat délétère régnait à la Cour. La santé fragile du roi alimentait les spéculations et renforçait les clans. Certains soirs, le teint de François se violaçait au point que l'on craignait une apoplexie. La duchesse d'Étampes, toujours soucieuse de l'avenir, c'est-à-dire du jour où le monarque partirait vers l'autre royaume, n'en finissait pas d'ourdir des complots et de placer ses pions.

C'est précisément pour s'entretenir de ces affaires de la plus haute importance que le connétable avait fait porter un billet à la grande sénéchale, la priant de bien vouloir l'accompagner en promenade.

– Je vous trouve la mine bien soucieuse, mon ami. Est-ce votre cheville qui vous cause à ce point tourment ?

Vêtu d'un grand mantel de velours prune, Montmorency, immobilisé dans une chaise à porteurs, n'en avait pourtant pas perdu sa superbe.

– Non point, ma dame, répondit le connétable. La cause de mes tourments n'est pas ma cheville ce jourd'hui, quoique si je devais quitter cette Cour, j'aimerais que cela soit sur mes deux jambes ! Stupide accident, bougonna-t-il. Merci de nous laisser, voulez-vous ? dit-il aux deux valets qui portaient les rampes. Ces derniers posèrent délicatement la chaise auprès d'un banc de pierre sur lequel Diane s'installa.

– Vous songez donc à vous en retourner sur vos terres.

– Diane, je ne souhaitais point cette retraite : on m'y contraint. Le roi ne désirait pas mon départ. Certes, la trahison de l'empereur ne m'a guère servi auprès de lui, mais nous avons depuis notre enfance une amitié et une affection réelles qui auraient, je crois, triomphé de cette mésaventure. Mais vous savez comme moi que Sa Majesté est hautement inspirée par une fort méchante personne…

– Je la hais ! lâcha Diane sans détour.

– Je ne le sais que trop, ma chère, puisque aussi bien je paie mon attachement pour vous et pour le dauphin. La duchesse a été instruite du fait que vous rencontriez Henri chez moi à Écouen, elle sait que nous sommes amis et elle a décidé ma perte !

– Peut-être n'est-il pas trop tard pour parler au roi ? avança Diane.

– Je lui ai maintes fois demandé audience et chaque fois il me fut répondu que Sa Majesté ne recevait pas. On me retire une à une toutes les charges importantes que j'occupais jusque-là... Non, croyez-moi, je tente de me maintenir en cette Cour, mais tout cela est vain.

– Nos situations ne sont guère assurées, il est vrai, convint Diane.

– Henri ne permettra jamais que l'on vous chasse ! s'insurgea Montmorency.

– Entre son fils et sa maîtresse, le roi est partagé. Mais il a déjà maintes fois désavoué le dauphin face à elle...

– Je vous entends, cependant Henri est l'héritier de France !

– Il y a des précédents ! Louis XI haïssait son père Charles VII et ne l'a point revu avant sa mort... Il n'a même pas assisté à ses obsèques à Saint-Denis !

– Certes, mais Louis avait conspiré contre Agnès Sorel, la favorite de son père, et contre Pierre de Brézé, l'un de ses fidèles. Nous n'en sommes pas là avec Henri : il déteste Anne de Pisseleu, mais ne lui ferait jamais de mal, et François le sait !

– J'aimerais être aussi sereine que vous. Je sais cette femme prête à tout, et croyez bien que je ne sous-estime point ses manigances !

– Et vous êtes en cela fort avisée. Il est certain que la position d'Henri est affaiblie par le fait de ne pas avoir encore assuré sa descendance...

Diane se leva et fit quelques pas autour du banc.

– Et ce n'est pas encore pour cette fois. On m'a fait savoir que la dauphine était indisposée : les espoirs de grossesse du mois dernier ont vécu. Catherine n'est pas enceinte.

– Faites tout ce qui est en votre pouvoir pour que son époux ne se détourne point de ce devoir-là, Diane. Persévérez quand je serai loin et qu'Henri peut-être se découragera. Il n'aura alors plus que vous pour lui rappeler qu'il faut y croire !

– Sachez que je m'y applique et l'envoie plusieurs fois la semaine honorer sa femme, mais Dieu ne semble guère s'intéresser à nous !

On entendit au loin les aboiements joyeux de la meute que l'on ramenait vers les chenils. Le souverain rentrait de la chasse crotté et affamé, comme de coutume. Entouré de tout ce que le royaume comptait de seigneurs valeureux et titrés, François allait festoyer et l'absence de Montmorency et de Mme de Poitiers ne manquerait pas d'être remarquée. L'entretien touchait à sa fin. Le connétable se tourna vers Diane :

– Ayons confiance ! Un jour, peut-être, les choses changeront. Je suis heureux de vous avoir parlé, ma chère, car les festivités qui nous attendent ne nous laisseront guère le temps de nous entretenir au calme comme ici. Maintenant rentrons, ajouta-t-il en faisant signe aux porteurs.

La grande sénéchale se leva et tapota les plis de sa longue jupe.

– Cette rencontre fut un plaisir. Comme vous, je ne goûte guère ces fêtes prochaines. Ce mariage qui s'annonce est peu plaisant quand on sait à quel point la mariée rechigne à être conduite à l'autel[1] !

– Il le faudra pourtant. On ne conteste pas un ordre du roi ! sourit tristement le connétable en la regardant dans les yeux.

1. Il s'agit du mariage de Jeanne d'Albret, nièce de François 1er, fille de sa sœur Marguerite, et donc héritière de la Navarre, avec Guillaume de La Marck, duc de Clèves. Ce mariage sera rompu et, en 1548, elle épousera Antoine de Bourbon, duc de Vendôme, de qui elle aura un fils, le futur Henri IV.

XXVIII

Fontainebleau, juin 1541

François, les pieds trempant dans une bassine fumante d'eau salée, affichait sa tête des mauvais jours. Assise face à lui, Marguerite de Navarre, sa sœur, vêtue d'une longue robe châtaine, les cheveux tirés et cachés sous un escoffion de même tissu, lui parlait de sa voix douce, dans laquelle pointait pourtant de la contrariété.

– Vous savez combien je vous aime. Il n'y avait que notre mère[1] pour vous aimer autant que moi…

– Je sais tout cela, ma mie. Mais la politique ne relève pas de la piété filiale !

– Ce mariage m'indispose autant qu'il rebute ma fille !

Le souverain haussa les épaules d'un air agacé.

– Je ne vois pas pourquoi vous désapprouvez l'union de ma nièce avec Guillaume IV de La Marck, duc de Gueldre et de Clèves ! Il s'agit là tout de même d'un parti prestigieux !

1. Louise de Savoie. Voir annexe A.

– Vous n'ignorez pas, sire mon frère, que mon époux le roi de Navarre et moi-même aurions préféré, pour notre fille, Philippe d'Espagne. C'était tout de même un parti bien plus prestigieux, ne vous en déplaise !

Le monarque se leva d'un bond et renversa la bassine dont l'eau fumante se répandit en une large flaque sur les tommettes.

– Un parti plus prestigieux, puisqu'il s'agit de l'héritier de Charles Quint, cet infâme, ce sinistre personnage qui vient encore d'abuser de notre confiance ! Est-ce là, ma sœur, votre loyauté à votre frère et à votre roi ?

– Il ne s'agit point ici du royaume de France, mais de la main de ma fille et du sort de la Navarre…

– Justement ! La Navarre est fille de France[2] et elle le restera ! J'ai donné ma parole au duc à Anet[3], vous le savez ! De plus, ce dernier s'engage à nous fournir des soldats, car je vous rappelle, à toutes fins utiles, que nous serons en guerre d'ici peu avec l'empereur, madame !

François était rouge de colère. Marguerite tentait de garder son calme pour ne point le courroucer davantage, mais la mère qu'elle était se révoltait de ne pouvoir influer sur le destin de sa propre fille.

– C'est surtout, je le vois, le triomphe de Mme de Poitiers. Elle doit être bien aise de…

– Cessez cela, voulez-vous ! Mme d'Étampes me rebat les oreilles avec Mme de Poitiers ! Vous n'allez pas,

2. Voir annexe B.

3. La signature du contrat de mariage a en effet eu lieu à Anet, chez Diane de Poitiers, dont la fille aînée, Françoise, avait épousé l'année précédente Robert IV de La Marck, qui avait des ancêtres communs avec la famille de Clèves.

ma sœur, participer à cette guerre des dames qui, je vous l'assure, nous cause bien des chagrins !

– Je n'entre point en ces querelles, mais constate seulement que la conclusion de ce mariage rapproche les La Marck du trône de France, ce qui ne doit point déplaire à la grande sénéchale qui a marié sa fille avec l'un d'entre eux, martela Marguerite avec froideur.

– Oui, bon, et après ? M'accuseriez-vous de favoriser un clan plus que l'autre ? La Marck est le meneur des protestants en Allemagne, cela devrait vous plaire, ce me semble ? N'est-ce pas vous qui souhaitiez me faire découvrir cette religion réformée que vous semblez goûter avec tant de feu ?

– Vous venez, mon frère, de faire publier un édit très sévère contre les réformés. Cette commission spéciale au parlement d'Aix…

– Ma sœur, nous ne sommes point ici pour évoquer le parlement d'Aix. Nous parlons de Jeanne qui est…

– Ma fille ! coupa Marguerite en se levant à son tour, plantant son regard dans celui du roi d'un air de défi.

– Ma nièce, lâcha François, glacé. C'est-à-dire une jeune femme qui ne peut en aucun cas disposer d'elle-même. C'est au souverain que reviennent le droit et le devoir de marier sa famille comme le requiert le jeu des alliances politiques.

– Henri[4] et moi ne souhaitions pas unir cette enfant selon son cœur, mais bien selon des considérations politiques !

4. Henri d'Albret, roi de Navarre sous le nom d'Henri II de Navarre, époux de Marguerite. Il est, bien sûr, le père de Jeanne.

– Bien différentes des nôtres, ma sœur. Je pense que nous avons eu la démonstration de la perfidie de Charles Quint. Il n'est pas question qu'une princesse de France soit donnée en épousailles à son héritier alors même que nous préparons la guerre. Je viens de recevoir une missive d'Henri VIII[5] qui paraît fort satisfait de voir notre royaume prendre ses distances avec l'Empire. Vous ignorez peut-être, ma dame, que les princes protestants d'Allemagne, la république de Venise et même le Saint-Père craignaient le renforcement de la puissance impériale après son alliance avec la France. Charles Quint est dangereux. Il n'a qu'un désir : étendre encore et toujours sa domination sur le monde ! Le roi de France se doit d'asseoir aussi ses positions. Le soleil luit pour moi comme pour les autres ; je voudrais bien voir la clause du testament d'Adam qui m'exclut du partage du monde[6] !

– Une union avec le roi d'Espagne est un prestige qui…

– Brisons là, ma dame. Jeanne épousera Guillaume de La Marck, car telle est notre volonté souveraine. Dites à la princesse qu'elle évite de se rendre ridicule en refusant de paraître au jour de ses noces, car je vous jure bien que, de gré ou de force, elle sera menée à l'autel !

Marguerite se leva, pâle, les traits tirés par cette lutte qu'elle savait, au fond, perdue d'avance.

---

5. D'Angleterre.

6. Cette phrase prononcée par François Ier est rapportée en 1541 par le cardinal de Tolède à Charles Quint. « François Ier se refus[ait] à admettre le traité de Tordesillas qui réparti[ssait] depuis 1494 les terres découvertes et à découvrir entre Portugais et Espagnols. »

– Bien, sire. Il en sera fait selon vos désirs, soupira-t-elle, imaginant la colère qu'elle allait subir lorsqu'elle rapporterait à son époux son entretien avec le roi.

– C'est bien comme cela que nous l'entendons. Dieu vous garde, ma sœur.

François attrapa dans le compotier une poignée de pâtes de fruits que le sucrecuitier venait de lui faire monter des cuisines, en regardant sa sœur quitter ses appartements sans un mot.

*

Un peu lasse de sa promenade, Oriane choisit un banc à l'ombre et décida de s'abandonner à la lecture avant de remonter voir sa maîtresse, qui devait endurer traitements et fumigations. Par temps froid, la jeune fille se faisait lectrice de Catherine, l'aidant ainsi à prendre son mal en patience. Mais l'air frais de cette fin de printemps qui embaumait la rendit égoïste : elle préféra l'odeur des fleurs à celle de l'urine d'ânesse que buvait la dauphine et sortit un roman de son panier pour se caler confortablement sur le banc. La jeune fille appréciait la sérénité de l'instant face au tumulte qui régnait au château en vue du départ prochain de la Cour pour Châtellerault, où devaient être célébrées les noces de la princesse de Navarre. Perdue dans les aventures d'Amadis[7] et de la belle Oriane – elle s'enorgueillissait que l'héroïne d'un roman que toute la Cour s'arrachait portât le même prénom que le sien –, elle n'entendit pas dans l'herbe les pas qui se rapprochaient d'elle.

7. Voir annexe C.

– Pardonnez-moi d'interrompre votre rêverie, mais vous me contraignez à vous suivre, puisque vous me fuyez.

La voix était calme, sans agressivité, avec peut-être une pointe de désenchantement. Mais lorsqu'elle leva les yeux, son regard d'acier, implacable, la transperça. Elle ne le voyait qu'à contre-jour, dans le soleil, ne parvenant pas à détacher ses yeux de ce visage dont elle devinait les traits dans l'ombre.

– Vous me suiviez… lâcha-t-elle platement, à court d'inspiration.

– Je viens de vous le dire : j'y suis contraint, puisque vous m'évitez.

– Je ne vous évite pas, j'ai eu fort à faire ces derniers temps et…

Il lui empoigna le bras et la releva de son banc.

– Cessez ce jeu avec moi, ma dame, de grâce, je ne suis point un jouvenceau. Choisissez une autre proie si vous souhaitez vous faire les griffes ! En ce qui me concerne, j'estime avoir droit à une explication ! À la demande de madame la dauphine, je me suis tenu éloigné de vous, afin que vous puissiez recouvrer la santé sans être perturbée par ma présence. Aujourd'hui, je vois que vous rêvassez sur les amours d'Amadis… Mais qu'en est-il du nôtre, Oriane ? grinça-t-il.

Cette dernière leva sur lui des yeux perdus. Et dans ses prunelles fauves qui accrochaient la lumière, il vit briller des larmes.

Catherine s'approchait du banc et les apostropha avant que la jeune femme n'ait pu répondre à Saint-Herray.

– Mes soins sont terminés et je suis venue à votre rencontre ! Vous êtes toute pardonnée de m'avoir fait manquement par une si belle journée !

Les deux jeunes gens présentèrent d'un même élan leurs respects à la dauphine.

– Me permettrez-vous, Saint-Herray, de vous enlever cette dame ? J'ai à m'entretenir avec elle.

Marc, frustré, ne put que s'incliner devant les vœux de sa future souveraine. Il salua Oriane et tourna les talons, ravalant sa déconvenue.

Catherine s'assit sur le banc et invita Oriane à faire de même.

– Je vois que vous relisez l'*Amadis*... commença-t-elle. J'avoue que j'ai parfois du mal à vous comprendre.

– Pourquoi cela ?

– Eh bien, en ce qui me concerne, j'ai compris qu'il ne me serait pas donné d'être, dans ma vie, aimée comme une femme peut rêver de l'être et, si le renoncement me fut cruel, il m'a permis aussi de devenir plus forte. Je sais qu'un autre destin m'attend, et c'est pourquoi, si je dois m'abandonner à la lecture, je lis davantage aujourd'hui *le Prince* de Machiavel que l'*Amadis de Gaule*...

Devant le regard interrogateur d'Oriane, la dauphine crut bon d'ajouter :

– *Le Prince* est un traité de politique qui fut dédié par son auteur à mon père[8]... Ce que je veux dire, Oriane, c'est que je ne comprends guère pourquoi

8. Laurent II de Médicis (1492-1519), duc d'Urbino, petit-fils de Laurent le Magnifique (1449-1492). *Le Prince*, dont la rédaction démarre en 1512, ne sera publié qu'en 1532. Les historiens sont partagés quant au destinataire de la dédicace : les uns affirment qu'il s'agissait du père de Catherine ; les autres, de son arrière-grand-père.

vous rêvez sur des romans d'amour quand vous refusez formellement d'en entendre parler ! Si je deviens reine de France, la lecture de Machiavel peut m'être utile et me permettre d'aiguiser mon jugement. Mais peu me chaut de larmoyer sur des amours que je ne connaîtrai jamais ! L'amour vous fait-il donc rêver ?

– Le vrai, oui, je l'admets.

– Alors pourquoi refusez-vous celui de Saint-Herray ?

– J'aimerais que les choses soient plus simples…

– Oriane, cette fois, vous allez cesser de parler par énigmes. Que s'est-il passé entre Saint-Herray et vous avant que je ne vienne vous chercher au fond de votre couvent ?

– …

– La journée est belle, j'ai tout mon temps, insista Catherine d'une voix déterminée.

– Nous… Nous nous sommes connus bien avant que je n'entre au couvent, chez des amis communs qui donnèrent une fête en l'honneur du mariage de leur fille. Je crois que nous nous sommes aimés au premier regard.

– C'est bien ce que je pensais, dit Catherine, pensive, en lissant ses jupes.

– Nous nous sommes revus et… Votre Altesse souhaite vraiment que j'aille au bout de cette histoire ?

– Je vous l'ordonne, répartit la dauphine impérieusement.

Une mésange bleue vint sautiller sur la pelouse qui bordait le bassin, redressant sa petite tête comme si elle souhaitait elle aussi entendre le récit que s'apprêtait à livrer Oriane.

– Nous nous sommes aimés… avant nos noces. Il avait promis qu'il m'épouserait, il affirmait qu'il m'aimait, qu'il n'avait jamais éprouvé cela pour une autre…

– Et que s'est-il passé ?

– Il n'est jamais venu faire sa demande. Pire encore, lorsque mon oncle a découvert notre liaison, il a sommé M. de Saint-Herray de réparer l'outrage ; et Marc a refusé, arguant du fait que je n'étais pas assez dotée. Mon oncle, furieux de ce déshonneur qui s'ajoutait à celui de mon frère et ses dettes de jeu, m'a jetée dans ce couvent pour y expier ma faute. J'y serais morte si vous n'étiez venue m'en sortir… Oh, mon Dieu, que j'ai honte ! ajouta-t-elle en enfouissant son visage entre ses mains.

– Je vois. Je soupçonnais bien une histoire de ce genre… Et naturellement, vous l'aimez toujours !

– Hélas… murmura Oriane en reniflant.

– En ce cas, que n'avez-vous veillé à garder votre enfant, puisqu'il proposait de vous épouser ?

La jeune fille se redressa.

– Jamais. Votre Altesse comprendra que je ne puis être l'épouse d'un homme qui me méprise et ne me mène à l'autel que pour l'enfant que je porte ! Je préfère finir ma vie seule que de le voir s'obliger à une union qui lui fait horreur !

Catherine se leva et secoua ses jupes.

– Vous en demandez beaucoup, ma mie. Depuis quand les femmes se marient-elles par amour ? L'amour vient après… ou ne vient pas. Croyez vous que j'aimais M. d'Orléans lorsque j'ai embarqué sur le bateau qui m'amenait en France ?

– Vous aviez un destin ! Vous entriez dans la famille royale ! Moi, hélas, j'ai tout fait à l'envers. J'ai connu l'amour avant que d'être mariée, ce qui me rend hostile aujourd'hui au mariage… C'est ainsi ! Je ne demande pas mieux que de rester auprès de vous pour vous servir et de ne point lier ma vie à quelque gentilhomme qui ne soit pas celui que j'aime.

Catherine ne put s'empêcher de sourire. Elle prit la main de sa dame de compagnie, afin de l'entraîner vers le château.

– Il en sera fait comme vous le souhaitez, chère Oriane, mais de grâce, cessez vos lectures mièvres !

XXIX

Châtellerault, manoir de la Berlandière,
juillet 1541

Les festivités duraient déjà depuis plusieurs jours. Châtellerault, pavoisé de blasons d'argent, de lions de gueules, à bordure de sable chargée de besants d'or pour emblème de la ville et d'oriflammes d'azur aux lys d'or, bannières des rois de France, fêtait l'arrivée de son monarque autant que le mariage princier.

Les berges de la Vienne qui traversait la ville s'ornaient de moult décorations et de nouvelles rues avaient été pavées pour y installer des marchands ambulants. Chacun contribuait à la liesse générale. Le peuple aimait la fête, et tous les prétextes étaient bons[1].

Au sein de la famille royale en revanche, l'ambiance était morose. Si chacun était paré de ses plus beaux atours, tout le monde redoutait un coup d'éclat de la jouvencelle de treize ans que le roi avait tenue sous bonne garde à Plessis-lès-Tours et qu'il avait été obligé de faire

1. Voir annexe A.

fouetter devant son refus catégorique de consentir à ses épousailles le jour des présentations en Touraine.

Le roi se courrouçait de l'obstination de sa nièce, qui osait défier son autorité. Comment être obéi dans tout un royaume si l'on ne parvenait pas à l'être au sein de sa propre famille ? L'enjeu politique était de taille pour le souverain : ne pas laisser Jeanne entrer dans la famille de Charles Quint en épousant Philippe d'Espagne et asseoir par cette démonstration de force sa souveraineté sur le peuple de France. Lorsque les affaires politiques et familiales se confondaient, la situation devenait pour le moins délicate. François adorait sa sœur et savait très bien qu'elle lui en voulait. Malade, il se sentait parfois très las.

C'est la mâchoire crispée qu'il fit son entrée en grand apparat dans le pavillon rond dressé pour la circonstance, qui ferait office de chapelle. La famille royale et la duchesse d'Étampes s'installèrent autour de lui ; les princes, ambassadeurs et cardinaux, dans les tribunes alentour.

Lorsque les grandes orgues[2] retentirent, chacun retint son souffle. La jeune fille venait d'apparaître à la porte, au bout du long tapis rouge déployé dans l'allée centrale. Petite et menue dans sa robe de soie d'or et d'argent, parée de joyaux sous son voile diaphane qui accentuait encore sa pâleur, elle paraissait une enfant perdue.

La musique résonnait, scandant, selon la tradition, la marche de la mariée vers l'autel.

2. Voir annexe B.

Or la mariée ne marchait pas.

Figée dans sa peur et son obstination, Jeanne d'Albret, princesse de Navarre, défiait devant toute la Cour, du haut de ses treize printemps, l'un des plus grands rois d'Europe en refusant d'avancer.

Elle aurait dû, au son de cette belle musique, progresser lentement vers l'autel surélevé d'un dais d'or, où l'attendaient le cardinal de Tournon, qui devait officier, et Guillaume de Clèves[3], jeune homme de vingt-quatre ans, qui lui était destiné.

Elle aurait dû obéir à son oncle, parce que ce dernier était à la tête du royaume mais, frêle et tremblante sous son voile, elle ne bougeait pas.

Le souverain, abasourdi devant tant d'outrecuidance, fit signe au connétable de Bourbon de s'approcher afin de l'entretenir à voix basse. Montmorency obtempéra. Chacun le vit blêmir et presque chanceler en recevant l'ordre qui lui fut intimé.

Dans un murmure de stupéfaction, on vit alors Anne de Montmorency, grand connétable de France, premier en dignité après le roi, remonter la nef et prendre de force dans ses bras, comme un paquet d'étoffes, la petite princesse de Navarre pour venir la déposer devant l'autel, aux côtés de son futur époux.

Était-ce parce qu'il se sentait outragé de voir que le monarque avait choisi de traiter le premier baron de France comme un vulgaire laquais, ou bien de constater que ce vieil ami avait souhaité donner le coup de grâce

---

3. Duc de Gueldre, de Juliers, de Berg, comte de Zutphen, de La Marck et de Ravensberg.

à une faveur qui avait vécu, en l'humiliant aux yeux de tous les courtisans ?

Toujours est-il qu'Anne de Montmorency, meurtri de cet épouvantable affront, fit ses adieux à Diane et à Henri le soir même.

Il quitta les lieux le lendemain avant le chant du coq pour ne plus reparaître à la Cour.

Le mariage de Jeanne fut célébré.

François Ier avait gagné.

Mais Anne de Pisseleu triomphait.

*

Depuis la croisée du premier étage, le roi, enveloppé dans un grand mantel de velours, regardait, dans les premières lueurs de l'aube, Montmorency donner ses dernières instructions à ses valets, afin que ses effets le rejoignent au plus vite.

Le connétable se retirait sur ses terres d'Écouen.

Vêtu d'un pourpoint de voyage marron, il avait toujours cette belle prestance qu'accentuaient encore ses tempes grisonnantes. La maturité de l'âge conférait à son maintien une sorte de sagesse qui rappelait à François toutes ces années passées ensemble. Indéniablement, avec ce vieil et fidèle ami, c'était une partie de lui qui s'en allait. Une page se tournait, et le souverain en ressentait de l'effroi et de la tristesse.

Il considéra la duchesse d'Étampes qui dormait paisiblement, sa chevelure blonde étalée en vagues sur l'oreiller. Les braises brûlaient encore dans la cheminée, car même au cœur de l'été, il arrivait que l'on allumât le feu la nuit pour dissiper l'humidité. Elle semblait avoir eu trop chaud, ayant progressivement repoussé la courtepointe dans son sommeil, de sorte qu'elle s'offrait entièrement nue à son regard, éclairée de la lumière rose de l'aurore. Ses courbes étaient harmonieuses et sa peau douce comme de la soie. Jamais, il le savait, il ne pourrait se passer de ce corps parfait, de ces yeux limpides, de cette cascade de soleil qui encadrait un visage à l'ovale si pur.

Pour ce jouisseur usé de tant d'abus, torturé par un apostème récurrent qui lui dévorait le bas-ventre, cet homme égrotant, rompu à tant de souffrances, qui sentait la vie s'enfuir avec la sanie qui s'écoulait, ce corps jeune, frais, vivant était un cadeau du ciel, son dernier bonheur terrestre, l'ultime consolation au métier de roi.

Alors, s'il fallait sacrifier l'ami, le fils ou la tranquillité du royaume, qu'importait.

François redoutait les crises de nerfs de la duchesse, qui se roulait par terre, hurlait à fendre l'âme, menaçait de partir ou de mourir, mais tout était préférable à sa solitude, à cette odeur de mort qui ruisselait entre ses cuisses et le renvoyait à l'effroi des derniers instants.

Son regard revint dans la cour, où le soleil s'était levé. Montmorency mit le pied à l'étrier et monta en selle sur un beau destrier noir et puissant. Son escorte, composée d'une quinzaine de gens d'armes, l'attendait. Alors, contre toute attente, Montmorency tira sur la bride de sa monture et lui fit faire demi-tour, afin de se placer face à la fenêtre royale. Le monarque n'eut pas le temps de s'écarter, et les regards des deux hommes s'accrochèrent. Ils s'observèrent un long moment sans qu'aucune expression ne trahisse les émotions de l'un ou de l'autre.

Puis Montmorency éperonna son étalon qui s'élança vivement.

Pour la première fois, le connétable de France venait de prendre congé sans saluer son roi. François soupira et préféra penser que c'était pour lui une façon de montrer qu'il avait fait ses adieux à l'homme plutôt qu'au souverain. Une petite voix lui murmurait aussi que peut-être son fidèle compagnon avait souhaité lui exprimer le fait qu'il lui retirait son estime…

Il en fut peiné.

Resserrant sur lui les pans de son grand mantel, il vint s'asseoir au bord de la couche sur laquelle la belle Anne reposait. Elle s'éveilla doucement, s'étirant comme un chat, en lui souriant.

– Eh bien, mon ami, m'aimez-vous donc si peu que vous désertiez ma couche ?

– Non point, ma mie. Je regardais l'aube se lever sur la Vienne, c'est très beau.

– Bien, minauda-t-elle. J'aurais été peinée par quelque courroux à mon endroit !

– Ne craignez rien, ma douce. Je n'ai rien à vous reprocher… sinon que vous n'aimez pas les gens que j'aime[4], ajouta-t-il tristement.

4. Cette phrase est rapportée par l'historien Michel de Decker (*in Diane de Poitiers, Reine d'amour et de beauté,* p. 101), sans que toutefois il ne précise comment elle est parvenue jusqu'à nous. Jean Orieux (*in Catherine de Médicis ou La Reine noire,* p. 153) la place dans la bouche de François Ier, mais à l'adresse du connétable lorsqu'il le disgracie.

XXX

Chambord, août 1541

Cette année-là, le monarque décida d'installer son logis hors du donjon en aménageant l'aile est de sa tour en construction depuis 1538 et déjà reliée en cet endroit par une galerie. Il parvint ainsi à s'octroyer des instants d'intimité précieux : ses appartements, n'étant plus situés au centre du château, étaient davantage protégés du bruit et du passage.

Après une partie de chasse endiablée, un bain aux étuves et un festin de cuisses de grenouilles au persil, de pâté de grue et de beignets, François, pieds nus sur des nattes de jonc, en chemise et culotte, achevait une partie de dames avec le marquis de Bellecourt, lorsqu'on annonça la visite du dauphin. Les grandes baies étaient ouvertes sur un brûlant soleil et la lumière inondait la pièce.

Caillette et Triboulet, les deux nains bouffons, accumulaient les facéties, faisant mine de jongler en se bousculant. Ils s'esclaffaient sans cesse, sans toutefois trop élever la voix pour ne pas distraire les joueurs dans leur concentration.

– Et voilà : je gagne encore! se félicita le roi.

Triboulet pirouetta autour de lui.

– Dès qu'il s'agit des dames, notre sire est sans rival! chanta-t-il en tapant dans ses petites mains.

– La partie s'achève comme vous arrivez, mon fils, constata le vainqueur, ce qui incita vivement le marquis de Bellecourt à se lever et à prendre congé en saluant bien bas les deux hommes qui se dévisageaient.

Nul n'ignorait à la Cour les dissensions qui opposaient le chef du royaume à son héritier, et chacun était peu ou prou contraint de choisir son camp. Si l'on aimait Diane, cela signifiait que l'on détestait Anne. Et détester cette dernière revenait à déplaire à son amant. Aussi la visite du dauphin dans les cabinets privés de son père prenait-elle des allures d'audience.

– Que me vaut votre présence en ces lieux? demanda François, indifférent.

– Sire mon père, il s'agit d'une rumeur persistante à la Cour, qui me chagrine… Mais permettez-moi tout d'abord de m'enquérir de votre santé.

Le roi toisa son fils, avec dédain.

– Elle est fort bonne. Dites à tous vos partisans de prendre encore un peu patience avant que d'être ministres. L'heure de mon trépas n'a point sonné et il n'y aura jamais qu'un monarque en ce lieu!

– Personne ne songerait à affirmer le contraire!

– Ce n'est pas ce que l'on m'a rapporté, lâcha le roi, glacial.

Triboulet s'avança tout doucement vers son maître.

– Je vois là une fois de plus, mon père, que vous prêtez l'oreille à ceux qui me desservent au lieu d'entendre les liens du sang qui nous unissent!

– C'est que, morbleu, il y a là justesse d'esprit. Songez, mon fils, que si je disparais, ceux dont vous parlez ne seront plus rien, tandis que vous serez roi ! Voyez de quel côté se rencontre l'intérêt à ce que je vive ! lâcha-t-il, amer.

– Vous énoncez le principe même de la monarchie, mon père, cela ne fait pas du dauphin un meurtrier, ce me semble ! repartit Henri avec grandeur.

– Non point. Mais peut-être une certaine impatience à gouverner pourrait…

– Je ne souhaite point le pouvoir si le temps n'en est venu, le coupa Henri. C'est à Dieu qu'il appartient de décider de chacun de nous. Je viens à vous, car vous avez demandé à la grande sénéchale de regagner ses terres d'Anet au motif que vous la tenez responsable de l'air suffocant que l'on respire en cette Cour !

– Si fait.

Le prince s'efforça au calme, n'oubliant pas de respecter la majesté royale. Triboulet tournait sa tête de l'un à l'autre chaque fois que le père ou le fils prenait la parole, comme s'il assistait à une partie de jeu de paume.

– Mme de Poitiers n'est en rien blâmable, sire. Elle est une amie dévouée, pour la dauphine comme pour moi. Si vous la chassez de votre entourage, je la suivrai à Anet !

– Que voilà belle amitié, mon fils, souligna ironiquement François. Catherine aussi se retirera à Anet, je présume, puisqu'elle est aussi l'amie de Mme de Poitiers ?

Henri tapa rageusement du plat de la main sur une tapisserie tendue au mur représentant une salamandre, emblème de François, assortie de F entrelacés et du nœud de l'ordre de la Cordelière, emblème de sa mère, Louise de Savoie.

– Calmez-vous, mon fils. Vous savez l'affection que j'ai pour Diane. Et je crois comprendre ce qu'elle est pour vous. Je ne cherche qu'à apaiser un peu les tensions, tout devient si pesant... Assurez Mme de Poitiers de sa faveur, mais qu'elle séjourne à Anet encore un moment...

– En ce cas, sire, je me retire avec elle, rétorqua le dauphin en s'inclinant avant de tourner les talons.

Demeuré seul, le roi allongea ses jambes et soupira. Soudain, il avisa son nain, lequel dansait dans la pièce en portant un jupon, posé telle une coiffe sur sa tête.

– Qu'est-ce donc encore que cette nouvelle farce, Triboulet ? s'enquit-il.

– Je gouverne, sire, j'apprends à réfléchir !

– Et pourquoi as-tu besoin de ce genre d'artifice ?

– Voyons, François, ce n'est pas à toi que je vais dire que c'est dans les jupes des dames que se prennent les décisions les plus importantes !

Le roi saisit une pomme dans un panier posé à côté de lui et l'envoya, dans un geste d'humeur, sur Triboulet qui rattrapa le fruit et le croqua à belles dents, ravi :

– Attention, mon seigneur, si je croque la pomme, je ne serai plus capable de penser par moi-même !

– Il suffit, Triboulet, grogna le roi. Cette fois, tu m'ennuies !

XXXI

Saint-Germain, septembre 1541

– Vous m'avez fait mander, madame ?

Marc de Saint-Herray se courbait en une élégante révérence devant la dauphine, assise sur une cathèdre près d'une table à tréteaux sur laquelle on avait disposé toutes sortes de mets au fumet délicieux.

– En effet, je vous en prie, prenez place. Vous m'accompagnerez bien pour cette petite collation, répondit Catherine en désignant un siège. Servez-vous, ces pâtés de grive sont excellents.

Marc, qui rentrait de son entraînement aux armes, ne se fit pas prier, car il avait grand-faim. Une servante s'approcha, portant une aiguière d'argent, pour verser sur ses mains de l'eau chaude parfumée, tandis qu'une seconde tenait un petit bassin qui récupérait l'eau usée. Le jeune homme s'essuya dans un linge qu'on lui tendit, attrapa un couteau et se tailla une belle tranche de jambon.

– Votre Altesse souhaitait-elle m'entretenir d'un sujet particulier ? demanda-t-il en commençant à manger.

– En effet. Je désirerais vous parler du dauphin. Vous n'ignorez pas que nous allons vers la guerre.

– En effet, madame, elle semble inévitable, et si certains la redoutent, beaucoup rêvent d'en découdre !

– Je le crois volontiers, mon ami. La noblesse de France aime le sang et la gloire... souligna Catherine d'un air chagrin. Les deux fils du roi seront exposés et je connais la hardiesse de Charles d'Orléans...

– Craignez-vous pour la vie du plus jeune fils du roi, Votre Altesse ?

– Non. Enfin, si, bien sûr, mais je crains surtout pour celle de mon époux qui aura à cœur de se surpasser pour tenter de regagner les bonnes grâces de son père.

Deux valets de bouche entrèrent pour déposer trois poulets rôtis et des légumes au verjus. Le temps qu'ils officient, les convives se turent, afin que leur conversation demeurât confidentielle. Lorsque la porte se fut refermée, Marc reprit :

– J'entends votre propos, madame, mais je ne vois pas...

– Écoutez, Saint-Herray, j'ai confiance en vous. Je sais que vous êtes loyal envers mon époux et que vous seriez prêt à mourir pour lui. Or, j'ai fait un rêve très inquiétant[1] et je confesse que c'est pour cela que je vous ai mandé de venir partager ce repas.

– Parce que vous avez... rêvé, Votre Altesse ? demanda Saint-Herray, incrédule.

Catherine lui sourit et reprit d'une voix très douce :

---

1. Catherine de Médicis faisait souvent des rêves prémonitoires, comme l'a consigné sa fille Marguerite dans ses écrits.

– Vous n'êtes pas le premier à vous gausser de ce genre de présages. Hélas, j'ai pu me rendre compte que cette capacité à lire l'avenir dans les songes est davantage source de tourments que de félicité. De plus, je ne comprends pas toujours le message qui m'est délivré.

– Le message ?

– Oui. Vous n'ignorez rien des relations de mon époux avec Mme de Poitiers.

Marc, soudain mal à l'aise, se déplaça légèrement sur son siège. Si la dauphine l'avait convoqué pour l'entretenir de la liaison adultère du dauphin, il allait habilement devoir mettre un terme à cet entretien. Car s'il ne voulait pas trahir Henri, il ne souhaitait pas s'aliéner les faveurs de Catherine : cette dernière paraissait être auprès d'Oriane une ambassadrice convaincue, qui plaidait sa cause.

Il se racla la gorge.

– Ne vous défiez pas de moi, mon ami. Je ne vous demande aucun détail, reprit-elle. Je sais que le dauphin est très épris de la grande sénéchale et qu'il me faut apprendre à accepter ce que je ne peux changer. Mais j'ai de nombreuses fois rêvé que je devais me garder de la favorite et, aveuglée par ma jalousie, je pensais qu'il s'agissait de Diane. Je sais ce jourd'hui qu'il n'en est rien. Aussi douloureuse et humiliante que puisse être pour moi cette situation, il me faut reconnaître que Diane ne veut que du bien à Henri.

– Votre manière est très noble, madame, et témoigne d'une vraie grandeur d'âme, remarqua Saint-Herray, soulagé de ce qu'il venait d'entendre.

– Je n'ai guère le choix, messire. Mais j'ai compris que la femme dont je dois me défier à toute force est assurément Mme d'Étampes, la favorite du roi et non celle de mon époux !

Marc se coupa une belle part de tourte au fromage dont le fumet emplissait la pièce.

– Que craignez-vous exactement ? demanda-t-il avec un intérêt nouveau.

– Elle a d'abord tenté de me perdre dans l'esprit de mon beau-père, car elle souhaitait me remplacer par une jouvencelle qui lui serait redevable de sa position et prolongerait son statut à la Cour après la disparition de Sa Majesté. Maintenant que notre sire lui-même m'a assurée de son soutien, c'est Henri qu'elle veut anéantir !

– Diantre ! Le mot est peut-être un peu fort !

– Non. Elle dispose d'espions, mais j'ai les miens, et nous avons intercepté des échanges de courriers qui tendent à faire penser qu'elle souhaiterait mettre Charles d'Orléans en avant et discréditer complètement le dauphin, voire le supprimer !

– Mais comment cela se pourrait-il ?

– Tout porte à croire que la duchesse, qui a fortement sympathisé avec l'empereur lors de sa venue, au point que celui-ci lui offrit, rappelez-vous, un diamant d'une valeur inestimable[2], garderait des liens avec lui au moyen de lettres chiffrées.

– Dans quel but ?

– Si elle communique à Charles Quint les positions et les intentions de mon époux au moment des batailles, il les perdra toutes et sera même peut-être tué. Alors Charles d'Orléans, son frère, deviendra dauphin de France à son tour, et la duchesse d'Étampes sera sauvée.

2. Voir les annexes.

Marc ne mangeait plus.

– Ce que vous avancez est d'une gravité extrême, madame. Il ne s'agit ni plus ni moins que de haute trahison. Monseigneur est-il au courant ?

– Nenni. Je n'ai pas de preuves concrètes de ce que je viens de vous expliquer, car nous ne possédons pas le chiffre qu'utilise la duchesse pour tourner ses lettres. Si j'en parle à mon époux, il risque d'entrer dans une rage telle qu'il ira voir son père, afin de tout lui raconter. Mais sans démonstration tangible, ce sera sa parole contre celle de la duchesse, vous envisagez la suite…

Saint-Herray soupira.

Catherine avait raison.

Soudain, il leva les yeux et considéra ce petit brin de femme qui mangeait du bout des dents sa cuisse de poulet. Sous ce grand front ceint de perles se cachait une intelligence très vive et suffisamment remarquable pour avoir choisi de ne pas l'afficher. La dauphine faisait montre d'un sens politique aigu sous des apparences placides et domestiques. On la croyait préoccupée d'étoffes et de passementeries quand elle montait un réseau personnel d'espions chargés de la renseigner pour perdurer dans cette Cour qui lui était hostile. Marc l'admira pour son discernement et l'extrême sagesse dont elle faisait preuve malgré son jeune âge.

– Je pense que vous avez raison, lâcha-t-il. Mais en quoi puis-je vous être utile ?

– Vous allez être mes yeux et mes oreilles lorsque le dauphin partira en campagne. Il s'agit de le protéger. Je vous ferai savoir chaque fois les nouvelles que j'aurai pu glaner, surtout si nous parvenons à intercepter encore les écrits de la duchesse. Henri ne doit pas être tué !

– Je suis d'accord, mais qu'adviendra-t-il s'il a vent de notre commerce ? Je ne veux pas que qu'il pense que je l'espionne pour votre compte !

– C'est tout à votre honneur, Saint-Herray, mais cela n'arrivera pas. Nous y veillerons l'un et l'autre et j'ai confiance en votre ingéniosité. Vous ne le trahirez pas, puisque tout cela ne vise qu'à le protéger. Il vous faudra prendre des risques ! Mais en échange…

Les pages de la chambre apportèrent d'autres plats.

Catherine se servit un bon bol de compote de pommes aux myrtilles, qu'elle commença de déguster avec des croquants aux amandes, gardant le silence pour ménager son effet.

Saint-Herray était suspendu à ses lèvres, espérant de tout son être que la contrepartie concernerait Oriane.

– En échange, je m'engage à plaider sans relâche votre cause auprès de Mlle de Vaudricourt. Je dois dire que j'ai fait des découvertes assez intéressantes. Et à ce sujet, il me tarde d'entendre de votre bouche une autre version des faits…

Marc, qui s'apprêtait à boire du vin de noix que venait de lui servir l'échanson, reposa son gobelet d'argent.

– Que voulez-vous savoir ? demanda-t-il en arquant les sourcils.

Catherine le regarda droit dans les yeux et répondit sans ciller :

– C'est tout simple : pourquoi n'avez-vous pas épousé Oriane de Vaudricourt après l'avoir déflorée, comme vous le lui aviez promis ?

XXXII

Fontainebleau, novembre 1541

Les charrois de tous les équipements du château avaient précédé la Cour, qui regagnait Fontainebleau après plus de deux longues semaines passées sur les terres de Philippe de Chabot, amiral de Brion. Revenu en grâce auprès du roi, ce dernier avait souhaité recevoir avec faste tout ce que le royaume de France comptait de gentilshommes. Pagny et Longwy furent le théâtre de fêtes, de joutes et de parties de chasse comme en raffolait le roi. Françoise de Longwy, fille de Jeanne d'Orléans[1] et épouse de l'amiral, s'était montrée délicieuse dans son rôle d'hôtesse, trop heureuse de voir son époux, jadis accusé de malversations par Montmorency et le cardinal de Lorraine, retrouver sa place auprès du trône. Par sa naissance, Françoise prétendait faire partie de cette grande famille de France et avait vécu comme une injustice la disgrâce qui avait frappé son époux, qu'elle

1. Fille naturelle du prince Charles d'Orléans, dit Charles d'Angoulême, et de son amie Antoinette de Polignac. Elle est parfois aussi appelée Jeanne de Valois, Jeanne de Valois-Angoulême ou Jeanne d'Angoulême. Elle fut légitimée par Louis XII en 1501 sous le nom de Jeanne d'Orléans.

attribuait à la jalousie et à la malveillance du connétable et du prélat, lesquels avaient sans doute pris ombrage de la trop grande popularité dont jouissait l'amiral, qui gouvernait aussi la Bourgogne et la Normandie.

Chacun voyait derrière cette nouvelle faveur les œuvres de la duchesse d'Étampes qui n'aimait rien tant que les gens qui s'opposaient au connétable ou que ce dernier détestait. Le dauphin fulminait et Diane peinait à le ramener à de meilleurs ajustements, pourtant absolument nécessaires compte tenu de sa position fragilisée à la Cour par tous les départs des gens qui le soutenaient.

Henri avait chevauché aux côtés de la voiture de la dauphine, dans laquelle se trouvait Diane. Lorsque la Cour se déplaçait, c'était une procession interminable de chariots, car tout le mobilier déménageait à sa suite. Tapisseries, meubles, vaisselle, coffres, effets personnels, précédaient chevaux, animaux domestiques et oiseaux, qui escortaient le monarque sous la responsabilité du grand fauconnier de France. Toute la domesticité des diverses maisons royales, chambellans, valets de bouche, échansons, chambrières, dames d'atour, secrétaire ou valet de chambre, suivaient les grands du royaume, lesquels avaient aussi leurs propres serviteurs. Le convoi se finissait par les ménestrels, les charrons et autre maréchal-ferrant attachés à la suite du roi. Le château que l'on laissait était vidé de son mobilier et de ses tentures, entretenu par quelques personnes chargées d'y vivre à l'année. Cet immense cortège pour le moins spectaculaire était salué le long des routes et dans les villages par les paysans, qui jetaient leur chapeau en l'air au passage du souverain. Partout, on essayait d'apercevoir la favorite, que le peuple n'aimait guère, raison pour laquelle Anne d'Étampes préférait voyager à litière fermée.

Diane, ramassée sous ses couvertures, une chaufferette[2] à ses pieds, avait trouvé le temps long. La traversée de la Bourgogne lui avait paru interminable. Elle était heureuse de savoir qu'elle dormirait ce soir en ses appartements de Fontainebleau, un château que toute la Cour appréciait depuis que François y faisait sans cesse de nouveaux aménagements et que les galeries s'embellissaient au fil des mois de chefs-d'œuvre des artistes les plus renommés.

Assise face à la grande sénéchale, la dauphine de France et sa dame d'honneur, Mlle de Vaudricourt, paraissaient, elles aussi, désireuses de pouvoir se dégourdir un peu les jambes. Le cortège s'arrêta, et Henri en profita pour abandonner son cheval et venir rejoindre ces dames.

– Êtes-vous las de chevaucher, mon ami ? demanda Catherine. Il est vrai que cette pluie qui nous détrempe depuis trois bonnes heures a dû avoir raison de votre courage !

– En effet, madame. Je confesse être mouillé jusqu'aux os. Nous avons traversé une partie du royaume qui semble ma foi ne point souffrir de la sécheresse. L'herbe y est grasse et j'y ai observé de nombreux troupeaux. On voit que la pluie n'y manque point !

2. Boîte à couvercle percée de trous, que l'on remplissait de braises pour se chauffer les pieds.

– Il pleut aussi beaucoup en Normandie... Décidément, les deux provinces gouvernées par notre hôte sont bien arrosées. À croire que le ciel proteste! sourit Diane.

– Je hais cet ambitieux! Il cherche ni plus ni moins à remplacer notre ami le connétable auprès du roi!

– Ce sont encore les menées de la duchesse d'Étampes, monseigneur, répliqua Diane. Elle a obtenu la tête de Montmorency, elle rappelle maintenant ceux qu'il avait fait partir...

– Je suis très inquiet de savoir que le royaume marche vers la guerre sans le connétable pour diriger les troupes... répondit Henri, pensif.

– Les choses ne sont pas si mal emmenées pour la France aujourd'hui, puisque l'empereur et sa flotte viennent d'être défaits devant Alger[3], remarqua Catherine.

– Il est vrai. Les Turcs conservent la maîtrise de la Méditerranée et le sultan est notre allié. Mais sans le connétable, je crains que les choses ne soient plus compliquées lorsque les hostilités auront bel et bien commencé... rétorqua son époux.

– Ce qui prouve que les visées politiques de la duchesse sont préjudiciables au royaume. Elle ne voit jamais que son intérêt propre! continua Diane qui suivait son idée.

Catherine dévisagea Diane un instant et jeta un coup d'œil de biais à Oriane qui esquissa un sourire

3. Alors que Charles Quint venait de commencer le siège de ce nid de corsaires barbaresques, une forte tempête dispersa et détruisit en grande partie sa flotte dans la nuit du 24 au 25 octobre, l'obligeant à rembarquer en catastrophe.

de connivence. Que la grande sénéchale critiquât la politique de la favorite pouvait s'entendre, mais qu'elle lui reprochât de ne servir que ses intérêts propres, voilà qui ne manquait pas de piquant. Si Anne et Diane se détestaient, c'est parce qu'elles étaient le miroir l'une de l'autre. Aussi ambitieuses, froides, calculatrices, avides et déterminées…

La dauphine reporta son regard sur l'héritier du trône, qui buvait les paroles de Diane avec vénération, savourant chaque mot comme s'il se fut agi de propos empreints d'une grande sagesse. Visiblement, le dauphin ne voyait pas sa belle avec les yeux de tout un chacun.

Catherine, lucide, songea que le règne d'Henri pourrait bien ressembler à celui de son père.

Au royaume de France, c'étaient les favorites qui portaient culotte.

L'Histoire bégayait.

XXXIII

Fontainebleau, mars 1542

Retirée dans l'oisellerie, la dauphine, arborant une robe de velours ciel rebrodée de vair qui couvrait une jupe d'un ton de bleu plus pâle, nourrissait ses éperviers. Noués en tresses où l'on avait piqué quelques saphirs, ses cheveux étaient couverts, à partir du milieu du crâne, d'une coiffe de même tissu que sa robe. Catherine jetait en l'air des petits morceaux de viande qu'elle tirait d'une gibecière passée en bandoulière à son épaule et regardait les oiseaux attraper leur proie au vol en murmurant à leur intention des mots d'italien.

Enveloppée d'une pelisse de martre, Oriane vint à sa rencontre et contempla un instant le spectacle avant de s'avancer.

– Ils semblent bien profiter de vos soins, madame!

– J'espère une belle descendance! Au moins du côté de mes oiseaux, ajouta-t-elle plus bas.

Oriane ne releva pas.

– Ne craignez-vous pas qu'ils soient paresseux à la chasse tout à l'heure, s'ils sont ainsi rassasiés?

– Ils mangent des oiseaux que le roi a chassés ce jourd'hui à prime. Je n'irai pas courre l'épervier tantôt. Je n'y ai point le cœur.

– Que se passe-t-il, madame ? Seriez-vous souffrante ?

– Non point.

Catherine referma sa gibecière et s'essuya les mains dans un linge humide parfumé de rose qu'elle sortit d'un autre sac.

– Ce sont ces rêves… Je finis par préférer me tenir éveillée plutôt que de voir encore toutes ces choses, expliqua-t-elle. Alors, il m'arrive de me sentir un peu lasse de ne pouvoir ainsi prendre de repos.

– Ces rêves ? Mais quels sont-ils ?

– Je vois… le sang, beaucoup de sang. Les larmes et… le feu !

– Le feu ?

– Oui ! Des bûchers ! J'ai un très mauvais pressentiment… L'Europe s'embrase. Je me suis laissé dire qu'à Londres on avait arrêté certains marchands suspectés d'être juifs !

– Madame, le roi des Anglais n'est point notre sire. Songez tout de même qu'il vient encore de faire décapiter son épouse[1] !

– Il est vrai… Mais les hommes ne sont pas sages, Oriane. Nous voulons ce que nous n'avons pas. Ainsi moi-même vous mentirai-je si je ne confessais pas que j'attends beaucoup de cette guerre qui s'annonce : je dois y retrouver mon héritage italien !

– Les rois se sont toujours fait la guerre pour conquérir des territoires, Votre Altesse !

---

1. Voir les annexes.

– Vous avez raison et on a le sentiment que c'est le propre de l'homme. Mais de nos jours, il est un péril plus menaçant : les gens se battent pour des idées, pour un Dieu… Et cela sème la discorde au sein d'un même royaume ! J'ai peur pour la France, Oriane.

– Nous avons des alliés !

– Oui… Mais je gage qu'Henri VIII s'alliera avec l'empereur. Et nous nous privons du connétable, un homme valeureux, un chef de guerre véritable. Que Dieu nous assiste !

Des pas se firent entendre et les deux femmes reconnurent la voix forte de François Ier qui arrivait pour voir ses oiseaux, accompagné de quelques gentilshommes et du grand fauconnier de France.

– Ah, ma bru ! Quel plaisir de vous voir en ces lieux ! Nos oiseaux ont encore fait merveille ce matin !

– Ils sont vaillants et parfaitement entraînés, Majesté, répondit Catherine en faisant une révérence.

– J'espère que l'on dira de même de mes hommes au combat, repartit le roi dans un grand rire que ses fidèles s'empressèrent d'imiter.

– Nous évoquions cette guerre, justement, avec ma dame de compagnie, en souhaitant le meilleur pour votre royaume, sire, souligna Catherine sobrement, sans se joindre à cette hilarité.

– Je ne pense qu'au bien de mes sujets, ma bru, rétorqua le souverain en retrouvant son sérieux. Nous allons reconquérir les territoires qui nous reviennent, et l'on se souviendra de mon règne : un royaume juste et prospère, aimant les arts et la douceur de vivre. J'ajoute à cela une grande réalisation dont je ne suis pas peu fier, celle de l'état civil[2] ; mon peuple a une histoire qui s'écrit désormais. Maintenant que l'on garde trace de la vie de mes sujets, à moi de faire que celle du royaume soit glorieuse !

Catherine et Oriane saluèrent Sa Majesté qui s'éloigna avec un sourire satisfait.

– J'aimerais avoir son bel enthousiasme, murmura la dauphine.

– Votre Altesse devrait peut-être prendre un peu de cordial de pavot après complies. Cela l'aiderait sûrement à mieux dormir et à chasser ces terribles cauchemars, suggéra Oriane.

– Sans doute…

Catherine referma avec soin sa gibecière et replia son linge avant de le ranger. Oriane l'attendait pour partir, car elles devaient ensemble recevoir l'orfèvre de la Cour. La dauphine contempla une dernière fois les gracieux oiseaux, aux plumes brillantes, qui semblaient écouter la conversation, suivant les mouvements des deux femmes de leur regard intelligent.

– Il n'existe, hélas, aucune médecine contre la folie des hommes… murmura-t-elle en s'en allant.

---

2. L'ordonnance de Villers-Cotterêts, publiée en 1539, stipule que l'on doit désormais enregistrer les naissances, les décès et les mariages. Ceci s'effectue par le biais de l'Église catholique, sur les registres des paroisses. C'est en effet l'une des grandes dispositions du règne de François Ier.

XXXIV

Saint-Germain, juillet 1542

Le chambranle de la porte menaçait de céder sous les coups de poing répétés du comte Marc du Plessis de Saint-Herray. Une chambrière, affolée, vint ouvrir l'huis devant tout ce tapage, mais n'eut pas le temps de prononcer un mot : Marc déjà avançait à grands pas vers le cabinet de toilette de Mlle de Vaudricourt. À peine remise de sa stupeur, la servante courait sur ses talons, l'exhortant à sortir immédiatement, arguant du fait que la damoiselle n'était pas présentable. Marc n'en avait cure, et c'est avec un geste assuré qu'il poussa la porte, dernière barrière entre son courroux et la nudité d'Oriane.

La pièce était petite, servant à la fois de cabinet de toilette et de bains. Aux murs, des scènes de chasse le disputaient à des scènes d'amour courtois où des angelots soufflaient de leurs joues gonflées dans des olifants. Les carreaux embués des vapeurs d'eau de lavande émanant du baquet dont sortait Oriane tamisaient la lumière en contre jour et les jonchées fraîches exhalaient un parfum de propreté.

La jeune fille achevait ses ablutions.

Vêtue d'une chemise de lin arachnéen, elle eut le réflexe de se couvrir prestement d'un drap lorsqu'elle vit entrer Marc, à la grande stupéfaction de la servante qui l'aidait à s'habiller.

– Messire, comment osez-vous ! haleta la chambrière qui l'avait rattrapé.

– Ce n'est rien. Suzon, Mariette, laissez-nous, lâcha posément Oriane en fixant Marc intensément.

Les deux servantes dévisagèrent la jeune femme avec horreur, mais obtempérèrent devant sa froide détermination.

Une fois qu'ils furent seuls, Oriane alla s'asseoir sur son lit, toujours enveloppée de son drap.

– Je m'étonne de votre calme, madame, je m'attendais à moult cris !

– Pour que tout le château sache que vous forcez ma porte ? Je sais n'avoir rien à craindre avec vous pour ma sécurité et je préfère la discrétion. Vous auriez pu cependant me demander audience...

– Que vous m'auriez une fois de plus refusée ! Oriane, combien de temps avons-nous perdu ? Je suis ici pour vous dire que l'on vous a trompée.

– Asseyez-vous, je vous prie, et expliquez-moi qui et pourquoi l'on m'abuse, et surtout à quel propos ?

– La dauphine m'a tout expliqué, Oriane, et je dois le faire à mon tour, mais voilà des mois que je ne puis vous rencontrer !

– À quoi bon revenir sur ces choses, Marc ? soupira la jeune femme en marchant jusque vers la fenêtre à meneaux.

Puis, regardant dehors, les yeux dans le vague pour que le comte ne puisse percevoir son trouble, elle ajouta :

– Ne vous sentez pas coupable de tout ce qui est arrivé. J'ai perdu cet enfant, vous ne me devez rien, vous savez...

– Vous oubliez que je vous aime, Oriane, d'un amour sincère et qui n'a jamais failli.

Elle se retourna brusquement, son regard d'ambre chargé d'éclairs.

– Laissez-moi finir, dit-il d'un ton plein d'autorité. Je ne comprenais pas pourquoi vous me haïssiez ni pourquoi vous aviez tourné le dos à nos serments pour entrer en ce couvent...

Il s'approcha d'elle et lui prit les mains. Elles étaient glacées.

– Oriane, je suis venu, fidèle à ma promesse, vous demander à votre oncle. Non parce que je vous avais déflorée, mais par amour de vous, vous devez me croire ! Il m'a répondu que vous lui aviez tout confessé, que vous ne vouliez jamais me revoir, que vous regrettiez vivement votre inconduite et souhaitiez expier cette terrible faute dans le pardon de Dieu. J'ai hurlé, tempêté, menacé, rien n'y a fait. J'ai juste obtenu le nom du couvent où vous vous étiez retirée...

Mlle de Vaudricourt ne bougeait plus, pâle comme une morte.

– Il... Il m'avait dit qu'il vous avait demandé réparation pour cet outrage et que vous lui aviez ri au nez, arguant du fait que je n'étais ni assez titrée ni assez fortunée pour vous ! articula-t-elle, horrifiée.

– Ceci est complètement faux, je vous l'assure ! Peu m'importait le montant de votre dot, je vous aurais épousée sans ! Je me suis présenté à plusieurs reprises aux portes du couvent. La mère supérieure m'a fait répondre à chacune de mes visites que vous ne souhaitiez plus être en contact avec le monde extérieur, et qu'il fallait que je cesse de vous importuner. Je repartais chaque fois avec la promesse qu'elle prierait pour le salut de mon âme !

– Mon Dieu, souffla Oriane, que de fois n'ai-je rêvé que j'entendais le galop d'un cheval et que c'était peut-être vous qui aviez changé d'avis, que la mère supérieure viendrait me chercher dans ma cellule et que j'allais enfin vous retrouver et sortir de ma prison ! Sans l'arrivée de la dauphine…

Elle ne put achever, sa voix se brisa.

– Comme j'ai été sotte !

– Nous avons été sots tous deux de ne pas nous parler plus avant, en allant au fond des choses. Car lorsque je vous ai vu paraître à la Cour, après tant de temps loin de vous, j'étais ivre de rage, car je pensais que vous aviez monté toute cette comédie pour vous libérer de moi…

Oriane regardait Marc de ses grands yeux de miel. Le jeune homme la prit dans ses bras.

– Mais pourquoi mon oncle a-t-il inventé pareille fable ? reprit-elle en s'écartant de lui, renouant soudain le fil de ses pensées.

– Il a découvert notre liaison, c'est certain. J'imagine qu'il ne projetait pas de payer votre dot et encore moins de rendre des comptes sur la gestion du domaine de votre père…

– Mais… C'est un crime !

– Il lui faudra s'en expliquer à la dauphine en personne dès que nous serons mariés, car je préfère vous mettre à l'abri avant que d'intervenir. Aussi ai-je l'honneur, Oriane de Vaudricourt, de vous demander de bien vouloir être mon épouse, ajouta-t-il, un genou à terre. Je pars ces jours prochains en campagne aux côtés du dauphin. Je jure devant Dieu que je m'y laisserai tuer si vous me refusez encore.

Oriane l'entoura de ses bras, attirant sa tête sur son ventre. Saint-Herray se releva et l'embrassa éperdument, caressant sa chevelure, que la chambrière n'avait pas encore eu le temps de tresser.

– Je le veux, Marc ! Je le veux tellement ! soupira-t-elle tandis que le désir s'emparait d'eux.

Il reprit pourtant ses esprits.

– Je rêve de vous faire mienne, ma douce, car j'ai grand désir de vous. Mais vous avez déjà eu à souffrir des conséquences de notre folie. Si vous portez mon fils, je veux que ce soit en portant mon nom. Que vous le mettiez au monde fièrement sans avoir à en rougir ! ajouta-t-il en passant son doigt sur ses lèvres et son cou. Et si je devais ne pas revenir…

– Taisez-vous ! s'indigna-t-elle. Je ne veux pas même songer à une telle chose ! Si vous deviez mourir, je n'y survivrais pas !

– Alors, il me faut vous épouser en hâte et vous faire l'amour autant de fois que possible avant mon départ, afin que vous ayez en votre ventre une autre raison de demeurer en vie ! sourit-il.

*

Oriane courait dans les couloirs pour annoncer à la dauphine son mariage imminent. Elle soulevait ses longues manches qui descendaient jusqu'au sol et prenait garde de ne point se prendre les pieds dans ses jupes en gravissant les degrés qui la séparaient des appartements delphinaux.

Catherine, fatiguée de la veille où elle avait été en représentation aux côtés du roi et du dauphin pour recevoir tous les ambassadeurs, avait quand même été chasser le matin. Elle se reposait en brodant une tapisserie représentant Vénus au bain. Oriane entra et gratifia la future reine de la révérence d'usage avant d'annoncer, le rose aux joues :

– Je viens, madame, solliciter auprès de vous l'autorisation de prendre époux en la personne du comte de Saint-Herray…

La dauphine leva les yeux de son ouvrage et sourit tristement.

– Tous mes vœux vous accompagnent, naturellement, ma chère Oriane. J'ai tant œuvré pour ce rapprochement que j'aurais mauvaise grâce ce jourd'hui à n'y point consentir. Mais vous n'aurez hélas pas le temps pour vos noces avant le départ de l'armée. Les nouvelles ne sont pas bonnes. Henri VIII a, comme nous le craignions, pris le parti de l'empereur.

– Mais nous avons le prince de Clèves, les princes de l'empire protestant et Soliman le Magnifique à nos côtés ! rétorqua Oriane qui voulait encore croire son mariage possible.

– Bien sûr… Le dauphin prend la tête d'une armée de quarante mille fantassins, quatorze mille Suisses, six mille lansquenets, deux mille gens d'armes et deux mille chevau-légers... Rien n'est perdu! Mais le pape[1] vient de rétablir l'Inquisition romaine. Il a nommé une congrégation du Saint-Office chargée de juger les hérétiques. Savez-vous ce que cela signifie? demanda Catherine avec force.

– Je croyais que ce pouvoir ne s'exerçait qu'en Italie?

– Pour le moment... Lorsque les persécutions commencent, on ne sait jamais ce qu'il peut advenir! Nous sommes alliés avec les princes protestants, mais jusqu'à quand?

– Le nouveau concile va peut-être venir à bout de toutes les dissensions...

– Le nouveau concile est déjà retardé[2] par la guerre, et le fait est qu'il ne sait même pas où siéger! Le duc de Mantoue a des exigences extraordinaires et Venise ne souhaite recevoir personne! Pour pouvoir convoquer l'assemblée des évêques, il faut un endroit neutre et des gens capables d'entendre une opinion qui n'est pas la leur...

– Vous semblez si troublée, madame! s'inquiéta Oriane.

– Chaque nuit, je vois des gens périr sur des bûchers, hurler dans les flammes, maudire les descendants des Valois... Je sais que tout cela aura lieu dans le royaume de France. Même si le roi tente à toute force d'éviter d'avoir à choisir entre les catholiques et les réformés, il y

1. Paul III.

2. Ce que l'on appellera le concile de Trente, du nom de la ville qui va l'accueillir, devait débuter le 22 mai 1542. Voir les annexes.

a des forces en présence qui le dépassent et qui un jour emporteront tout !

Oriane affichait une mine tellement déconfite que Catherine eut pitié d'elle et lui adressa un gentil sourire.

– Enfin, vous ne veniez pas pour cela. Donc, vous avez parlé avec Saint-Herray et avez dissipé cette horrible méprise, c'est fort belle chose.

– Il vient de m'offrir ce sautoir de perles à fermail d'or pour nos accordailles, voyez comme il est joli !

– Très élégant, en effet. Il va nous falloir aussi nous occuper de votre oncle. Les barons ne peuvent agir de la sorte, c'est une tromperie inadmissible !

– J'espère qu'il paiera pour le tort qu'il m'a fait. Car sans vous…

– Il paiera, n'ayez crainte. Mais nous avons décidé avec Saint-Herray que vous deviez d'abord être mariée, afin d'être sous sa protection.

– Oh, vous aviez parlé de cela aussi ? Je vois que tout était entendu ! remarqua Oriane avec une pointe de dépit.

– Il vous aime profondément, Oriane et, croyez-moi, vous avez beaucoup de chance. Vous serez heureux ensemble, c'est à n'en pas douter. Il est très douloureux pour une femme de devoir accepter la putain de son mari. Je suis sûre que le ciel ne vous réserve pas cela. Profitez de ce bonheur qui s'offre à vous, ne gardez des épreuves que vous avez traversées que la force qu'elles ont pu mettre en vous. Pour le reste, ne vous retournez pas.

Oriane prit les mains de la dauphine et s'agenouilla sur le carré de velours posé à ses pieds, à même les faïences.

– Madame, vous êtes sage et vous êtes bonne. Le peuple pourra s'enorgueillir d'avoir un jour une reine comme vous !

– S'il plaît à Dieu que je monte sur le trône, répondit sourdement Catherine.

XXXV

Palais du Louvre, août et septembre 1542

Le royaume de France retenait son souffle.

La Cour réduite qui demeurait aux côtés de la reine Éléonore et de la dauphine Catherine vivait dans l'attente des nouvelles en provenance d'Artois, de Gueldre[1], du Luxembourg, du Roussillon et du Piémont, autant de fronts où François Ier menait ses offensives. En cette fin du mois d'août, la chaleur était écrasante et les rares orages d'été ne parvenaient pas à laver les ruelles encombrées de détritus. L'air vicié de Paris était étouffant tant la puanteur qui s'élevait du sol stagnait sur la ville. Pas la moindre brise pour dissiper les relents nauséabonds des seaux d'aisances que l'on vidait chaque matin par les croisées. Les effluves écœurants émanant du quartier des tanneurs semblaient planer sur l'ensemble des rues.

Seules les maisons sur pilotis[2] bénéficiaient de la relative fraîcheur de l'eau, quand le bassin qui en fermait

1. Voir annexe A.

2. Voir annexe B.

l'entrée ne retenait pas, parmi ses herbes, les immondices que charriait la Seine.

Catherine attendait avec impatience le départ vers les châteaux de la Loire, où la vie serait plus paisible et l'air plus respirable. Les tensions entre les femmes demeurant au Louvre devenaient insupportables, au point que Marguerite, reine de Navarre, avait choisi de se retirer à Mont-de-Marsan, qu'elle appelait « mon ermitage* », afin d'y mettre en chantier un projet qui lui tenait à cœur.

La sœur du roi, fervente lettrée, envisageait en effet d'écrire un recueil de nouvelles qui se déroulerait sur sept journées. Elles avaient trouvé le titre ensemble : le livre s'appellerait l'*Heptaméron*. Férue de littérature et de poésie, Catherine était très enthousiaste à l'idée de cette réalisation. Aussi attendait-elle avec impatience l'arrivée des chevaucheurs lui apportant les premiers feuillets de Marguerite. Son départ laissait un vide, les deux femmes aimant à parler de belles lettres, le soir à la veillée.

La rivalité entre les adeptes des deux courants religieux s'était encore resserrée depuis le 30 août, où un édit avait ordonné la poursuite des protestants et donné l'autorisation de commettre des autodafés sur des ouvrages considérés comme licencieux.

La reine Éléonore, catholique et très pieuse, tolérait de moins en moins la présence de Marguerite qui avait embrassé la religion des réformés. Cette nouvelle Église était aussi celle d'Anne de Pisseleu, la maîtresse de son époux, ce qui ne contribuait pas à amener la reine à des vues plus clémentes.

Diane, par contre, continuait de soutenir activement les catholiques, et voyait d'un très bon œil les bûchers s'allumer dans tout le royaume. Brûler des hérétiques, c'était œuvrer pour la vérité et contre la duchesse d'Étampes. La démarche ne pouvait que trouver grâce à ses yeux.

Catherine, épouvantée devant ce fanatisme, mais impuissante à l'enrayer au sein même de sa propre famille, tentait de composer, afin de maintenir son rang sans s'aliéner les faveurs de ce que l'on appelait déjà « l'ancienne Cour » – celle de François et de sa maîtresse –, sachant que sa position n'était guère encore assurée dans la nouvelle, qui entourerait son époux devenu roi, régnant sans doute aux côtés de Diane, sa favorite.

L'exercice était périlleux.

Elle évitait à toute force de s'exprimer sur les persécutions qui endeuillaient le royaume et, entourée d'Oriane et de quelques familiers exilés de Florence, ne s'intéressait qu'à l'issue des combats qui lui permettraient peut-être de retrouver les territoires de son héritage en Italie, validant ainsi le bien-fondé de son mariage aux yeux de tous.

L'an mil cinq cent quarante et deux resterait pour tous une année difficile de tensions, d'exaspération et d'attente.

Diane et Catherine avaient en commun le fait de souhaiter ardemment la victoire du dauphin. Toutes deux espéraient secrètement que le départ du connétable de Montmorency allait permettre au prince de faire ses preuves sans vivre plus avant dans l'ombre de son mentor. Elles tenaient avec lui une correspondance nourrie, et l'on croisait sans cesse des chevaucheurs faisant l'allée et venue entre le Louvre, où résidaient ces dames, et le front ouvert dans le Roussillon, sur lequel se battait le gros des troupes de l'armée royale sous le commandement d'Henri de France. Charles, son frère, duc d'Orléans, appuyé par le duc de Guise et son fils François d'Aumale, semblait très efficace du côté du Luxembourg, tandis que le duc de Vendôme harcelait la Flandre et le duc de Clèves, le Brabant.

Alors que l'on venait d'apprendre que le duc d'Orléans avait conquis Ivoy, Arlon et le Luxembourg, un chevaucheur arriva au Louvre pour informer la dauphine et la favorite que le prince Henri se dirigeait vers Perpignan. Secondé de Brissac, devenu gentilhomme de la chambre du roi, gouverneur de l'Anjou et du Maine et capitaine du château d'Angers, ayant hérité des charges de grand panetier et de grand fauconnier du roi à la mort de son père, ainsi que de Jacques d'Albon de Saint-André, qu'il venait de nommer gentilhomme de sa chambre, le prince était aussi sous la haute protection de Marc de Saint-Herray, lequel communiquait fréquemment avec Catherine.

Assise sur le banc de pierre sculpté dans le mur qui entourait la croisée, cette dernière en faisait lecture à sa dame de compagnie.

Oriane avait posé son luth, dont elle avait régalé la dauphine tout l'après-dîner, et écoutait attentivement les nouvelles qu'avait envoyées Marc. Elle buvait les mots de cette lettre comme une chanson d'amour qu'il lui aurait murmurée à l'oreille.

« *Madame,*

La campagne se poursuit sous une chaleur éprouvante et, par la présente, je vais tenter de vous décrire le siège que nous avons vécu ce 23 août à Perpignan, où votre époux a lancé ses troupes à l'assaut de la ville. Je tiens à vous dire, Madame, combien je suis fier de servir un prince qui manifeste en tout un courage et une détermination héroïques. Henri a encerclé la place à conquérir de nombreuses tranchées que se disputent maintenant nos troupes et ceux qui tiennent la ville, lesquels essaient de nous prendre par surprise au cours de charges meurtrières, nourries de violents tirs d'artillerie. Ainsi notre ami Brissac vient-il d'être grièvement blessé au cours de l'un de ces assauts qu'il a tenté de repousser à la tête d'une poignée d'hommes. Sa vaillance a sauvé notre artillerie, mais on déplore une vilaine ouverture à la cuisse et une balle qui a faussé son hausse-col, manquant nous priver à jamais de sa présence, ce qui a fait s'écrier le dauphin : "Si je n'étais dauphin, je voudrais être Brissac!" Nous tâchons de tenir la place et de soutenir nos troupes, qui se battent avec courage sous la bannière des glorieux lys de France. Puisse le ciel faire, Madame, que nous soyons de retour, victorieux, pour fêter Noël auprès de ceux et celles que nous aimons. Je veille sur notre prince comme je sais votre regard bienveillant sur celle qui occupe toutes mes pensées.*

Croyez, Madame, en mon profond dévouement.

Marc de Saint-Herray. »

– Eh bien, voilà qui paraît de bon augure, sourit Oriane. On dirait que nos troupes font merveille !

– En effet. Mais Perpignan n'est point tombé encore. Il nous faut attendre et être patientes. J'aimerais aussi que mon époux soit de retour pour Noël. Enfin, s'il ne rentre pas pour moi, il le fera au moins pour Diane…

La gorge d'Oriane se noua.

*

Septembre était venu et avec lui un déluge de pluie. Les rues de Paris, auparavant si putrides d'immondices corrompues, devenaient maintenant un cloaque. On glissait, on s'embourbait dans les voies qui n'étaient pas pavées. Les ruelles déclives se transformaient en petits torrents qui nettoyaient les chaussées, ce qui allégeait parfois l'air de ses relents, mais créait une situation dangereuse compte tenu de la montée des eaux.

Les nouvelles du dauphin étaient désastreuses. Consternées, les dames avaient appris que les pluies diluviennes avaient obligé François Ier à battre en retraite, les troupes ne pouvant plus tenir dans les tranchées devenues des ruisseaux. La mort dans l'âme, le dauphin avait reculé, aidé de son jeune frère venu lui prêter main forte après sa victoire sur le Luxembourg. Las ! Profitant de son absence, les Impériaux étaient parvenus à reconquérir la place. Déçu et humilié, François passait sa colère sur ses deux fils.

– Il est tout de même inadmissible de quitter ainsi le Luxembourg pour venir dans le Roussillon !

– Mais père, la place étant gardée, j'ai pensé qu'il serait opportun de venir porter assistance à Henri qui semblait en difficulté…

– Elle ne devait pas l'être tant que cela, Charles, car aujourd'hui, ce sont les Impériaux qui tiennent le

Luxembourg ! Nous avons tout perdu ! Et vous, Henri ! Comment en sommes-nous arrivés à cette débâcle, je vous le demande ! Morbleu, êtes-vous prince de France ou donzelle ?

Le dauphin vacilla sous l'affront. Son visage s'empourpra de colère et d'indignation.

– Je suis un commandant à qui l'on a ôté son meilleur chef de guerre, sire mon père ! rugit-il. Montmorency aurait sans nul doute mené vos hommes à la victoire ! Encore eût-il fallu qu'il n'ait pas le malheur de déplaire à la duchesse d'Étampes !

– Taisez-vous ! hurla le roi. Je vous interdis de mêler Mme d'Étampes à tout cela, m'entendez-vous !

– Peut-être auriez-vous dû, en ce cas, veiller à ce qu'elle ne s'en mêlât point elle-même !

– Il suffit ! Je reprends le commandement de ce qui reste de votre armée !

– Ce sont les intempéries qui sont venues à bout de mes troupes et les ont dispersées ! renchérit Henri au comble de la colère. Et je gage encore que votre chère Mme d'Étampes vous aura soufflé de lever le siège de Perpignan ! Elle me hait tellement qu'elle est prête à perdre le royaume si cela peut me nuire !

– Sortez, Henri ! vociféra François. Et jusqu'à nouvel ordre, ne reparaissez point !

– J'obéis au roi, n'ayez crainte, car je demeure son fidèle sujet, lâcha le dauphin calmement. Mais morbleu, quelle sorte de père êtes-vous ?

La remarque atteignit François au cœur.

Il soupira, mais laissa son fils quitter la pièce sans mot dire.

La défaite, les ans, la maladie, tout lui pesait en ce jour gris de la fin de septembre.

L'automne, cette année, était une calamité.

– Charles, reprit-il, nous quitterons dans quelques semaines le Languedoc pour La Rochelle. Nous avons encore là-bas des soucis quant à l'impôt sur le sel[3].

– Comme il vous plaira, sire.

Le jeune frère d'Henri salua et s'en fut, laissant le monarque à sa mélancolie.

3. François octroiera fin décembre son pardon aux habitants qui avaient rejeté sa nouvelle réglementation concernant l'impôt sur le sel.

XXXVI

Palais du Louvre, décembre 1542

Les fêtes de fin d'année s'annonçaient maussades, mais au moins la Cour était-elle de nouveau réunie au grand complet. Henri, en disgrâce, avait retrouvé son épouse et sa maîtresse, convaincues qu'Anne de Pisseleu n'était pas étrangère à la défaite du dauphin. Les complots se multipliaient, et l'on comptait les morts sur les bûchers ou les expéditions punitives comme autant de points gagnés pour un clan ou pour l'autre.

Enveloppée dans une houppelande de zibeline, la duchesse d'Étampes se contemplait, satisfaite, dans son miroir, alors que le pelletier de la cour s'agitait autour d'elle, prenant soin de ne point planter en sa chair d'albâtre les épingles qu'il maniait avec dextérité.

On annonça le poète Marot.

Sa Grâce autorisa qu'on l'introduise, appréciant les moments où on la parait comme une reine tout en chantant ses louanges. Et en effet, à peine fut-il entré que le poète déclama :

Sans préjudice à personne,

Je vous donne
La pomme d'or de beauté.

La jeune femme le gratifia d'un lumineux sourire, puis fit une petite moue :

– Vous savez que j'attends autre chose de vous…

– Bien sûr ! Et je vais vous lire ce que j'ai composé. Mais tant d'appâts dans de si beaux atours, je n'ai pu résister à l'envie de versifier !

Le pelletier releva le nez et et adressa un remerciement muet au poète, flatté que l'on puisse apprécier sa création. Marot fouilla dans un étui de cuir et, pendant que la duchesse essayait un manchon[1] de martre, commença sa lecture :

Que voulez-vous, Diane bonne
Que vous donne ?
Vous n'êtes, comme j'entends,
Jamais tant d'heur au printemps
Qu'en automne.

– Voilà qui est bien léger pour dénigrer la vieille ! Avez-vous donc oublié de quelle façon cruelle cette méchante femme vous a éconduit[2] ?

– Non point, non point, madame. Je conçois que vous puissiez trouver le trait léger. Mais vous me pardonnerez lorsque vous saurez qu'il s'agit là de mon dernier poème, car je suis venu vous dire adieu.

---

1. Le manchon ne connaîtra un vrai succès que vers 1561. Pourtant, on en trouve déjà mention au XIIIe siècle.

2. Voir les annexes.

– Vous nous quittez ? Mais enfin pourquoi ? Vous avez de nouveau, grâce à moi, la faveur du roi et lorsque vous avez publié vos *Trente psaumes* l'année passée, vous n'avez pas été inquiété par la Sorbonne, ce me semble ? s'étonna la duchesse en reposant son manchon.

– Il est vrai. Mais j'ai cru bon de faire paraître une fois encore *l'Enfer* cette année, et c'est là mon erreur. Ces messieurs du Parlement n'ont guère apprécié, et la persécution des luthéristes reprend de plus belle. Je pars donc à Genève rejoindre Calvin. Mes heures ici sont comptées et je suis en grand danger de demeurer près de vous. Adieu, la belle parmi les belles, ajouta-t-il en se courbant devant la duchesse.

– Adieu, mon ami, répondit-elle. Votre plume manquera au royaume et je perds un allié.

– La postérité sera seule juge de mon talent, madame. D'autres poètes viendront à n'en pas douter éclairer ce siècle, et vous en rencontrerez toujours qui seront prêts à célébrer votre beauté !

– Certes. Tant que durera ma faveur… qui s'éteindra avec le roi ! répondit Anne avec aigreur.

XXXVII

Amboise, janvier 1543

Après les pluies diluviennes de l'automne, un hiver rigoureux s'était abattu sur tout le royaume de France, figeant les villages et les campagnes sous un épais tapis de neige. Les rus avaient gelé et les fleuves charriaient de gros glaçons. Le sol durci ne permettait plus aux oiseaux de trouver leur pitance, et il n'était pas rare d'en croiser, les pattes en l'air, pétrifiés sur le bord des routes. Dans plusieurs régions, on redoutait que le pain ne fasse défaut. Les paysans se nourrissaient de gruau[1], mais on craignait que l'avoine ne vînt à manquer.

À Amboise, dans toutes les pièces possédant une cheminée, des arbres entiers brûlaient dont les branches et l'écorce craquaient sous la chaleur des flammes. Diane et Henri avaient retrouvé leurs douces habitudes de causeries tendres au coin du feu après avoir apaisé l'appétit de leurs sens. Couchés tous deux sur d'épaisses fourrures posées à même le sol devant l'âtre, ils venaient de s'aimer avec enthousiasme, le désir du jeune homme

1. Grain d'avoine privé de son.

pour sa belle étant demeuré intact malgré les longues semaines de séparation. Appuyé sur des coussins, il admirait le profil de médaille de Diane, qui se découpait en contre-jour des flammes. Elle avait toujours un port altier et des seins magnifiquement fermes.

– Si je n'écoutais que mon cœur, je ne quitterais pas cet endroit et vous aimerais plusieurs fois le jour, murmura le dauphin en caressant la gorge de Diane.

– Et ce serait une très mauvaise idée, sourit-elle.

– Pourquoi diantre cela ?

– Henri, il vous faut *absolument* un héritier, rétorqua la grande sénéchale en insistant sur le mot. Et ce n'est pas en n'aimant que moi que vous y parviendrez !

– Ma mie, nous avons évoqué mille fois ce problème ! Que puis-je faire si mon épouse est inféconde ? J'ai, pour ma part, prouvé que je pouvais engendrer !

– Vous devez essayer et essayer encore, c'est votre seule chance d'y parvenir. Catherine s'épuise en toutes sortes de médecines douteuses qui finiront par la rendre malade.

– Mais que voulez-vous donc que je fasse de plus ? J'ai recommencé à honorer sa couche chaque semaine depuis mon retour, comme vous me l'aviez mandé, soupira Henri que cette discussion ennuyait.

– Vous pouvez faire davantage, asséna Diane en se redressant.

Henri se releva et dévisagea sa compagne. N'allait-elle pas lui imposer de ne plus se consacrer qu'à la seule dauphine en lui interdisant l'accès à ses appartements ? Il ne saurait renoncer à Diane, elle était toute sa vie !

– Qu'allez-vous encore exiger de moi ? s'inquiéta-t-il.

– Il faut que vous consultiez tous deux un médecin. Votre anatomie est singulière. Après tout, que savons-nous de celle de la dauphine ?

Henri demanda d'un air incrédule :

– Il n'y a que cela qui vous puisse satisfaire ? Vous souhaitez simplement que nous nous soumettions, mon épouse et moi, à un examen de la Faculté ?

– Oui.

– Eh bien, soit. Considérez que c'est chose faite, répondit-il, soulagé. Et maintenant, venez à moi que je vous montre une nouvelle fois combien je vous adore, dit-il en attrapant les hanches de son amante pour l'amener à lui.

Elle l'embrassa avec fougue, puis annonça :

– Dès demain, je vous envoie le docteur Fernel !

– Tout ce que vous voudrez, ma mie, pourvu que vous m'aimiez, souffla-t-il en l'étreignant.

XXXVIII

Chambord, mars 1543

Tout de noir vêtu, le sieur Fernel, médecin de son état, était penché sur l'entrejambe de la dauphine, qu'il étudiait soigneusement.

– Voilà… Voilà, voilà, voilà.

– Voilà quoi ? demanda la dauphine, impatientée.

– Voilà rien, justement, Votre Altesse. Votre anatomie extérieure est en tout point conforme aux exigences de la nature. Il va me falloir maintenant vous examiner plus avant, afin de déterminer si votre matrice est convenablement tournée. S'il vous plaît ! dit-il en faisant un signe à la servante pourvue d'une aiguière d'eau chaude qu'elle lui versa sur les mains.

Catherine prenait son mal en patience et ne bougeait pas. Elle était prête à tous les sacrifices si cela pouvait lui permettre de devenir enfin mère. Lorsque le dauphin lui avait fait part de ses exigences, elle n'avait pas sourcillé ni émis la moindre objection, se contentant de répondre « comme il vous plaira, mon ami », en épouse obéissante et dévouée. Mais cet examen long et pénible lui paraissait assez mortifiant si l'on considérait que, son époux ayant déjà engrossé une autre femme malgré son vit tordu, c'était chez elle que l'on cherchait l'organe contrefait.

La dauphine gémit lorsque Fernel poussa l'examen plus avant dans son ventre. Elle souffrait en silence, attendant la sentence. L'homme de l'art semblait concentré, presque inspiré. Soudain, il retira sa main, prit le spéculum[1] et approcha la chandelle en se penchant. Satisfait, il retira l'engin qu'il posa dans un bassinet de cuivre, fit signe à la servante, qui lui lava de nouveau les mains, et se releva.

– Vous pouvez rajuster votre toilette, madame. Il faut que je m'entretienne avec vous en présence du dauphin.

– Qu'on envoie quérir monseigneur, intima Catherine à sa femme de chambre, qui sortit promptement.

Quelques instants plus tard, ce dernier faisait son entrée dans les appartements privés qu'il partageait dorénavant avec sa femme.

– Votre Altesse, je viens d'examiner consciencieusement madame la dauphine, et il me faut aborder avec vous un sujet quelque peu délicat.

Henri prit un siège et s'assit en avalant un biscuit aux épices posé dans un compotier.

– Je vous écoute. De quoi s'agit-il ? La dauphine serait-elle souffrante ?

– Non point, monseigneur, c'est juste que… votre épouse et vous-même n'êtes pas… en harmonie.

– Plaît-il ?

1. Cet instrument indispensable à l'examen gynécologique ou rectal apparaît dès 1363.

L'ex-*duchessina* reçut la phrase en plein cœur. Qu'Henri et elle ne forment pas un couple harmonieux, elle ne le savait que trop. Mais, anxieuse, elle se demandait bien ce que le praticien cherchait à expliquer.

– Eh bien, voilà.

Fernel se racla la gorge.

– Votre vit, monseigneur, présente un attribut singulier : comme vous le savez, son orifice se trouve non point au bout, mais en dessous…

– Oui, oui, bon. Nous avons connaissance de cela, c'est de la dauphine dont je suis venu m'enquérir, puisque aussi bien cette distinction ne m'a point empêché de procréer ! s'impatienta le dauphin.

– Certes, monseigneur, certes. Cependant, cette… singularité se conjugue avec une autre particularité, cette fois chez la dauphine.

– Qu'y a-t-il d'anormal ? demanda Catherine, inquiète.

– Votre anatomie intime, madame, présente une forte déclinaison en son fondement, de sorte que lors de vos ébats conjugaux, la semence de votre époux ne parvient jamais à la matrice, mais tombe dans cette cavité et se trouve expulsée par la suite.

– Ah, ça ! s'écria le dauphin, qui mesurait le nombre de fois où il avait payé de sa personne en vain. Mais que faut-il donc faire ?

– Composer avec la nature, monseigneur.

– Comment l'entendez-vous ? demanda Henri, ébahi.

– Vous avez souligné que vous aviez déjà procréé. Je gage que vous n'avez point oublié dans quelles circonstances cette enfant a été conçue !

– Bien sûr, mais… balbutia le dauphin.

– Eh bien, vous adopterez les mêmes façons avec votre épouse ! répliqua Fernel d'un air convenu, ce qui fit rougir le dauphin. Et prenez garde d'être bien allongé sur elle pour ne point compromettre l'entreprise.

Catherine ouvrait de grands yeux et gardait le silence. Si Henri semblait avoir compris les recommandations médicales, elle n'y entendait rien.

Lorsque le médecin se retira, elle regarda son époux, embarrassé, d'un air interrogateur.

– Ne craignez rien, ma mie. Je vous expliquerai la chose lorsque le moment sera venu…

Attrapant son pourpoint qu'il enfila à la hâte, il baisa la main de sa femme et se retira promptement, laissant Catherine dans un abîme de perplexité.

XXXIX

Chambord, avril 1543

À l'opposé de l'aile royale, la chapelle de Chambord se déployait sur une hauteur occupant les deux étages, mais demeurait inachevée. Seules les colonnes géminées de l'architecte Sebastiano Serlio[1], directement inspirées de l'Antiquité romaine, témoignaient, par le monogramme et les emblèmes royaux, de la volonté du roi d'édifier une demeure où l'on rendrait grâce à Dieu et à son représentant sur Terre.

Pour l'heure, on devait célébrer des noces, et Sa Majesté avait gracieusement proposé son grand oratoire, surprenante construction qui s'insérait entre la tour et la galerie, dont le plafond étonnamment ciselé portait les armes de France, des fleurs de lys, des F et des salamandres. Sa réalisation éblouissait, pleinement éclairée par de larges fenêtres à meneaux couvertes d'arcs en plein cintre. Mais vêpres avaient sonné et les sculptures se découpaient à présent grâce aux nombreux candélabres placés le long des murs et derrière l'autel.

1. Invité par le roi en 1540.

La nuit tombait, et l'on ne distinguait déjà plus que les ombres de la façade nord par les carreaux. Dessinant l'allée centrale, des bouquets de seringas, de jasmins et de lilas blancs embaumaient, mêlant leurs effluves sucrés à l'odeur de l'encens et de la cire chaude. On avait souhaité un mariage nocturne et discret, afin de ne pas attirer l'attention de la famille de la mariée.

Cette dernière finissait de s'apprêter avec plusieurs chambrières qui bourdonnaient autour d'elle. Oriane avait été baignée, ses cheveux lavés, démêlés, tressés avec un entrelacs de perles et de fleurs d'aubépine, son corps massé et parfumé. Sa chemise de lin à encolure carrée et sa vertugade[2] enfilées, elle attendait qu'on fasse glisser sur elle sa robe de satin rebrodée de perles. Avec des manches à crevés terminées par des manchettes fraisées, recouvertes encore par celles de la robe du dessus, lesquelles touchaient terre en une pointe effilée, elle s'évasait dans le bas, à l'arrière, en une courte traîne que l'on avait ornée au fil de soie des armes des Plessis de Saint-Herray. La chambrière vaporisa sur elle un parfum de jasmin et déposa sur sa tête un long voile très léger qui lui couvrit le visage.

Quelques instants plus tard, le dauphin lui adressa un gentil sourire et remonta à son bras la courte allée la menant auprès de son futur époux, qui la contemplait de son regard de mer. Admirablement vêtu d'une chemise plissée, d'un pourpoint à jupe de satin noir fendu de crevés blancs, doublé d'une noire casaque de

2. Jupon cerclé qui donne de l'ampleur à la robe. Le mot se répand dès 1544.

même tissu assortie à ses hauts-de-chausses, Marc de Saint-Herray rayonnait de bonheur. Il accueillit Oriane avec un regard appuyé et serra sa main dans la sienne, puis s'agenouilla avec son épousée sur des carreaux de soie, afin d'être béni.

La dauphine couvait des yeux sa jeune amie, sachant dans le secret de son cœur combien de temps et d'épreuves ils avaient subi avant que de pouvoir s'aimer enfin au grand jour. Le *kyrie eleison* s'achevait et l'on procéda bientôt à l'échange des consentements. Oriane se remémora sa vie passée, les jours entiers à espérer que Marc ne l'avait pas oubliée au fond de son sinistre couvent, les nuits sans sommeil à imaginer qu'elle allait finir son existence entre ces murs humides, puis son arrivée à la Cour et le choc qu'elle avait eu à retrouver Saint-Herray, la douleur de devoir renoncer à lui, le remords de n'y être pas parvenue, et enfin le désespoir de se savoir grosse. L'orgueil blessé, l'amour trahi, le mensonge, la calomnie, rien n'était venu à bout des sentiments qu'ils éprouvaient l'un pour l'autre, et ce jour marquait pour elle le début d'une nouvelle vie. Chaque nuit, elle pourrait aimer Marc encore et encore, chaque jour serait un moment qu'ils pourraient partager.

Radieuse, elle redescendit la petite allée au bras de son époux. Elle était comtesse de Saint-Herray depuis quelques minutes et déjà il lui tardait d'avoir Marc pour elle seule. Pourtant, un banquet attendait dans la grande salle du Roi attenante à l'oratoire, même si le nombre de convives était réduit. Une quarantaine de privilégiés prirent place autour du souverain. François leva sa coupe en l'honneur de l'hyménée que l'on venait de célébrer, et l'on souhaita en chœur longue vie aux mariés, encadrés par le couple delphinal. Les regards de la comtesse de Saint-Herray et de la dauphine de France se croisèrent et les deux amies échangèrent un sourire.

Quand matines sonnèrent, le comte et la comtesse de Saint-Herray purent se retirer en leurs appartements.

Enfin seuls, Marc et Oriane demeurèrent debout l'un en face de l'autre, en silence, éperdus de bonheur, n'osant croire que le destin, qui s'était joué d'eux jusqu'alors, avait basculé. On venait de les unir pour le meilleur et pour le pire, mais le pire n'était-il pas déjà derrière eux ? Cette indicible sensation de plénitude les envahissait tout entiers, tandis que leurs mains se joignaient en une ferveur muette. Un grand feu crépitait dans la cheminée, car les nuits d'avril étaient encore fraîches, et le lit avait été bassiné par les chambrières. Sur un coffre, une collation les attendait, faite de toutes sortes de chaircuicteries[3], de pain et de plusieurs fromages accompagnés d'un hanap[4] de vin rouge, de pâtisseries, de crème et de dragées.

Marc se rapprocha et embrassa son épouse lentement, en prenant le temps de la regarder.

Ces épousailles n'étaient pas ordinaires : la nuit de noces avait eu lieu bien auparavant. Mais celle-ci avait pour eux un goût particulier. Leur union était bénie, reconnue. Ils avaient enfin le droit de s'aimer au grand jour et éprouvaient l'ardent besoin de se redécouvrir. Marc avait congédié les chambrières, désireux de dénuder lui-même sa femme.

---

3. On trouve ce mot écrit dès 1549. Il ne deviendra *charcuteries* qu'en 1671.

4. Grand vase à boire en métal, sur pied, avec un couvercle.

La robe de mariée d'Oriane, particulièrement riche et compliquée, chargée de toutes sortes de nœuds, de jupons et de rubans, les mettait tous deux au supplice tant il leur tardait maintenant de sentir le contact de leurs peaux nues.

Enfin, la belle émergea de son nuage de tulle, de soie et de taffetas, et le trouble de Marc s'accentua à la vue de ces seins parfaits, durs et tendus vers ses caresses. Il arracha son pourpoint, plus qu'il ne l'enleva, et se trouva en quelques minutes nu à son tour, dans toute sa virilité. Oriane se serra contre lui, l'embrassant passionnément, sentant un désir irrépressible monter en elle. Marc s'agenouilla et la caressa intimement, la fouillant de ses doigts et de sa langue, jusqu'à déclencher en elle une onde de plaisir. La jeune femme s'arc-bouta, souhaitant visiblement davantage. Alors Marc se releva, l'enlaça et la souleva. Oriane entoura la taille de son mari de ses jambes et se laissa glisser doucement sur son sexe érigé. Marc commença un lent va-et-vient en soutenant Oriane, les mains sur ses hanches, comme si elle ne pesait pas plus qu'un fétu de paille. La jeune femme se cambra, libérant ses seins que Marc prit dans sa bouche à mesure que ses coups de reins se faisaient plus impérieux. Une vague de plaisir les submergea, explosant comme une lumière qui aurait incendié leurs deux corps.

La nuit ne faisait que commencer…

*

À quelques couloirs de là, un autre couple se disposait lui aussi à des exercices érotiques, mais dans un tout autre contexte. Il ne s'agissait pas moins que de donner un héritier à la France.

Catherine, dévêtue par ses chambrières, attendait en frissonnant dans sa longue chemise de toile fine que le dauphin finisse de délacer ses chausses, ayant déjà ôté son pourpoint.

La dauphine regardait son époux s'apprêter pour la joute comme il l'aurait fait pour un combat : avec calme, méthode et détermination.

– Vous avez pu ouïr le docteur Fernel, ma mie. Il va nous falloir œuvrer selon ses recommandations…

– Pardonnez-moi, Henri, mais qu'a-t-il voulu dire à propos de la jeune fille qui a donné naissance à votre enfant?

– Je n'en suis pas fier, Catherine, croyez-le. J'avais bu… J'étais ivre. Son frère a voulu m'honorer en me donnant sa sœur, une pucelle de seize ans. Quand je suis arrivé dans la chambre dans laquelle elle m'attendait, je ne sais ce qui m'a pris. Elle était diablement belle, mais son regard effrayé me déplaisait, alors, pour ne plus voir ses yeux, je lui ai demandé de se tourner. J'ai soulevé ses jupes et l'ai besognée ainsi, debout, alors qu'elle s'appuyait contre un gros coffre. Cela n'a guère duré longtemps et, quand tout fut fini, j'ai pu voir qu'elle pleurait… Je me suis mal conduit. Mais de fait, elle portait mon fruit quelques semaines plus tard.

– Je vois, répondit laconiquement Catherine. Le docteur Fernel a précisé qu'il nous fallait être couchés, n'est-ce pas?

– Si fait.

Catherine s'allongea à plat ventre sur le lit et attendit que son époux vienne sur elle. À sa grande surprise, elle sentit qu'Henri cherchait à la caresser et encouragea son initiative.

– Avec vous, je serai doux, ma mie, n'ayez aucune crainte, vous n'aurez pas mal.

– Je n'ai pas mal, Henri, je suis prête.

Mais son époux continuait à la préparer avant d'entrer en elle, et Catherine, éberluée, découvrait des sensations nouvelles.

Enfin, Henri la pénétra, semblant très excité par le tour nouveau que prenaient leurs relations. Catherine, consciente qu'il s'agissait pour lui d'une tout autre façon de posséder une femme, bien différente de celle dont il honorait Diane, entrevit une complicité inattendue avec cet homme qu'elle s'efforçait depuis des années de conquérir. Certes, il ne passerait jamais avec elle les heures de tendresse et d'attentions qu'il réservait à sa maîtresse. Mais peut-être que cette animalité, ce contact plus primitif avec l'accouplement revêtait pour lui une autre forme d'accomplissement. Catherine se prit à rêver qu'elle pourrait enfin lui offrir ce que Diane ne lui donnait pas.

Et pour la première fois depuis que le pape les avait unis, les voûtes de la chambre nuptiale des héritiers du trône de France résonnèrent du cri d'extase de la dauphine. Ébloui de cette prouesse, le dauphin à son tour s'abandonna.

Le devoir conjugal prenait une saveur nouvelle.

XL

Château de Fontainebleau, mai 1543

Une fois de plus, la Cour s'était déplacée. La guerre faisant rage dans toute l'Europe, les chevaucheurs se succédaient, apportant souvent de mauvaises nouvelles. C'est par l'un d'eux que la dauphine apprit la mort de Copernic, un médecin et astronome originaire de la Prusse royale. Sa théorie selon laquelle la Terre tournait autour du Soleil, astre situé au centre de l'Univers[1], avait captivé la jeune Florentine, passionnée depuis l'enfance par l'astronomie. Copernic avait fait de l'Italie sa patrie d'adoption, ce qui leur avait permis de se rencontrer, les Médicis, toujours instruits et curieux, recevant en leur Cour savants et artistes de tous horizons. Certes, Catherine n'était née que seize années après que le médecin astronome ne fut devenu docteur en droit canon en Italie, puis professeur de mathématique. Mais elle avait eu l'honneur de lui être présentée et avait entretenu de loin en loin, et en toute discrétion, une correspondance en latin avec le savant.

1. Voir les annexes.

Le messager lui faisait parvenir à cette occasion un ouvrage du maître que son ami Georg Rhaeticus venait de publier, *De revolutionibus orbium caelestium*[2], dans lequel elle se plongea aussitôt avec délectation.

Les journées s'écoulaient, douces et paisibles, pour Catherine qui vivait depuis quelque temps dans un état de bonheur absolu. Henri la visitait avec plaisir plusieurs fois la semaine, visiblement ravi de ces joutes amoureuses qui lui mettaient, selon son propre aveu l'« aiguillette en feu »[3]. L'ex-*duchessina* en ressentait une fierté légitime et son amour-propre s'en trouvait conforté. Enfin, elle offrait à son époux des moments langoureux de sensualité partagée! Diane ne semblait pas s'en offusquer, et les relations entre les deux femmes étaient devenues plus équilibrées, donc plus sereines.

Absorbée par la lecture de l'ouvrage de Copernic, Catherine n'entendit pas Oriane qui arrivait dans l'herbe, derrière le banc où elle prenait le frais.

– Votre Altesse a-t-elle besoin de quelque chose? Désirez-vous que j'aille vous chercher une tasse de lait et des biscuits? demanda la jeune fille d'un ton amène.

– Oriane! Asseyez-vous, j'attendais votre venue.

– Que lisez-vous, madame, en la concentration où je vous vois?

---

2. *Des révolutions des sphères célestes,* traité achevé en 1530 et publié par un imprimeur de Nuremberg très peu de temps avant la mort du savant. Cet ouvrage est l'œuvre majeure de Copernic.

3. L'amour d'Henri pour Diane ne s'est jamais démenti. Mais à cette époque, après les conseils du docteur Fernel, il semble que plusieurs ambassadeurs aient témoigné du fait que le dauphin était « fort content » de son épouse au lit et accomplissait le devoir conjugal avec plaisir.

– Un traité qui vient de paraître, d'un savant qui, hélas, nous a quittés. Le monde perd un grand homme, croyez-moi, dit-elle en montrant à sa dame d'honneur la couverture du livre.

– Copernic ? N'est-ce pas celui dont notre Église condamne les théories ?

– Si fait, et tous ces gens sont des sots ! Nous ne serons plus là, ma chère, mais un jour le temps lui donnera raison ! Savez-vous si Sa Majesté et monseigneur sont rentrés de la chasse ?

– Ma foi, tout semble très calme, je n'entends nul cri, nul galop. Je pense que leur traque a dû les mener bien loin…

– Je ne puis plus attendre. À vous, je peux le dire. J'ai vu le sieur Fernel qui me l'a confirmé : je suis grosse !

– Catherine ! cria la jeune fille en lui prenant les mains.

Puis, prenant conscience de son grave manquement au protocole et au respect dû à la personne royale, elle s'excusa :

– Pardon, je veux dire : « Votre Altesse ! » C'est merveilleux ! Je suis si heureuse pour vous !

La dauphine eut un sourire radieux.

– Ne vous souciez pas de la bienséance pour cette fois, vos façons me vont droit au cœur, car je vous sais sincère, ma douce amie. Je suis folle de joie et attends avec impatience de l'annoncer à mon époux et au roi.

On entendit au loin les aboiements de la meute et le son des cors. Oriane regarda sa compagne d'un air malicieux :

– Cela ne devrait plus être trop long, je crois !

*

Les chiens courants manifestaient encore leur excitation et l'on entendait leurs cris[4] joyeux comme le grand veneur les ramenait vers le chenil. Henri venait de débotter et regagnait la baignerie, tout crotté, afin de s'y délasser dans un baquet d'eau parfumée. La boue tourbeuse qui s'était envolée sous les sabots de son cheval au galop avait maculé ses chausses jusque sur le haut des cuisses et la traversée d'un ou deux ruisseaux avait fait le reste. La sueur collait sa chemise sur ses omoplates et son pourpoint n'était guère plus propre que sa tenue. Le dauphin s'allongea dans son bain fumant avec un grand soupir de satisfaction.

Il avait à peine fermé les yeux qu'il sentit une douce caresse lui effleurer la joue. Il attrapa la main menue qui le touchait avant d'ouvrir les yeux en se redressant.

– Vous, ma douce ? Quelle belle surprise ! Que n'êtes-vous venue à la chasse ! Nous avons eu un sanglier énorme qui nous a donné du mal, croyez-le !

Diane retira sa main de crainte d'être mouillée et lui sourit.

– Je souhaitais vous donner l'occasion de vous rapprocher un peu du roi votre père… J'ai pensé qu'il valait mieux que je n'apparaisse pas.

– Enfin, je suis heureux de vous voir et ce moment de détente n'en sera que plus exquis.

4. On ne parle d'aboiements pour ces chiens de grande vénerie qu'au moment de l'hallali sur pied, lorsque l'animal tient tête à la meute. Sinon, on évoque leurs « cris ».

– Plus belle encore sera votre surprise si je vous dis que nous avons réussi !

– J'en suis fort aise, mais qu'avons-nous réussi, parbleu ?

– La dauphine est grosse. Henri, vous allez donner un héritier à la couronne ! Mon idée de vous faire consulter le docteur Fernel était excellente, je suis aux anges !

Henri se dressa d'un bond, nu, cheveux mouillés, tout fumant encore, et enjamba le rebord du baquet tendu d'un drap. Il attrapa prestement un linge, se sécha et appela pour qu'on lui porte de quoi se vêtir de frais.

– Est-ce Catherine qui vous a annoncé la nouvelle ?

– Non point. Je me rendais chez la dauphine quand j'ai vu Fernel sortir en lui faisant les recommandations d'usage dans son état. Il l'a quittée en la félicitant une nouvelle fois. Il ne fait aucun doute que Catherine attend un enfant. Nous avons réussi, Henri !

Le dauphin étreignit la grande sénéchale avec passion et l'embrassa fougueusement.

– Je le savais ! Rien que de très bon ne peut venir de vous, mon aimée. Avec vous à mes côtés, je puis tout affronter. Vos conseils sont toujours avisés et vous ne souhaitez à mon endroit que le meilleur. Comme je vous aime !

Henri l'abandonna pour s'habiller, car un valet venait de déposer ses vêtements sur un coffre.

– Je me rends de ce pas chez la dauphine, afin de la féliciter. Merci d'être venue m'avertir de cette grande nouvelle. Cela m'est une joie redoublée, puisqu'elle me vient de vous.

Il sortit promptement et la grande sénéchale le regarda s'éloigner, un sourire énigmatique sur les lèvres.

Certes, Catherine portait l'enfant d'Henri, mais c'était le triomphe de Diane, et il faudrait compter avec elle.

*

Henri gagna les appartements de son épouse alors que cette dernière venait juste de remonter du jardin. Lorsqu'elle le vit entrer, la mine radieuse, elle songea tout d'abord qu'il venait lui faire part d'une noble prise à la chasse, dont il pouvait s'enorgueillir. Au lieu de quoi son mari lui prit la main et la lui secoua en s'exclamant :

– Madame, on me dit que vous êtes enceinte, les mots me manquent… Quelle joie !

Catherine se raidit.

– Mon Dieu, monseigneur, qui a bien pu vous faire part de cette nouvelle ? J'avais dit au sieur Fernel que je vous l'annoncerai moi-même, il sera chapitré ! répondit-elle, contrariée.

– N'en faites rien, ma mie. Le sieur Fernel n'a point failli ! Il se trouve que notre amie la grande sénéchale a ouï parler le cher homme lorsqu'il prenait congé de vous !

– Et bien sûr, la grande sénéchale s'est empressée de venir vous l'apprendre, ce que j'aurais dû avoir la joie de faire moi-même ! L'arrivée d'un enfant est une chose intime, il me semble que c'était à moi de…

– Une chose intime ? coupa Henri. Mais madame, vous déraisonnez ! Vous n'êtes pas l'épouse d'un drapier, vous êtes dauphine de France ! Dès que Sa Majesté sera informée de votre état, des chevaucheurs partiront aux quatre coins du royaume, afin que la nouvelle parvienne dans toutes les chancelleries ! Dans quelques jours, l'Europe entière saura que la couronne de France attend son héritier et, dès que vous aurez mal au cœur, les ambassadeurs en seront avertis !

– J'entends bien, mais…

– Alors ne réagissez pas en enfant capricieuse et admettez que Diane, qui ne nous veut que du bien, s'en soit réjouie autant que nous. Loin de lui en faire reproche, vous devriez la remercier des bons soins qu'elle vous a prodigués en vous adressant au docteur Fernel !

Catherine soupira, vaguement soulevée par une nausée qu'elle ne sut attribuer à sa grossesse ou à la réaction presque enfantine de son époux, qui ne savait jamais distinguer la manœuvre derrière le beau geste dès qu'il s'agissait de Diane. Catherine comprit que si l'arrivée de cet enfant lui permettait d'asseoir sa position de future reine de France à la Cour, elle ne ferait pas de Diane un personnage de moindre importance dans la vie du dauphin. Pire encore, elle entendit Henri lui murmurer doucement :

– Je vous remercie, ma mie, de tous les efforts auxquels vous avez consenti pour que ce miracle soit possible. Aussi, soyez assurée que je ne vous importunerai plus jusqu'à votre délivrance.

Henri s'approcha et baisa chastement le front de sa femme. Catherine tenta de dissimuler son désarroi en se servant une tasse de lait, essayant désespérément de ne pas trembler.

– Maintenant, portez-vous bien et prenez soin de vous, poursuivit Henri, radieux. Aucune extravagance, m'entendez-vous ? Et je vous interdis de descendre le moindre escalier sans qu'il n'y ait auprès de vous une escorte.

La dauphine sursauta.

– Henri, vous n'êtes pas sérieux ?

– Si fait, madame. Tant d'efforts ne peuvent être réduits à néant. Le royaume entier attend un prince, vous ne devez courir le moindre risque. Je vous verrai plus tard : je vais annoncer la nouvelle au roi mon père. Peut-être nos relations s'en trouveront-elles embellies ! N'hésitez pas à me faire savoir si vous désirez quelque chose, je m'emploierai au mieux à vous satisfaire.

Catherine le regarda prendre congé, glacée de la tête aux pieds. Ce dont elle avait tant rêvé, ce qu'elle espérait le plus au monde advenait enfin, et cela se muait en cauchemar. Non seulement son époux ne la visiterait plus, consacrant davantage de temps à sa maîtresse, mais en plus elle devait renoncer à la chasse, aux promenades et se trouver flanquée en permanence d'une escorte chargée de veiller sur elle. Elle avait l'impression que les barreaux de la cage, fût-elle dorée, se resserraient autour d'elle. Et c'est dans un état de prostration et d'angoisse qu'Oriane, qui venait aux nouvelles, la trouva, agenouillée dans son oratoire.

XLI

Fontainebleau, août 1543

Henri avait vu juste. La grossesse de la dauphine de France, attendue depuis tant d'années, fut un choc pour l'Europe entière. On patienta jusqu'à l'été[1], afin d'être bien sûr d'éviter toute déconvenue, et François lança ses chevaucheurs sur les routes poudreuses du royaume. Partout dans les villages, les villes et les hameaux, on but à la santé de l'héritier des Lys, et des messes d'action de grâces furent célébrées pour que tout se déroulât au mieux jusqu'à la délivrance de la future reine.

François Ier exultait.

Cet événement n'était pas familial, il était politique. Chacun priait pour que l'enfant fût un garçon, puisque la loi salique interdisait à femelle d'occuper le trône. Philosophe, le roi répétait à l'envi que le couple avait « trouvé des accommodements » et que le garçon viendrait bien un jour, même s'il fallait commencer par une fille. Sa Majesté avait la preuve que sa bru était

1. Le 3 août, le nonce Hieronimo Dandino écrit à Rome que la grossesse remonte à environ trois mois.

féconde et c'était tout ce qui importait. Catherine était moins sereine et n'osait envisager pareille déception. Elle ne serait la future reine de France qu'en devenant mère de celui qui gouvernerait le royaume un jour. Une fille ne lui serait d'aucune utilité. Au fur et à mesure que sa taille s'épaississait, chacun y allait de son pronostic : si elle avait mal au cœur avant prime, il s'agissait d'un mâle, mais si son indisposition se faisait sentir à vêpres, ce serait une princesse. La dauphine, résignée, ne savait plus à quel saint se vouer et supportait ces vaines considérations, acceptant que l'on mît des simples sous son matelas ou que l'on suspendît une patte de lapin mâle sous le berceau que l'on préparait. Les escapades à cheval lui manquaient, mais elle se distrayait auprès d'Oriane dont la grossesse s'était déclarée quelques semaines après la sienne. Les deux futures mères, plus proches que jamais, se promenaient en cherchant la fraîcheur. Les obligations officielles de la dauphine avaient été réduites à néant sur ordre du roi, qui souhaitait ménager sa bru. Catherine ne recevait que les ambassadeurs chargés de témoigner de sa bonne santé auprès des cours d'Europe.

L'attente était longue et les enjeux considérables, mais les futures parturientes se portaient à merveille et le fait de pouvoir évoquer simplement avec Oriane les désagréments ou les découvertes d'une grossesse ordinaire permettait à Catherine de souffler un peu en se changeant les idées. Pour la Cour, pour le royaume, pour l'Europe, elle était un ventre. Un écrin contenant un joyau inestimable sur qui l'avenir reposait…

Dispensée de paraître à la Cour, la future mère avait pris l'habitude de venir s'étendre avec sa dame d'honneur auprès d'un petit ruisseau, dans une clairière des abords du parc. Fontainebleau tenait son nom des nombreuses fontaines à belle eau que l'on pouvait y rencontrer, et le domaine royal se trouvait être parfaitement bien irrigué. Les jeunes femmes oubliaient le protocole, loin des regards indiscrets, et s'allongeaient toutes deux sur une large étoffe damassée, les jambes légèrement relevées, pour quelques heures de lecture partagées. Oriane avait offert à sa maîtresse un exemplaire relié cuir avec ses initiales incrustées en or du *Gargantua* de Rabelais, paru en 1534. Elles se délectaient de l'éducation du jeune géant, la comparant avec la jeunesse d'un prince à la Cour.

– Concevez-vous dix-sept mille neuf cent treize vaches pour nourrir le futur petit prince, Altesse ?

– Je n'imagine rien. Je n'ai même pas le pouvoir de décider.

Oriane se redressa, dévisageant son amie.

– Qu'entendez-vous par là ?

– Diane y a pourvu, ma chère. Monseigneur le dauphin m'a instruite du fait que la grande sénéchale allait avoir en charge l'éducation des enfants de France, celui que je porte et les suivants à naître, ayant, selon ses propres mots, une sérieuse expérience en la matière. Elle a donc choisi qui allaitera mon enfant, mais aussi les nourrices sèches[2], et je n'ai rien eu à y redire.

– J'espère que Mme de Poitiers suivra les préceptes de M. Rabelais, qui me semblent fort bons : une formation harmonieuse de l'esprit et du corps, un enfant devant

2. On appelait « nourrices sèches » les femmes qui s'occupaient des soins élémentaires de l'enfant (toilette, change, surveillance, endormissement) sans toutefois l'allaiter. Voir les annexes.

être initié aux sciences les plus diverses, mais aussi rompu au combat ! reprit Oriane plus sérieusement.

– Oh, pour ce qui est de la guerre, cette chère Diane, qui passe son temps à lutter contre la duchesse d'Étampes, lui sera un parfait maître d'armes ! Quant à l'esprit, j'y pourvoirai ! Je compte bien instruire mon enfant de tout ce que je sais. Il est Valois, mais aussi Médicis, dit-elle d'un air entendu. Chez nous, la tradition des sciences et des arts est sacrée !

*

Et en effet, l'héritière du Magnifique[3] se consacrait avec ravissement, auprès des architectes royaux, à la reconstruction des halles de Paris. La jeune femme était une bâtisseuse dans l'âme et le roi François avait publié avant son départ en campagne[4] un édit prescrivant l'aménagement de ce marché central[5] où l'on trouvait la viande, le pain et le vin, mais aussi tous les draps, étoffes et passementeries, les chaussures et la mercerie. Paris devait y gagner, tout comme le Trésor, puisque le souverain avait ordonné la vente aux enchères des places vides des halles, qui appartenaient depuis Philippe Auguste[6] à la couronne, avec obligation pour les acquéreurs de démolir les bâtisses et de les reconstruire dans des délais fixés. Ainsi, les premiers bâtiments

3. Lorenzo de Médicis, bâtisseur des splendeurs de Florence et grand mécène auprès des artistes.

4. Le 20 septembre 1543.

5. Il s'agit d'un grand bazar, mais le mot *bazar* n'apparaît qu'en 1546

6. À la fin du XIIe siècle.

qui abritaient les tisserands et les drapiers furent vite entourés de nombreuses échoppes réparties sous des galeries couvertes à arcades, que l'on appelait « piliers des halles », au centre desquelles se trouverait bientôt le « carreau », marché du pain, du beurre, du fromage et des œufs.

Même si les architectes du roi se bornaient à donner leur avis, Catherine se passionnait avec eux pour ces transformations qui nécessitaient une réorganisation et un élargissement des voies jusque-là malpropres et toujours encombrées. La notion d'embellissement gagnait la capitale, le roi délaissant de plus en plus ses séjours en pays de Loire pour demeurer dans ses résidences aux environs de Paris, Fontainebleau ou Saint-Germain, ainsi qu'au Louvre. Sa santé déclinait, et les voyages lui devenaient plus pénibles. Aussi, après avoir fait naître des merveilles comme Chambord, le roi ambitionnait-il de sortir Paris de son aspect moyenâgeux, afin que la ville fût elle aussi le reflet de la splendeur de son règne, celui d'un roi conquérant et bâtisseur. L'arrivée prochaine de la troisième génération de Valois galvanisait François qui souhaitait davantage vaincre, et plus encore édifier.

Et Catherine était heureuse de le suivre dans ses rêves…

XLII

Fontainebleau, 19 janvier 1544

Depuis l'aube, la dauphine était entrée dans les douleurs de l'enfantement. La nouvelle s'était propagée très vite et, à tous les étages du château, des communs aux cuisines en passant par les salons d'apparat ou les appartements privés, on ne parlait que de cela : la future reine de France était en gésine.

Catherine s'était éveillée à laudes en se plaignant d'une roideur dans le bas du dos. Après l'avoir bien calée dans son lit avec des oreillers de plume, on lui avait fait servir un bouillon. La jeune femme était parvenue à se rendormir, mais vers tierce, la douleur s'était localisée dans l'abdomen. La sage-femme[1] avait confirmé que le travail de la naissance commençait et envoyé prévenir monseigneur le dauphin et Sa Majesté le roi.

Quelques heures plus tard, les contractions se rapprochaient, mais les entrailles de la future mère ne s'ouvraient toujours pas. La dauphine, les traits marqués

1. On appelle ainsi les femmes chargées des accouchements depuis le XIIIe siècle.

par la fatigue et la souffrance, résistait vaillamment. Le roi souhaitait assister à la délivrance[2] et en suivait le déroulement avec application, encourageant sa bru du mieux possible. Henri venait souvent tenir la main de son épouse, puis repartait rendre compte à Diane de l'avancée des événements.

Enfin, au coucher du soleil, alors que l'astre était toujours au-dessus de l'horizon[3], on entendit le vagissement du nouveau-né, suivi de l'exclamation de la sage-femme :

– C'est un garçon !

François Ier, ivre de joie, embrassa son fils et sa bru, puis insista afin qu'on lui montrât « ce qui sortait avec l'enfant ». L'étude des matières libérées en même temps que l'enfançon permit au roi de conclure que son petit-fils serait très vigoureux, et c'est avec un sourire ravi qu'il entraîna toute la Cour à la chapelle pour un *Te deum.* Avec ferveur, le souverain rendit grâce à Dieu de l'inestimable présent dont la bonté divine venait de le combler. Un beau garçon bien formé, qui perpétuerait la dynastie des Valois. Les astrologues royaux furent immédiatement dépêchés pour établir le thème astral du petit prince à qui le roi souhaita donner son propre prénom.

---

2. Aujourd'hui, dans le jargon médical, la délivrance est la sortie du placenta. Mais à cette époque et depuis le XIIe siècle, il s'agissait de l'accouchement dans son entier.

3. C'est avec cette phrase que François Ier rendra compte au nonce de la venue de l'enfant, ces précisions étant communiquées afin que les astrologues du pape puissent, eux aussi, établir le thème astral de l'enfant avec exactitude.

Oriane ne fut autorisée à venir rendre ses hommages à la dauphine qu'une fois la naissance terminée, alors que l'enfant dormait paisiblement auprès de sa mère, ayant tété le lait de sa nourrice. La sage-femme avait en effet affirmé qu'il pouvait être contre-indiqué pour une femme enceinte d'assister à l'accouchement d'une autre femme, car cela pouvait déclencher le sien propre. Catherine, ravie, reçut son amie et lui serra les mains avec ferveur.

– Quel bonheur, Votre Altesse, je vous félicite !

– Merci, je suis si heureuse !

– Je le crois. Je sais tous vos efforts, vos attentes et vos doutes. Mais tout cela est derrière vous, madame, et je viens saluer ce jourd'hui la future reine de France !

La jeune femme avait baissé la voix pour n'être entendue que de la dauphine. Celle-ci pressa la main de son amie avec un sourire embué de larmes, où la joie le disputait à l'épuisement.

Mais Oriane voyait juste. Catherine était à présent la mère du futur roi, personne désormais ne pouvait contester sa légitimité auprès du dauphin son époux. La « délivrance » portait bien son nom en ce jour. Elle avait enfanté, mais s'était aussi soulagée d'un fardeau écrasant.

Cette épreuve avait duré onze ans.

*

La dauphine fut très vite remise de ses couches. Elle assista à sa messe de relevailles avant même le baptême de son fils, que l'on célébra un mois plus tard, le dimanche

10 février, à la tombée du soir, en la chapelle des Trinitaires[4] de Fontainebleau décorée pour l'occasion de somptueuses tapisseries, afin d'en réchauffer les murs glacés. Toute la Cour s'y rendit par la galerie, éclairée d'une haie de deux cents archers tenant des torches.

La fête fut superbe.

La cérémonie, célébrée par le cardinal de Bourbon, dura plus d'une heure au cours de laquelle les parrains, le roi François et son dernier fils, le prince Charles d'Orléans, se partagèrent le soin de porter le nouveau-né dans leurs bras avec Marguerite, sœur de Charles, l'unique marraine, que Catherine aimait beaucoup. La dauphine fut fêtée comme il se devait et l'on festoya jusqu'à une heure avancée de la nuit après l'office. Le lendemain, joutes et tournois réjouirent l'assemblée, ainsi qu'un combat naval organisé sur l'étang des Carpes, que toute la Cour suivit depuis la galerie François-Ier.

Catherine était aux anges.

Les révérences se faisaient plus profondes et les sourires plus appuyés.

La dauphine regarda avec vénération son fils qui dormait dans un coin de la galerie, au creux d'un berceau aux voiles fleurdelisés, sous ses fourrures.

Sa naissance changeait le cours de l'Histoire.

---

4. L'ordre des Trinitaires s'était installé dans l'enceinte du château. La chapelle de la Trinité, que l'on peut voir aujourd'hui encore à Fontainebleau, n'a été construite que plus tard.

XLIII

Blois, été et automne 1544

Était-ce la fatigue liée aux cérémonies du baptême princier ? Orlane avait accouché le 14 février d'une ravissante petite fille, prénommée Henriette en l'honneur du dauphin. Marc était fou de joie, ayant craint que la fausse couche de son épouse, dans des conditions dramatiques, n'ait endommagé sa matrice et qu'elle ne puisse plus enfanter. L'enfant se portait à merveille et se montrait très vorace. Elle était devenue la sœur de lait du petit prince François. La Cour s'était de nouveau déplacée, l'air étant réputé plus sain à Blois l'été pour le nouveau-né de France.

Avec le printemps, les hostilités entre François Ier et ses deux ennemis, Henri VIII et surtout Charles Quint, avaient repris. Le jeune comte d'Enghien, victorieux pourtant à Cérisoles[1] en avril, vit ses troupes rappelées

1. Cette bataille eut lieu le 11 avril 1544 près du village piémontais de Cérisoles. Elle opposa les Français, commandés par François de Bourbon, duc d'Enghien, aux troupes de Charles Quint, placées sous l'autorité d'Alfonso de Avalos, marquis del Vasto.

urgemment en France pour défendre Saint-Dizier[2], que les Impériaux encerclaient. La place forte résistait vaillamment et l'empereur s'apprêtait à lever le siège. La Cour commençait à se réjouir d'une victoire prochaine.

Allongée dans son bain, la dauphine devisait gaiement avec Oriane, joyeuse à l'idée que son époux allait enfin rentrer. Le roi, souffrant plus que jamais de son apostème qui continuait de suppurer, avait en effet délégué le commandement au dauphin, afin que ce dernier empêchât à toute force la soldatesque de l'empereur de franchir la Marne. La victoire tendait les bras à Henri, et Catherine savourait ce moment de plaisir, lorsqu'on toqua à la porte pour lui remettre un billet qu'un chevaucheur apportait. Elle pria sa dame de compagnie de bien vouloir le lui lire. Avec fébrilité, la comtesse de Saint-Herray fit sauter le cachet de cire aux armes delphinales :

« *Ma bien mie,*

Nous étions au point où l'empereur levait ses troupes, afin de les rapatrier devant la défaite. Saint-Dizier a vaillamment résisté et nous nous sommes battus avec force et courage. Quand, tout soudain, une lettre adressée au comte de Sancerre, qui tenait la place, lui commanda de capituler, ce qu'il fit le 17 août pour notre plus grand malheur, car notre homme fut abusé.

L'empereur est hélas parvenu à se procurer le chiffre du roi pour fabriquer cette fausse missive. Il faudra bien qu'il y ait quelque félonie là-dessous, et l'enquête que

2. Commune française située dans la région Champagne-Ardenne.

Saint-Herray a menée pour mon compte nous incite à penser que la duchesse d'Étampes, qui concourt à notre perte, a procuré le code à nos ennemis par l'entremise de son complice Longueval, avec lequel il semble qu'elle bafoue le roi mon père. Nous ne pouvons plus rien, tout est dit. Je ne suis ce jourd'hui en mesure ni de livrer bataille ni même d'empêcher les Impériaux de se ravitailler à Épernay[3]. *Il me faudra vous rejoindre donc avec un sentiment bien amer.*

Plût à Dieu qu'il en fût autrement.

Prenez, ma mie, bien soin de votre santé.

Henri. »

– Cette vipère! Mais quand cessera-t-elle de nuire au royaume! tonna Catherine. Je me demande encore quelle sera sa prochaine perfidie! Et mon beau-père est si affaibli qu'il n'y entend rien!

– Pardonnez-moi, Votre Altesse, mais je crains que la santé chancelante du roi ne s'y mêle guère pour ce qui est de son aveuglement, car enfin, lorsque notre sire était vaillant, il en allait de même!

Catherine se leva et sortit de l'eau; une chambrière apporta un drap pour la sécher.

– Vous n'avez, hélas, que trop raison, ma bonne. Les hommes auraient parfois besoin de dessiller! Ils confondent souvent cerveau et aiguillette, et cela ne nous facilite guère la vie. Ainsi me voyez-vous réduite à demander à Diane tout ce qu'il faut pour mon propre enfant. Depuis qu'elle a nommé Jean d'Humières, un sien cousin, gouverneur de mon fils, c'est elle qui lui écrit pour lui faire part de toutes ses instructions quant

3. Autre commune de la région Champagne Ardenne.

aux soins à lui prodiguer. On ne se soucie pas de mon avis : je n'ai de mon fils que des nouvelles ! Venir à Blois me permet de le voir un peu grandir, mais nous allons repartir ce tantôt et je laisserai le prince à la garde d'un homme tout dévoué à la sénéchale !

– Je conçois que pour vous la situation puisse être cruelle, mais au moins avez-vous l'assurance de triompher maintenant que vous êtes mère d'un garçon !

– Victoire au goût parfois amer, Oriane... Bien amer... lâcha Catherine en s'allongeant sur sa table à tréteaux pour se faire masser avec des huiles parfumées.

*

– Madame la grande sénéchale, Votre Altesse.

– Qu'on l'introduise, répondit Catherine sans lever les yeux de sa broderie.

Diane entra, superbe. Toujours grande et élancée, dans une toilette de velours noir rehaussée de taffetas blanc aux manches et en bordure du décolleté, elle avait les cheveux tressés avec des fils argentés qui lui conféraient une sorte de lumière, soulignant, si besoin était, la pureté de son teint.

– Bonjour, madame, dit-elle en faisant une révérence. Je venais m'enquérir de votre santé et vous porter des nouvelles.

– Ma santé étant florissante, passons sans tarder à ce qui vous amène.

– Nous ne pouvons quitter Blois pour l'instant, car Paris est menacé.

Catherine posa son ouvrage et adressa à la comtesse de Poitiers un regard anxieux et interrogateur.

– Je vous écoute, lâcha-t-elle.

– Après s'être ravitaillé à Épernay, l'empereur a marché vers Château-Thierry où les combats, d'une violence inouïe, ont fait rage plusieurs jours. La ville a entièrement été brûlée, les populations sont épouvantées. Les troupes ne sont plus qu'à vingt lieues de Paris.

– Que fait le dauphin ? s'enquit Catherine avec un pincement au cœur, songeant que Diane semblait bien mieux instruite qu'elle ne l'était elle-même et ulcérée d'avoir à mander des nouvelles de son époux à la maîtresse de celui-ci.

– Monseigneur tente de barrer la route aux Impériaux à La Ferté-sous-Jouarre et à Meaux. Le salut du royaume est entre ses mains.

On toqua à la porte. C'était le chambellan :

– Votre Altesse Royale, Mme de Saint-Herray demande à être reçue, un chevaucheur vient de lui remettre un pli !

– Qu'elle entre.

Oriane salua les deux dames d'une révérence et annonça que les soldats impériaux se débandaient, n'ayant pas touché leur solde. Soucieux de l'angoisse des Parisiens et de la Cour, le roi François avait autorisé sa femme, la reine Éléonore, à entreprendre des pourparlers de paix avec son frère l'empereur, lequel venait de faire savoir qu'il ne souhaitait pas continuer la guerre, faute de moyens.

– Voilà une fort bonne nouvelle ! s'exclama Catherine.

– Mon époux, Altesse, me fait part du mécontentement du dauphin qui était largement, selon ses dires, en mesure d'anéantir l'armée impériale et de profiter de son avantage pour obtenir une victoire tout à fait à sa portée. Or depuis le 18[4], la paix est signée. À ce qu'il semble, la duchesse d'Étampes aurait fait hâter la chose…

– Ah, ça ! s'écria Diane, qu'est-ce que cela cache encore ?

Catherine et Oriane se regardèrent, interdites de voir Diane, d'habitude si maîtresse d'elle-même, perdre ainsi son calme.

*

La Cour ne tarda pas à apprendre les sombres dessous de toute l'affaire[5], et cela fit grand bruit, divisant davantage encore les deux clans.

Le 22 septembre, la duchesse d'Étampes, triomphale, quitta Paris aux côtés de la reine Éléonore pour rejoindre le duc Charles à Bruxelles où les attendaient de somptueuses festivités. Anne y avait fait son entrée dans la litière de la reine.

Les conseillers du parlement du royaume étaient tout aussi scandalisés que le dauphin[6] et, si le parlement de Toulouse protesta contre le traité, celui de Paris dut par deux fois se faire rappeler à l'ordre par le roi avant de l'enregistrer. Le dauphin, qui devait encore lutter contre les Anglais du côté de Boulogne, demanda pourtant au roi son père le remplacement de l'amiral d'Annebaut comme général en chef par quelqu'un

4. Le 18 septembre 1544, un traité est signé à Crépy-en-Laonnois.

5. Voir annexe A.

6. Voir annexe B.

de plus expérimenté. Comme à l'accoutumée, le roi, vieillissant et malade, se rendit à l'avis de sa redoutable maîtresse qui accusa Henri de vouloir subrepticement faire revenir en grâce le connétable de Montmorency sur les conseils de la grande sénéchale. François se fâcha, et ce qui était une crise politique se mua en conflit familial. Le roi, furieux, chassa Diane de la Cour en l'absence du dauphin, retenu en Picardie.

Catherine assistait, silencieuse et attentive, à toutes ces intrigues, ces luttes de pouvoir et ces guerres d'influence. Atterrée, elle aussi, par les manigances de la duchesse d'Étampes, elle saluait tout de même la Providence, qui venait de la débarrasser, pour un moment, de la dame d'Anet, consignée sur ses terres.

*

La dauphine rejoignit Fontainebleau pour y attendre son époux, laissant le prince François aux bons soins de ses nourrices au château de Blois. Oriane ne voulut point se séparer de sa fille et emmena toute sa suite. Dans la grosse voiture aménagée qui les conduisait par les chemins cahoteux, Catherine regardait souvent dormir la petite Henriette dans les bras de sa mère. Ce bonheur-là non plus ne lui était pas permis. Trop d'obligations officielles l'attendaient à Paris. Le petit prince grandissait normalement, mais ne paraissait pas aussi robuste que sa sœur de lait, aussi Henri et Diane avaient-ils décidé que l'air du val de Loire lui serait plus clément pour l'hiver qui s'annonçait. Le cœur gros, la jeune mère avait dû quitter son enfant, sans doute pour plusieurs mois. Ainsi en allait-il des rejetons royaux : ils n'étaient guère élevés par leurs parents.

Et la belle-fille du roi de France n'était pas au bout de ses déconvenues. Arrivée à Fontainebleau, on lui fit part de la visite du prince de Salerne, Ferdinand de San Severino. Ce dernier, jadis allié de l'empereur, venait de rompre définitivement avec son ami d'hier et souhaitait se fixer en France. L'ex-*duchessina* qui, en digne Médicis, tuait le temps en versifiant en grec et en latin, fut heureuse d'accueillir cet hôte charmant à la voix de velours, qui ravissait ces dames de ses ballades napolitaines et espagnoles en les accompagnant à la guitare[7].

Lorsqu'enfin Henri revint de Boulogne, où le conflit anglo-français continuait de faire rage, la jeune mère se rendit vite compte que, loin de lui manifester la moindre tendresse, son époux était irascible et de fort méchante humeur. Elle avait tant rêvé de l'avoir pour elle, alors que Diane demeurait consignée à Anet, que sa déception fut immense. Celui-ci lui reprocha tout d'abord de s'amuser, d'être légère, de chanter et de rire, alors que la guerre ensanglantait toujours le royaume. Elle se le tint pour dit et cessa de paraître aux soirées données en l'honneur du prince de Salerne. Mais bien vite, elle comprit aussi que les raisons de la disposition maussade de son mari se trouvaient ailleurs. Henri ne supportait plus l'absence de Diane, et la pauvre dauphine en eut confirmation lorsque, n'y tenant plus, il se décida à aller parler au roi, afin d'obtenir un retour en grâce de la grande sénéchale.

7. Dont Brantôme a conservé pour nous le souvenir!

François, épuisé à l'idée d'avoir à affronter le courroux de sa maîtresse, refusa.

Et par un matin glacé du début de décembre, alors que la neige était tombée toute la nuit, Catherine, le cœur serré, vit s'éloigner la voiture qui emmenait Henri vers Diane.

Laissant son épouse à ses travaux littéraires, le dauphin rejoignait la dame de son cœur à Anet.

XLIV

Fontainebleau, janvier 1545

Le roi obtempéra et permit le retour de Mme de Poitiers en geste de bonne volonté à l'égard de son fils aîné.

Pour Catherine, le répit avait été de courte durée. Le ménage à trois recommençait.

Quand revint l'été, on sut que la dauphine portait de nouveaux espoirs. Catherine continuait de jouer son rôle d'épouse parfaite, recevant les ambassadeurs, tenant sa Cour avec ses dames, s'occupant de ses bonnes œuvres, divertissant le roi, chassant comme un gentilhomme. Toujours douce et conciliante le jour, elle se prêtait à tous les caprices du dauphin la nuit et y trouvait un plaisir sans cesse renouvelé. Affranchis des principes moraux préconisés par l'Église, puisqu'il fallait œuvrer à féconder la France, les époux joutaient dans l'alcôve avec ardeur et de la façon la plus improbable, à un point tel que, lorsque la dauphine fut grosse et qu'il eût pu se dispenser d'y revenir, Henri suggéra de poursuivre ces saillies qui le ravissaient, le sain déroulement de la grossesse le confortant dans l'idée que ces vigoureux ébats ne nuisaient aucunement à l'enfant à naître.

Catherine déplorait pourtant la fugacité de ces instants partagés et ne parvenait pas à instiller de la tendresse dans leur relation amoureuse.

Mais sa frustration la plus intense venait incontestablement de ce qu'Henri n'abordait que peu ou prou les questions de politique avec elle. C'était avec Diane qu'il anticipait son règne. Catherine sentait son cœur serré de jalousie et d'indignation d'être ainsi niée dans son intelligence et sa perspicacité.

*

Dès le mois de février, on avait préparé la campagne de printemps. Encore et toujours, la noblesse de France partait en guerre. Les Anglais étaient des ennemis redoutables et le terrible combat naval qui se déroula le 15 août montra les faiblesses tactiques de l'amiral d'Annebaut. Lorsque la flotte française en déroute se replia sur Le Havre, le dauphin ne décoléra pas. Ce n'était pas faute d'avoir supplié le roi de remplacer cet incapable. La duchesse d'Étampes avait une fois de plus nui aux intérêts du royaume pour des questions personnelles.

Le roi et ses deux fils participèrent aux combats qui ravageaient la Picardie. Pendant l'une de ces batailles, le comte d'Aumale, ami proche d'Henri, reçut un mauvais coup de lance qui le frappa au-dessus de l'œil, vers le nez. Le fer pénétra entre la nuque et l'oreille avec une violence telle que l'arme se brisa dans la tête à plus d'un demi-pied. La pique entière ainsi que deux doigts de longueur de bois restèrent fichés dans les chairs. La souffrance insoutenable du comte ne l'empêcha pas de regagner son camp où le roi dépêcha auprès de lui son meilleur chirurgien, Ambroise Paré. Le blessé consentit que l'on retire cette arme qui lui fendait le crâne avec des tenailles de maréchal-ferrant. On lui maintint le visage et Ambroise Paré put œuvrer. Le courage d'Aumale, qui ne lâcha qu'un « Ah, mon Dieu! », força le respect et l'admiration de son entourage. Durant les quatre jours qui suivirent, le blessé erra entre vie et trépas. Mais à l'aube du quatrième jour, il ouvrit les yeux et réclama à boire, puis finit par se nourrir les jours suivants jusqu'à être complètement guéri, ne gardant de cet épisode tragique qu'une longue cicatrice qui lui valut son surnom de « Balafré ». Pour Ambroise Paré, à qui revenait le mérite de cette guérison miraculeuse, ce fut une gloire nouvelle et une solide réputation dans tout le royaume.

Depuis le traité de Crépy dénoncé par le dauphin, Henri et Charles ne se voyaient guère, non qu'un fraîchissement se soit installé entre eux, mais parce qu'Henri considérait que son jeune frère se laissait mener par la duchesse d'Étampes. Pourtant, la vie militaire avait rapproché les deux princes, et Charles, bon et généreux, ne tenait pas rigueur à son aîné de ses véhémentes – et légitimes – protestations. Aussi, lorsque Charles eut l'idée absurde d'aller s'amuser avec quelques compagnons dans l'une des maisons désertes d'un village touché par une épidémie et qu'il revint pour s'aliter, frappé de fièvre, Henri s'alarma.

Le lendemain, vomissements et tremblements agitaient le malade, que l'on saigna. On crut à un mieux, mais dès le soir, ce beau jeune homme de vingt-trois ans entrait en agonie, laissant son père et son frère ivres de douleur. Son corps fut embaumé en attendant d'être ramené dans la nécropole royale de Saint-Denis.

Avec la mort de Charles disparaissait la perspective d'une alliance matrimoniale avec l'Autriche. Les deux grandes maisons d'Europe recommencèrent à se regarder avec suspicion…

XLV

Fontainebleau, avril 1546

Enfin, Catherine fut délivrée : une jolie princesse vit le jour à la cour de France. La paix avec les Anglais venait tout juste d'être signée à Ardres[1], et François demanda à Henri, leur roi, d'être le parrain de sa petite-fille en signe de réconciliation. Le 4 juillet, on baptisa l'enfant dans la chapelle de la Trinité, que l'on venait de commencer à rebâtir à l'emplacement de celle fondée par Saint Louis[2]. L'ambassadeur d'Angleterre, sir Thomas Cheyney, porta au nom de son souverain la petite Élisabeth sur les fonts baptismaux. La reine Éléonore et Jeanne d'Albret, héritière de la couronne de Navarre, ses marraines, entouraient les parents radieux. Catherine reçut moult cadeaux. Elle formait à présent avec son époux et leurs deux enfants une fort jolie famille qui ravissait le royaume.

1. Le 7 juin 1546. Boulogne devait être rendu à la couronne de France contre la somme de huit cent mille écus or, soit deux millions de livres.

2. Elle sera achevée à la fin du XVIe siècle, meublée et décorée sous les règnes d'Henri IV et de Louis XIII.

Au lendemain de ces cérémonies, elle quitta Fontainebleau avec sa suite pour emmener la petite princesse rejoindre son frère à Blois, où elle serait élevée.

Moins d'une année plus tard, Catherine annonçait de nouveau sa grossesse au dauphin comblé et au souverain chancelant. Si la pérennité du sang de France était assurée, la santé du roi donnait de très vives inquiétudes. François devait s'aliter fréquemment et son apostème s'aggravait. Cette infection, qui le dévorait comme un feu ardent, le laissait, pantelant de douleur, dans un état d'abattement qui affolait son entourage, et tout particulièrement la duchesse d'Étampes qui comprenait que ses jours étaient comptés. Catherine essayait de passer le plus de temps possible avec cet homme malade qu'elle aimait comme un père. Sa gaieté et son érudition parvenaient à distraire le monarque. Souvent, après dîner, elle lui faisait lecture de l'un des nombreux ouvrages gardés précieusement en la bibliothèque de Fontainebleau. Ces textes étaient ensuite matière à de grandes discussions entre le roi et sa belle-fille, qui goûtaient tous deux la joie d'être ensemble.

Les jours où sa santé le permettait, François retournait chasser. Mais si ces longues promenades continuaient de le ravir, elles l'épuisaient. Présumant souvent de ses forces, le souverain enfourchait son destrier et s'éloignait avec toute sa suite dans les profondeurs des forêts, puis faisait quérir des porteurs pour le ramener au château en litière, tant l'inflammation, avivée par cette chevauchée déraisonnable, le faisait souffrir, l'empêchant de se tenir en selle. La dauphine le blâmait gentiment, sachant aussi que ces parties de chasse avaient toujours été sa joie. Elle tâchait alors de le divertir en lui parlant d'architecture, autre grande passion de ce monarque, qui sentait bien qu'il quitterait ce monde sans avoir eu le bonheur de voir sortir de terre tous les bâtiments dont il avait rêvé.

Le 28 janvier 1547, François Ier eut la stupeur d'apprendre, par un chevaucheur qui portait le message en urgence, la mort de son vieil ennemi et complice Henri VIII d'Angleterre. Ce trépas le rendit mélancolique et Catherine put l'entendre murmurer :

– Je ne serai pas long à le suivre…

Et en effet, dans les derniers jours de mars, alors que le prince Henri était reparti depuis peu chasser avec Diane sur les terres d'Anet, la dauphine envoya un courrier pour le rappeler au chevet de son père.

XLVI

Rambouillet, 31 mars 1547

Le temps suspendait son cours.

Le château vivait au ralenti, dans des sons feutrés, des voix chuchotées, des croisées obstruées. Les chandeliers répandaient une lumière tamisée qui faisait danser les ombres sur les tapisseries. La Cour, aux aguets, égrenait les derniers instants d'un règne glorieux. On lisait l'angoisse sur certains visages et le triomphe sur d'autres, selon que l'on appartenait à l'ancienne ou à la nouvelle Cour.

Le roi se pourrissait de l'intérieur.

Les médecins avaient une fois encore purgé son apostème pour un répit de courte durée : quelques jours plus tard, l'état du souverain empirait. L'odeur devenait pestilentielle malgré les nombreuses fumigations et les huiles parfumées que l'on faisait brûler dans de petites coupelles chauffées par des bougies.

Livide, la duchesse d'Étampes venait de quitter pour toujours la chambre de son royal amant, remerciée de toutes les joies terrestres qu'elle lui avait procurées. Le mourant souhaitait maintenant remettre son âme entre les mains de Dieu et Lui demander d'absoudre ses péchés. Les serviteurs, pétrifiés, purent entendre les hurlements de fureur et de désespoir d'Anne de Pisseleu derrière la porte de ses appartements. Prise d'une crise de nerfs, la jeune femme se roula par terre, tapant d'un poing rageur sur le sol, criant qu'elle voulait mourir. Enfin, l'huis s'ouvrit et la duchesse s'avança, roide, vers la voiture qui devait la conduire à Limours.

Catherine ne quitta plus le chevet de son beau-père. Sa main dans la sienne, elle passa de longues heures auprès de lui, tamponnant son front avec de l'eau citronnée en lui murmurant des paroles apaisantes.

L'aube se leva sur une nouvelle journée de souffrance pour ce roi amoureux d'une vie qui ne l'abandonnait toujours pas.

– Je vous ai bien aimée, ma bru, lui dit-il en ouvrant soudain les yeux. Vous avez été le soleil de cette Cour et toute ma joie. Continuez à donner de beaux enfants au royaume et aidez le futur roi mon fils à porter la couronne, c'est une charge si pesante que de monter sur le trône…

– Je le ferai, père, soyez sans crainte, l'assura Catherine avec douceur.

– Je le sais, ma fille. J'ai toujours cru en vous et Henri est bienheureux d'avoir à son côté femme si avisée. J'espère…

François s'arc-bouta dans un spasme, puis se tut, retombant dans une semi-inconscience qui dura plusieurs heures. Le roi avait déjà fait ses adieux à la reine son épouse, s'excusant de l'avoir sans doute bien négligée. Éléonore s'abîmait depuis en prières dans son oratoire. Après avoir déclaré publiquement le dauphin héritier de tous ses biens, meubles et immeubles, le souverain manda son fils auprès de lui.

En larmes, Henri pénétra dans la chambre royale éclairée de chandelles, dont les volets clos ne laissaient passer aucune lumière. Devant le teint de cire du malade, dont le visage affichait déjà le masque de la mort, Henri comprit qu'il voyait son père pour la dernière fois et tomba à genoux à son chevet. François rouvrit les yeux et haleta :

– Embrassez-moi, mon fils. Que... la bénédiction de... Dieu vous soit... donnée[1].

– Père...

– Je... remets le royaume de France entre vos mains... et... tous... ses sujets. Tâchez... de régner... justement, œuvrez... toujours... pour la paix... mieux... que je n'ai su... le faire.

Le monarque se crispa dans une grimace de douleur. Le prince lui prit la main et le malade la lui serra.

– Je vous... confie aussi Mme... d'Étampes. Elle nous... a été... bien chère. Veillez à... ne point... vous laisser... comme moi... gouverner... par vos sentiments. Les femmes... nous tiennent... mon fils... Elles n'ont pas toujours... bon jugement. Aimez... la dauphine, elle...

François n'acheva pas, s'enfonçant dans le néant.

L'agonie commençait.

Le souverain ne reprit jamais le cours de ses pensées. Lorsqu'il sortit de son silence, ce fut pour murmurer des

1. Paroles recueillies au chevet du roi.

passages de l'Écriture sainte. Henri, toujours agenouillé auprès du lit, ne le quitta pas durant plusieurs heures et l'accompagna jusqu'à son dernier souffle.

Accablé, le jeune homme resta prostré un long moment au chevet de ce père qu'il n'avait guère su rencontrer. Leur vie avait été une suite de malentendus et de rendez-vous manqués, et cette douleur-là ajoutait encore à son chagrin. Ce jourd'hui marquait une ère nouvelle, où Henri n'aurait plus à craindre l'ire paternelle. Plus jamais il ne lirait la déception dans ses yeux. Plus de remontrances blessantes ou d'ordres humiliants.

Mais plus non plus ces quelques élans de tendresse maladroite et cette voix tonnante qui résonnait sous les voûtes des palais, ces parties de chasse enfiévrées qui annonçaient de joyeux festins, cette présence certes envahissante, mais combien rassurante...

Désormais, Henri avait sur ses épaules une charge accablante, et cette conscience-là emplit son âme et le frappa. Tout, à présent, reposait sur lui.

Car lorsque le dauphin se releva, il était roi.

*

À la disparition de son beau-père, Catherine eut un immense chagrin. Ce monarque avait toujours caressé l'espoir de conquérir le Milanais, et son amour immodéré pour l'Italie l'avait rapproché de sa belle-fille florentine. Il avait été celui qui avait souhaité contre vents et marée la maintenir dauphine en cette Cour; au fond, il avait été le seul à toujours croire en elle. Son goût prononcé pour les arts et la littérature avait mené la France à une Renaissance magnifique dont les effets pouvaient se mesurer aux quatre coins du royaume.

Fontainebleau continuait de faire école. On accueillait des artistes, on formait des compagnons, on recopiait des œuvres d'art pour les envoyer dans les provinces, afin que chacun pût avoir accès au Beau. La France avait à jamais quitté le Moyen Âge et évoluait vers une ère nouvelle. À l'heure des adieux à ce grand roi, chacun espérait voir naître des temps meilleurs, mais tous savaient qu'une chasse impitoyable allait avoir lieu à la Cour.

Lorsqu'elle vit son époux sortir de l'antichambre des appartements du feu roi pour mander des courriers à la grande sénéchale et au duc de Montmorency, leur donnant rendez-vous à Saint-Germain, Catherine comprit que le nouveau règne commençait.

Le rituel étrange et immuable de la monarchie se mit en place à Rambouillet tandis qu'Henri II organisait son gouvernement à des lieues de là. Un mannequin portant le masque mortuaire du roi défunt[2] fut alors exposé dans le lit d'honneur de la chambre royale de parade, richement décorée de dorures, des emblèmes de François Ier, des F, de la salamandre et de sa devise. Durant une vingtaine de jours, le peuple assista au cérémonial qui donnait l'impression que le roi vivait encore, tandis que l'on embaumait le corps, transporté à Saint-Cloud, et que les viscères étaient gardés au prieuré de Haute-Bruyère.

2. Moulé par François Clouet.

Le 5 mai, on modifia le décor, et la chambre de parade devint une chapelle ardente, tendue de noir, un cercueil ayant remplacé le mannequin. Prières et litanies se poursuivirent alors sans interruption vingt jours supplémentaires devant l'autel dressé au pied du lit.

Henri revint plus tard pour un ultime adieu à son père, ayant revêtu le grand manteau pourpre à cinq queues soutenu par les princes de sang, signe du deuil royal. Il aspergea le cercueil d'eau bénite, une dernière fois. Le protocole interdisant au nouveau souverain de suivre les obsèques du feu roi, c'est incognito qu'Henri put apercevoir, le cœur serré, depuis une fenêtre de la rue Saint-Jacques, le cortège funèbre se diriger vers Saint-Denis, nécropole des rois de France.

Ce jour-là fut terrible pour le jeune monarque qui vit passer toute sa famille, à l'exception de sa mère. On avait en effet ramené auprès du défunt ses deux fils : le premier dauphin François, de Tournon, et le duc Charles, de Beauvais. Les trois cercueils regagnaient ensemble leur dernière demeure. Cette triple inhumation marquait le commencement solennel et officiel du règne d'Henri II.

La gorge nouée, Catherine regarda descendre les dépouilles royales dans le caveau béant[3]. Pour la première fois retentit sous les voûtes de la basilique le cri rituel : « Le roi est mort… Vive le roi Henri deuxième de ce nom, par la grâce de Dieu roi de France, à qui Dieu donne bonne vie et longue ! »

La nouvelle reine releva la tête et se figea.

Diane l'observait.

---

3. Le 24 mai 1547.

Catherine soutint son regard, mais la grande sénéchale ne daigna pas baisser les yeux devant sa souveraine.

Il y avait deux reines en ce royaume.

*

Rentrée au palais, Catherine fulminait.

– Vous rendez-vous compte ? Elle m'a défiée devant tous les princes du sang, devant toute la Cour ! enragea-t-elle.

– Je comprends votre colère, Majesté, répondit Oriane qui brodait, assise près de la croisée. Mais j'ai bien peur qu'il ne faille composer désormais plus encore que naguère avec la comtesse. Notre nouveau roi s'appuie sur elle. Mon époux m'a expliqué que les deux personnes fortes du pouvoir sont ce jourd'hui la dame de Poitiers et le sieur de Montmorency.

– La lutte entre ces deux-là promet d'être âpre ! gronda la reine. Deux ambitieux de la pire espèce ! À propos d'ambition, savez-vous ce qu'il va advenir de la duchesse d'Étampes ?

– Mon époux a eu pour mission avant none de lui ordonner de se retirer sur ses terres de Bretagne.

Oriane posa son ouvrage pour aller ouvrir la croisée et demeura un instant à prendre le frais en se gardant des rayons du soleil pour ne pas gâter son teint.

– Les gens de la duchesse ont d'ores et déjà été jetés dehors : Tournon, Annebaut, Longueval, Polin de La Garde, Bayard, Duval… Et il y en aura d'autres !

– Et les nouveaux en Cour prennent leur place. On dit par contre que Philippe de Cossé-Brissac, le mari de la duchesse d'Étampes, est très en faveur auprès de Mme de Poitiers, car il a accepté de tenir sa femme séquestrée au fin fond de sa province[4] !

La jeune femme respira à pleins poumons, puis se retourna pour écouter Catherine qui faisait les cent pas.

– Ce qui est honteux, c'est d'avoir repris à la dame d'Heilly[5] tous les bijoux que lui avait offerts le roi François pour les donner à Diane ! Le peuple de Paris n'aimera pas cela[6] !

– Il gronde déjà, Majesté, répondit doucement Oriane.

– Depuis qu'on l'a rappelé au Conseil, Montmorency a été confirmé dans ses fonctions de grand maître de la maison du roi et réinvesti dans son gouvernement de Languedoc. Et comme si cela ne suffisait pas, il va être fait duc et pair !

– Il en a toujours été ainsi, soupira Oriane. Ceux qui ont le bonheur d'avoir la faveur du roi sont comblés de bienfaits…

– Il faut qu'Henri se méfie, car cela peut susciter de la rancœur chez les autres grands du royaume, remarqua Catherine.

– Si j'en crois ce que je vois, le roi réussit à équilibrer les privilèges consentis au clan Montmorency avec ceux de la maison de Lorraine. L'archevêque de Reims[7], tout

4. Elle y vécut encore de nombreuses années, oubliée de tous, dans la religion protestante. On ignore la date exacte de sa mort.

5. Rappel : Anne de Pisseleu, duchesse d'Étampes, était aussi dame d'Heilly.

6. En effet, les libelles contre la rapacité de Diane et des Guises circulaient dans Paris.

7. Charles de Lorraine.

comme son frère, François de Guise, sont très attachés à votre époux, Majesté.

– Il est vrai, et la grande sénéchale y veille personnellement ! Depuis les noces de sa fille avec le duc d'Aumale[8], elle réunit en ses appartements tout ce petit monde pour des soupers qui sont de véritables conseils privés !

– Diane souhaite tempérer de son influence celle du connétable, cela semble évident !

– La seule à n'avoir que deux cent mille livres et le droit de se taire est la reine de France, rétorqua Catherine avec aigreur. Vous n'imaginez pas tout ce que le roi octroie à cette...

– On parle même de Chenonceau... avança Oriane d'une petite voix.

– Comment ?! sursauta Catherine. Mais Chenonceau est un bien inaliénable de la couronne !

– Le roi a pourtant chargé mon époux de s'occuper de cette affaire, Majesté. J'ai pu obtenir cette information en le suppliant car il ne souhaitait pas s'en ouvrir à moi, au demeurant.

– Chenonceau ! souffla Catherine, abasourdie, en se laissant choir sur une cathèdre. Je n'y puis croire... Ce n'est pas possible ! Moi qui aime tant ce domaine !

Elle regarda Oriane, incrédule.

– Faudra-t-il que cette femme me prenne tout ?

---

8. Claude de Lorraine épousa Louise de Brézé, la fille de Diane, au lendemain de l'avènement d'Henri.

XLVII

Cathédrale de Reims, 25 juillet 1547

Sitôt le vainqueur de Marignan enseveli dans la basilique Saint-Denis, on s'affaira à préparer le couronnement à Reims du nouveau roi. La ville, ruinée pour une année par ces dépenses d'apparat, était pavoisée de drapeaux et d'oriflammes aux couleurs vives. Partout, les fleurs de lys ornaient les balcons. On avait tendu de très longs draps, repiqués de fleurs. Des arcs de triomphe surgissaient à chaque coin de rue. Aux premières heures du jour, Henri de France, tout de satin blanc vêtu, sur un cheval harnaché de même, se présenta aux portes de la ville, incarnation de cet être presque surnaturel qu'il s'apprêtait à devenir en étant roi de droit divin. Tous les notables de la ville entouraient le gouverneur chargé d'accueillir le souverain. On lui rendit les honneurs et le prince put découvrir l'une des surprises qui jalonnaient son parcours : un immense soleil duquel sortit une jeune fille entièrement nue, qui représentait une nymphe récitant quelques vers pour le roi.

Ce dernier fut acclamé. On lui jetait des pétales de fleurs sous les vivats de la foule. Tous lui souhaitaient longue vie. Partout nymphes et satyres, hommes aux jambes velues jouant du pipeau, dansaient en l'accompagnant jusqu'à la cathédrale.

Parvenu devant l'arc principal des trois porches, le monarque se retourna pour contempler la foule, puis, superbe, entra solennellement sous les voûtes et marcha, la tête haute, vers son destin.

Catherine, enceinte de cinq mois, se tenait assise dans une tribune à dextre du maître-autel, admirant les jeux de lumière de la rosace sur le tapis rouge qui ornait la nef centrale. De là où elle se trouvait, elle pouvait distinguer l'assemblée des grandes dames de la Cour, au premier rang desquelles se tenait fièrement Diane, assurément la plus richement parée.

Le cœur de la reine manqua un battement lorsqu'elle s'aperçut qu'après l'avoir fait graver sur les monuments, broder sur des étoffes, dessiner sur les murs, le roi arborait le monogramme qui entrecroisait le H et le D parmi les fleurs de lys brodées sur sa poitrine. Devant les pairs du royaume, les prélats et la reine, le souverain épousait symboliquement sa maîtresse, qu'il associait directement à son sacre.

Son avènement était aussi celui de la grande sénéchale.

L'injure était patente, mais Catherine feignit de n'en rien voir. La jeune femme s'efforçait de faire bonne figure et de tenir autant que faire se pouvait son rôle de reine de France, mais elle était confinée aux tâches de représentation, aux entrées solennelles dans les villes et aux visites de charité.

Les résidences personnelles de Catherine ne pouvaient en aucun cas le disputer à celles de Diane.

Chaumont-sur-Loire ne la ravissait guère et le cadeau d'avènement du roi, Monceaux-en-Brie, avait presque été un camouflet tant la demeure était modeste.

Il lui fallait en permanence se dominer, ravaler sa jalousie, dissimuler son amertume.

Lorsque l'archevêque posa la couronne sur sa tête, après avoir oint ce dernier du saint chrême, Henri, vêtu d'un long manteau bleu à fleurs de lys doublé d'hermine, se tourna vers l'assemblée et, saisi du sceptre royal et de la main de justice, alla s'asseoir sur son trône d'où il chercha Diane du regard. Cet échange muet n'échappa point à son épouse dont la gorge se serra.

Incommodée par la chaleur étouffante de ce mois de juillet, à laquelle se rajoutait celle des nombreux cierges qui illuminaient la cathédrale, la reine, ruisselante dans ses lourds atours de brocart, subit sans ciller cette humiliante cérémonie qui lui souleva le cœur. Elle décida de porter cette indisposition sur le compte de sa grossesse et dissimula à son entourage les sentiments violents qui bouillonnaient en elle.

Elle assista, en silence, au triomphe de celle qui régnait déjà à sa place.

*

Dans les premières semaines de novembre[1], Catherine mit au monde une petite fille que l'on baptisa Claude, en l'honneur de sa grand-mère défunte. Mais

1. Le 12 novembre 1547, exactement.

cette naissance n'apaisa pas les tensions qui régnaient au sein du couple royal.

La dernière discussion avec son époux avait été des plus orageuses, la reine s'étant muée en une véritable furie lorsqu'elle avait appris que Chenonceau allait devenir propriété de Diane. Depuis le début du règne de son amant, la rapacité de la grande sénéchale ne connaissait plus de limites.

Après les joyaux de Mme d'Étampes, elle s'était fait attribuer un impôt auparavant levé par le Trésor : celui que devait payer tout détenteur d'une charge royale à l'avènement d'un monarque. Impuissante, Catherine avait vu ce droit de confirmation[2], d'un montant de trois cent mille écus, tomber dans les caisses de Diane, où il rejoignait la taxe sur les cloches que payaient les villages. Les prétentions de la grande sénéchale ne cessaient de s'étendre : toutes les terres vagues qui n'appartenaient à personne et revenaient usuellement à l'État devinrent siennes, tout comme les biens confisqués aux juifs et aux hérétiques. Les sommes étaient colossales. L'ex-dauphine, mortifiée par ces détournements qui non seulement marquaient l'éclatant pouvoir de Diane, mais spoliaient aussi le royaume, était enfin sortie de sa réserve en apprenant que l'un des plus beaux domaines royaux allait aussi échoir à sa rivale.

Quand elle avait fait valoir à son époux que Chenonceau appartenait à la couronne, le roi l'avait prise de haut pour lui asséner :

2. C'est ainsi que se nommait cet impôt.

– La couronne ? Mais ma chère, la couronne, c'est moi ! Et je souhaite remercier Mme de Poitiers pour les services qu'elle nous rend.

– Et quels services vous rend-elle, grand Dieu, sinon celui d'écarter les cuisses lorsque vous l'exigez ?

Henri avait pâli devant l'outrage et tourné les talons pour quitter l'antichambre de sa femme, dont il avait claqué violemment la porte.

– Tout le monde à la Cour le pense[3], il n'y a que moi pour vous le dire ! avait hurlé la reine, hors d'elle, en envoyant une statuette d'angelot de porcelaine fine se fracasser contre le chambranle avant de s'effondrer, en larmes, sur sa courtepointe.

Ses dames étaient arrivées précipitamment, alertées par le vacarme et les pleurs de leur souveraine.

Le souvenir de cette scène pénible hantait encore Henri lorsqu'il pénétra dans les appartements de Catherine, désireux de faire la paix en abordant un sujet moins sensible. Sa femme avait dépassé le terme de ses relevailles, et le roi, d'un solide tempérament, comptait bien pouvoir de nouveau s'adonner avec elle à ces joutes sensuelles qui lui permettaient d'assouvir son insatiable appétit.

– Je suis venu vous voir, très chère, car j'ai demandé à Philibert de L'Orme, mon architecte, de concevoir et de bâtir le mausolée de mes parents défunts à Saint-Denis. Voici les dessins qu'il m'a livrés hier, je souhaitais requérir votre avis à ce sujet, dit-il en dépliant des papiers sur la

3. Voir Annexes A.

table à tréteaux que l'on avait dressée pour le souper de la reine. Tenez… ! Voilà. Qu'en pensez-vous ?

– J'aime assez cette tournure en arc de triomphe et les orants sur le dessus. Vous avez fait représenter vos frères et sœurs morts avant leur père, voilà qui est une belle idée. L'ensemble est très harmonieux, j'en conviens.

– Voyez, ma mie, les gisants seront placés là, sous l'arc principal[4].

– Tout cela est remarquable. Il s'agit bien là d'un hommage digne du grand roi que fut votre père, Henri.

– Je suis fort aise que cela vous agrée, ma mie. Votre talent en matière d'architecture est bien connu de nous, et votre avis nous importe au plus haut point. Je vous remercie de m'avoir reçu, passez une belle soirée et reposez-vous.

– Vous êtes toujours le bienvenu, répondit Catherine avec un pauvre sourire, sachant qu'elle avait de toute façon perdu la partie.

Les pas d'Henri s'éloignèrent, sonores, sur le parquet. La reine n'avait pas besoin de voir derrière les murs pour savoir chez qui ces pas menaient le roi pour la nuit.

4. Voir annexe B.

XLVIII

Manoir de Carrières-sous-Bois, 7 août 1548[1]

La petite Marie Stuart descendit de sa litière et regarda, du haut de ses six printemps, le couple Humières chargé des enfants de France, Élisabeth, François et Claude, qui lui souriait avec bienveillance. Elle arrivait de son Écosse natale pour y grandir aux côtés du dauphin François qu'elle devait épouser. L'année avait été déroutante. Elle aurait dû devenir l'épouse d'Édouard VI d'Angleterre, ce qui aurait permis aux Anglais d'annexer l'Écosse. Mais les Écossais ne l'entendirent pas de cette oreille et demandèrent à Henri II de les aider, au nom du fait que la mère de Marie était de la famille de Guise.

La princesse, que sa mère confia à Maillé-Brézé, parvint au royaume de France après une traversée tempétueuse, où l'on crut périr cent fois. Le roi, soucieux d'affermir son influence en Italie, partit pour le Piémont, déléguant à la reine, qui l'accompagna jusqu'en

1. Les historiens ne s'accordent pas toujours sur cette date. Certains affirment que Marie Stuart n'arriva à la Cour qu'en octobre.

Bourgogne avec la Cour, le soin d'expédier les affaires courantes. Catherine, entourée du chancelier François Olivier, du duc de Guise et de son frère, le cardinal de Lorraine – Diane y avait veillé ! –, de M. de Saint-André et de l'évêque de Coutances, fit ainsi l'expérience du pouvoir, tâche dont elle s'acquitta parfaitement. Forte de sa nouvelle maternité qui s'était déclarée en juin, la reine sentit qu'elle pourrait occuper une place plus intéressante à la Cour si elle savait se battre. La lutte serait féroce, car Diane ne céderait pas. Tout passait par elle, y compris les soins dispensés aux petits princes, objets des préoccupations continuelles de leur mère qui écrivait sans cesse aux gens qui les élevaient, sollicitant de leurs nouvelles, prodiguant ses conseils ou encore demandant que l'on réalisât une miniature de leur visage, afin qu'elle pût les voir grandir. L'arrivée de Marie bouleversa quelque peu ce bel ordonnancement.

D'abord, l'enfant ne s'annonça pas seule, mais entourée de ses gens, ce qui créa une certaine agitation. Ensuite, la petite fille, ayant une très haute idée de son lignage, entendait qu'on la traitât en princesse royale et en future reine de France. Elle était vive et assez jolie, mais capricieuse et tyrannique. Le jeune François la trouva à son goût, et Marie se prit d'affection pour ce garçon chétif et souvent malade, en proie à de curieuses crises de démence. Il lui fallait absolument se ménager, éviter les efforts trop violents, et la princesse l'aidait à supporter sa condition en le distrayant de son mieux.

La santé du dauphin préoccupait grandement sa mère.

*

Lyon, 24 septembre 1548

Oriane s'étira comme un chat, éveillée par la chaleur déjà intense à cette heure plutôt matinale. Elle devait se tenir prête avant prime, parée de ses atours de cérémonie, pour l'entrée solennelle de la reine à Lyon. La veille, celle du roi avait été grandiose. Ces visites des souverains dans les villes du royaume étaient prétexte à mille folies, à de somptueuses décorations, à moult célébrations, à des parades, des joutes et des banquets.

Oriane se tourna vers son époux qui dormait encore et l'admira un instant dans la pénombre. Le maniement des épées très lourdes lui avait magnifiquement sculpté les bras et le torse, et cette impression de force contrastait avec la douceur soyeuse de sa peau, sur laquelle elle ne résista pas à faire courir ses doigts. Marc gémit dans son sommeil, mais, comme Oriane insistait, il finit par ouvrir un œil.

– Bien le bon jour, mon époux, sourit-elle.

– Je dois être en plein rêve : je vois des fées... murmura-t-il en refermant les yeux.

– *Des* fées ? demanda-t-elle.

Il rouvrit un œil, la contempla et lâcha :

– Non, une. Mais ses pouvoirs magiques sont immenses !

Oriane éclata de rire et se coula sur lui.

– Allons, paresseux ! Il semble que je ne possède en tout cas pas celui de vous éveiller !

Marc lui sourit en levant un sourcil.

– N'en croyez rien, mon amour. Me voici tout à fait tiré du sommeil, et vous vous mettez en grand péril en restant moitié nue dans la position où je vous vois !

– Un long frisson de peur me parcourt l'échine, chevalier ! repartit-elle, mutine.

– Êtes-vous bien sûre qu'il soit de peur, madame ? dit-il en passant ses deux mains sous sa chemise.

Oriane se pencha vers lui et leurs lèvres se joignirent tandis qu'ils commençaient à s'aimer.

Après cette étreinte matinale qui les laissa tous deux alanguis, la jeune femme bascula pour s'allonger aux côtés de Marc et reprendre un peu ses esprits.

– Il ne faut pas trop traîner, maintenant. Le roi et la reine n'attendent pas ! souffla-t-elle.

– Il est vrai, ma douce. Mais vous êtes davantage concernée que moi ce jourd'hui, puisque c'est vous qui accompagnez la souveraine !

– Et toutes les dames de sa maison ! Mme de Poitiers ne manquera pas une fois de plus de paraître très richement vêtue juste derrière notre reine, afin de montrer au peuple qu'elle règne bien plus sûrement que Catherine ! s'agaça Oriane.

– Eh bien, que vous voilà courroucée ! nota Marc.

– J'enrage pour Sa Majesté, qui souffre et qu'on humilie ! N'avez-vous point trouvé indécent ce lion captif tenu en laisse par une Diane chasseresse, que l'on a représenté hier lors de l'entrée du roi ?

– Cela pouvait figurer la ville de Lyon…

– Soumise à la favorite ! Car la laisse était de soie noire et blanche, les couleurs de Mme de Poitiers, et même si ce lion n'arborait point de fleurs de lys, le peuple aura songé à notre sire !

– Il est vrai…

– Et ce monogramme qui ornait façades, arc de triomphe, obélisques et armes du roi ! C'est encore pire qu'au cours du précédent règne ! Jamais le roi François ne s'est tant mal conduit avec la reine Éléonore[2] !

Marc se leva et versa de l'eau d'une aiguière dans une bassine de porcelaine pour commencer ses ablutions.

– J'en conviens, ma chère, et je comprends votre indignation. Je ne suis pas toujours fier de servir un homme qui manque à ce point de respect envers son épouse, ajouta-t-il en baissant la voix.

Oriane dévisagea son mari, stupéfaite.

C'était la première fois que Marc, pourtant d'une indéfectible loyauté à l'égard d'Henri depuis de nombreuses années, émettait des réserves quant au comportement de son roi.

L'ivresse du pouvoir des deux amants commençait à donner le vertige à leur entourage…

2. Voir les annexes.

XLIX

Saint-Germain, 8 octobre 1548

Dans le grand salon d'apparat tendu de tissu moiré bleu ciel, où les boiseries sculptées encadraient des angelots peints soufflant dans des olifants, le roi Henri II, grand et large d'épaules, se tenait debout, à contre-jour devant la croisée, tandis que prenaient place sur les cathèdres disposées en arc de cercle, Diane, comtesse de Poitiers, Marc et Oriane, comte et comtesse de Saint-Herray, et Sa Majesté Catherine, reine de France.

La pièce devenant sombre, en ce mois d'octobre où le jour déclinait déjà plus vite, un serviteur s'appliqua à allumer candélabres et chandeliers, et fit un bon feu dans la cheminée. Dès qu'il eut terminé sa besogne, il se retira, et chacun attendit que le monarque justifiât cette convocation.

– Je vous ai mandés, ce soir, pour vous annoncer plusieurs résolutions qui me touchent et vous concernent.

Catherine jeta un regard de biais vers la grande sénéchale qui paraissait très à son aise. Elle était sans nul doute au courant de ce dont le roi allait leur faire part, peut-être même en était-elle à l'origine…

– Vous êtes tous trois, madame de Poitiers, madame de Saint-Herray et vous aussi, Marc, des fidèles serviteurs de la couronne, que je souhaite récompenser. Ainsi, dit-il en s'adressant aux époux, j'ai décidé d'élever le comté de Saint-Herray au rang de marquisat et d'augmenter vos revenus annuels. Vous devenez donc, cher Marc et chère Oriane, marquis et marquise de Saint-Herray.

– C'est un grand honneur. Merci, sire, murmura Oriane en s'inclinant.

– Merci, Majesté, reprit Marc.

Catherine, crispée, attendait que vienne la disposition qui concernait la grande sénéchale. Qu'allait encore inventer son époux pour accroître la fortune de sa maîtresse et asseoir un peu plus son pouvoir ? Le verdict tomba :

– Notre bon vouloir est que la comtesse de Poitiers soit nommée duchesse de Valentinois. Ainsi madame, dit-il à l'adresse de la reine, sera-t-elle l'une de vos quatre suivantes qui ne vous quittent jamais, avec Mmes de Montpensier, de Nevers et de Saint-Pol.

Catherine fut atterrée de cette nouvelle. Non seulement Diane devenait l'égale d'une princesse souveraine dans les préséances, mais elle avait le droit de lever des impôts – ce dont elle ne se priverait pas ! –, et allait dorénavant suivre la reine comme son ombre. Abasourdie, elle entendit le roi poursuivre :

– Elle recouvrera le comté de Saint-Vallier que l'on avait confisqué à monsieur son père, en dédommagement du tort qui lui a été fait, et recevra les fiefs de Valentinois et de Diois[1].

1. Ce qui constituait, outre l'immense honneur qui lui était fait, des revenus colossaux.

– Mais ces fiefs relèvent du Dauphiné et ne peuvent donc appartenir qu'à un prince de sang[2] ! rétorqua Catherine en s'efforçant au calme.

– Il est vrai, et je vous félicite, madame, vous qui êtes florentine, de si bien connaître à présent nos usages ! répartit le monarque avec condescendance. Mais il n'est rien qui ne puisse être changé, et je suis le roi. Ainsi en ai-je décidé.

Henri marcha vers la cheminée et tendit ses deux mains vers l'âtre pour les y réchauffer. Oriane et Marc, scandalisés, ne soufflaient mot.

– Bien, je suppose que nous en avons fini, lâcha Catherine en se levant.

– Un instant encore, madame. Vous savez que j'ai chargé, depuis le 3 avril, M. Philibert de L'Orme, mon architecte, de l'inspection des bâtiments royaux de Fontainebleau, Villers-Cotterêts, Yerres et Madrid, au bois de Boulogne…

– Et puis ? demanda son épouse, méfiante.

– La duchesse de Valentinois a besoin de se rendre à Chenonceau et à Anet pour entreprendre elle aussi des travaux sur ses domaines…

– Nous ferons l'effort de nous priver de sa lumineuse présence pour un temps, grinça Catherine.

Henri feignit de ne pas relever l'allusion :

– Je souhaiterais que le marquis et la marquise de Saint-Herray l'accompagnassent dans ce voyage qui, je l'espère, ne nous éloignera pas trop longtemps de nos amis.

La reine se figea.

2. C'est en effet ce qui fut à l'origine d'une protestation véhémente à la Cour… dont le roi ne tint aucun compte !

– Est-ce vraiment indispensable ? Mme de Saint-Herray me rend bien des services… tenta l'ex-dauphine qui ne voulait pas voir s'éloigner sa confidente.

– Vous demanderez cela aux dames de votre maison. Il est inconcevable que la duchesse de Valentinois voyage seule, et j'ai toute confiance en M. de Saint-Herray. Vous ne souhaitez pas, je suppose, séparer des époux si nouvellement mariés, ma chère !

– Bien. Puisque je vois que tout est arrangé, murmura Catherine d'une voix lasse.

– Vous partirez dès après demain, reprit Henri à l'intention du nouveau marquis.

– Il en sera fait selon votre volonté, Majesté. S'il n'y a rien de plus pour vous complaire, permettez-nous de nous retirer, ajouta Marc que la situation commençait à agacer.

– Je vous en prie. Je vous revois demain matin, Saint-Herray. Bonsoir, marquise.

– Majestés… souffla Oriane en faisant sa révérence avant de reculer vers la porte.

Catherine, muette, indignée et meurtrie une fois de plus, ne pouvait articuler un mot. Elle aurait aimé n'être touchée que dans son orgueil de reine, elle l'était malheureusement aussi dans son amour de femme. Car malgré l'attitude révoltante d'Henri, elle continuait de lui vouer un attachement sans limites[3].

Ce dernier, satisfait, se noyait dans le regard reconnaissant de Diane qu'il venait à nouveau de combler. Se tournant vers la reine, il lui asséna le coup de grâce :

---

3. Comme en témoigne toute sa correspondance.

– Je pense, madame, que vous devez être bien lasse après cette longue journée. Je dois moi-même évoquer quelques affaires d'importance avec Mme de Valentinois. Il serait donc séant que vous vous retiriez. Je vous souhaite une agréable nuit.

La dame de Médicis demeura debout, considérant son mari, hébétée. À cet instant, elle réalisa que Diane ne s'était pas levée et la contemplait, assise sur sa cathèdre, d'un air satisfait.

– Ne craignez rien, je me retire. Cependant, il faut encore que Mme de Poitiers apprenne qu'une duchesse se doit de saluer sa souveraine. Tel est l'usage dans toutes les cours d'Europe ! Mais peut-être cela aura-t-il aussi été changé ?

Diane, maligne, se leva d'un bond, ne laissant pas au roi le temps de répondre et de la désavouer.

– Non point, madame, je m'apprêtais à vous souhaiter à mon tour une excellente nuit, rétorqua-t-elle en pliant légèrement le genou dans ce qui pouvait passer pour une révérence.

Catherine tourna les talons, satisfaite de cette petite victoire, et sortit, sans un regard à son époux. Dans le vestibule, elle donna un coup de pied rageur dans le dressoir massif adossé au mur[4].

Elle haïssait cette femme un peu plus chaque jour.

*

4. Voir annexe A.

Chenonceau, novembre 1548

L'automne incendiait les frondaisons, qui s'irisaient de toutes les teintes d'ocre, d'orange, de roux, de vermeil et de safran. La douceur du val de Loire offrait la possibilité de travailler dehors même lorsque la saison avançait. La bataille juridique qui s'engageait pour faire de Diane la vraie propriétaire de Chenonceau n'en était qu'à ses débuts, mais la favorite décida de commencer ses travaux.

Ils furent colossaux.

Intendante avisée, elle inventoria, dans un premier temps, les lieux et les biens, tâche dans laquelle Marc la seconda efficacement. Elle s'aperçut rapidement que les revenus du domaine ne pouvaient suffire à financer les transformations dont elle rêvait. Elle procéda à une révision complète des ressources de la châtellenie en réajustant la valeur des baux et des impôts en tout genre. Elle choisit de développer la production de vin de clairet et la récolte des arbres fruitiers, notamment la pêche abricot.

Par une belle journée humide mais ensoleillée, Marc se promenait avec Diane depuis plus d'une heure, écoutant avec attention le récit de ses ambitieux projets. Ils quittèrent le petit sous-bois qui sentait la mousse et les champignons, lesquels avaient bénéficié des récentes ondées pour s'étendre en de jolis tapis clairs au pied des arbres.

– Ce qui me tient particulièrement à cœur, ce sont les centaines de mûriers que nous allons planter par là-bas, dit-elle en montrant de vastes terres du doigt.

– Je vois que vous avez une nouvelle idée.

– En effet, annonça-t-elle fièrement : la culture du ver à soie.

– La culture du ver à soie ? répéta Marc, étonné.

– Parfaitement, mon ami. Cela est très profitable, croyez-moi ! Depuis que l'on a découvert ce tissu en France, les dames en sont entichées, mais son convoiement rend cette étoffe hors de prix ! Ainsi, la soie, les fruits, la vigne, le bois… J'augmente grandement les revenus du domaine !

– Il est vrai, convint Saint-Herray qui ne pouvait s'empêcher d'admirer cette femme qui gérait ses affaires avec autant de pertinence et d'intelligence.

– Je veux que Chenonceau soit admirable, reprit-elle. Vous distinguez ce champ planté d'orge à senestre[5] ?

– Si fait.

– Il s'étend sur deux arpents et demi[6]. Sa situation en bordure du Cher favorisera l'arrosage. Je vais y faire établir un somptueux jardin d'agrément avec un grand parterre[7]. Nous aurons également un superbe potager ! Voyez-vous, Marc, l'atout de ce domaine est sa situation sur le Cher, mais c'est aussi sa grande faiblesse. Il nous faut domestiquer la nature et nous protéger des eaux capricieuses qui peuvent réduire en un rien de temps tout notre travail à néant !

– Je vois que vous ne manquez pas d'idées pour faire de Chenonceau un lieu enchanteur !

Diane sourit.

5. À gauche.

6. Soit 1,65 hectares.

7. Voir annexe B.

Grande et mince dans sa pelisse doublée de martre, elle était l'incarnation de l'épanouissement de la maturité. Le roi ne l'aimait pas : il la vénérait, ce qui lui conférait un éclat particulier qui n'appartenait qu'aux déesses… Marc comprenait qu'Henri puisse être subjugué, mais déplorait qu'il blesse et sacrifie une femme aussi intelligente, cultivée et attachante que Catherine.

L'arrivée d'Oriane, en amazone sur un grand cheval bai, l'interrompit dans ses réflexions.

– Voici votre épouse. Je vous libère, car j'ai à m'entretenir avec elle. Soyez assez aimable de ramener sa monture aux écuries, nous vous retrouverons dans un moment.

Marc aida sa femme à mettre pied à terre et se saisit de la bride en s'éloignant.

– Quel splendide endroit, en vérité ! s'exclama Oriane.

– Nous évoquions avec votre époux les nombreuses transformations auxquelles je songe. J'ai hâte d'y recevoir Sa Majesté !

Oriane nota que Catherine était exclue de l'invitation.

– Marchons, voulez-vous ? reprit Diane en passant son bras sous celui de la marquise de Saint-Herray qui s'étonna de cette soudaine proximité. Au fond, je vous connais si peu !

– Il est vrai que je suis attachée à la maison de la reine… commença Oriane, mal à son aise.

– Et attachée à la reine elle-même, n'est-ce pas ?

– Je lui dois tout.

– Et… si vous obteniez bien plus encore ? demanda Diane doucement.

– Que voulez-vous dire ?

– Je veux dire que vous êtes certes à la Cour dans l'entourage de la reine, mais ne rêvez-vous pas d'un titre plus glorieux, de revenus plus conséquents ? D'une alliance prestigieuse pour votre fille qu'il vous faudra établir dans quelques années…

– J'avoue ne pas y avoir songé, souffla Oriane de plus en plus gênée.

– Oh ! Regardez ! Des canards sauvages ! Mon Dieu que leurs couleurs sont jolies !

Diane s'approcha de la rive pour voir s'enfuir les volatiles dans de vifs cris de protestation. Puis elle revint lentement vers Oriane et lui adressa un gentil sourire.

– Vous êtes jeune et vous aimez votre époux. Je gage que vous avez à cœur de le voir obtenir une situation qui soit à la hauteur de ses compétences et de ses ambitions.

– Marc peut s'enorgueillir d'avoir la confiance de son roi, répondit Oriane, sur la défensive.

– Certes. Mais… les honneurs ?

– Les honneurs ?

– Peut-être pourrait-il siéger au Conseil, avoir une fonction politique, une charge plus importante auprès de Sa Majesté… Un mot de vous et j'en fais mon affaire.

Oriane considéra la duchesse de Valentinois, ébahie. L'assurance et l'orgueil de cette femme étaient sans limites. Elle ne dissimulait même plus l'influence qu'elle avait sur le roi. Mieux : elle l'affichait. Méfiante, la jeune femme demanda :

– Et que me faudrait-il faire pour obtenir cela ?

– Rien de très compliqué : me rendre quelques menus services…

– Je suis, madame, comme vous le savez, au service de Sa Majesté la reine, rétorqua Oriane, glacée.

– C'est bien comme cela que je l'entends, et vous le resterez, ma chère. Je le suis, moi aussi. Mais gouverner est une charge énorme, et le roi a besoin d'être secondé. Ainsi serait-il parfois bien aise de glaner quelques informations.

– De quel ordre ?

– Certaines conversations peuvent avoir lieu dans l'entourage de la reine… Vous savez qu'au sein de cette Cour les rivalités ne manquent pas.

– Vous me demandez d'espionner Sa Majesté ? s'indigna Oriane.

– Calmez-vous ! Et n'employez pas ces grands mots. Quelques détails, de temps en temps…

– J'aimerais vous être agréable, madame, croyez-le bien, mais je crains de ne pouvoir accéder à votre demande. J'ai beaucoup d'amitié pour notre souveraine et…

– Ne me répondez pas tout de suite, la coupa Diane. Réfléchissez. Pensez à votre situation, à celle de votre époux et à la chance qui vous est offerte. Maintenant rentrons : l'humidité retombe.

Les deux femmes n'échangèrent plus un mot jusqu'au seuil du château, où Marc vint à leur rencontre.

L'air contrarié d'Oriane le troubla.

L

Cathédrale de Saint-Denis, 10 juin 1549

Oriane et Marc avaient regagné Paris après avoir effectué un détour par Anet, conformément à ce que souhaitait la duchesse de Valentinois. Les fêtes de fin d'année avaient réuni toute la Cour à Fontainebleau et la reine avait donné naissance à un nouveau prince le 3 février. D'une constitution robuste, elle enchaînait les grossesses et les accouchements. Diane, elle, se gardait bien de tout faux pas de ce genre, envoyant son royal amant engrosser sa femme dès que ses relevailles avaient sonné. Catherine passait son temps la taille épaisse. On lui signifiait qu'elle devait se ménager, prétexte à la tenir éloignée de toute fonction politique, quand la duchesse de Valentinois veillait sur son corps et sa ligne avec un soin jaloux, restant maîtresse du roi et de son destin.

Les lilas fleurissaient de toute part, l'air sentait bon. Chacun s'affairait pour le grand jour du couronnement de la reine.

Le cérémonial avait été réglé au détail près par Diane, qui faisait référence à la Cour en matière de protocole.

Ainsi en avait décidé Henri II ; son épouse n'avait, une fois de plus, pas eu voix au chapitre.

Cette cérémonie du sacre fut de bien moindre importance que celle du roi. Elle eut lieu à Saint-Denis et non à Reims, mais pour une femme qui avait craint durant des années d'être répudiée et de ne pas monter sur le trône, il s'agissait tout de même d'une belle victoire.

Pourtant, cette journée fut entachée d'une succession d'événements qui, pour être singuliers, donnèrent l'impression à l'assistance que l'on sacrait deux reines. La stupeur saisit la Cour lorsqu'on aperçut, au premier rang, parmi les princesses du sang, ce qui était déjà extraordinaire, la duchesse de Valentinois qui arborait le même manteau d'hermine que sa souveraine, privilège des ducs royaux et des princes du sang. Un murmure parcourut les rangs des princes, des prélats, des pairs et des hauts dignitaires, puis se propagea pour gagner ceux des dames de la Cour et des gentilshommes, qui en étaient bouche bée. Oriane ne desserrait pas les dents et admirait le calme exemplaire de Catherine qui s'appliquait à reproduire les gestes qu'on lui avait enseignés lors des répétitions.

Après avoir été bénie, la souveraine vit s'avancer la duchesse de Mayenne, qui n'était autre que la fille de Diane. Celle-ci lui ôta sa couronne d'or incrustée de pierreries. D'abord soulagée de ne plus porter un tel poids sur la tête, Catherine manqua défaillir lorsqu'elle vit la duchesse déposer cet attribut royal… aux pieds de sa mère ! Le doute n'était plus permis, celle que l'on appelait la « presque reine » avait ordonnancé son propre avènement devant une Cour médusée de cette outrecuidance, subjuguée néanmoins par tant d'audace et d'ingéniosité.

Catherine chercha Oriane des yeux comme une noyée qui reprend de l'air. Cette dernière lui adressa un sourire amical et réconfortant. La reine contrôla le tremblement de ses mains. Le chœur attaqua un *Sanctus* qui s'envola sous les voûtes, et Catherine se laissa emporter par les chants. Elle choisit de rendre grâce à Dieu des bienfaits dont Il l'avait comblée, Le priant de protéger les enfants de France et de garder le roi. Elle tentait de refréner la haine qu'elle sentait monter en elle pour ne retenir dans ses souvenirs que le caractère exceptionnel de cette journée. Elle, une Médicis, la petite *duchessina* florentine, montait sur le trône de l'un des royaumes les plus prestigieux d'Europe. Dans la somptueuse cathédrale de Saint-Denis, nécropole des maisons royales, elle venait de ceindre la couronne sacrée des reines.

Mais que valait ce titre ?

Diane était la reine de cœur de son époux, et la reine de fait à la Cour.

Elle sentit que ses paupières la brûlaient. Des larmes perlaient dans ses yeux.

Cet événement, qui aurait dû l'emplir d'orgueil et de joie, s'était mué en un paroxysme de frustration et une nouvelle blessure d'amour-propre.

*

Fontainebleau, juillet 1549

La reine et sa dame d'honneur, rentrées d'une promenade à cheval dans la matinée, se délassaient dans le grand salon en s'amusant de leurs lectures.

– Tenez, dit Oriane, voici ce que l'on m'a transmis ce matin. Ce quatrain circule depuis bien des jours dans Paris, Majesté. Voulez-vous que je vous en fasse lecture ?

– Faites, faites, sourit la reine en allongeant ses jambes sur un carré de soie.

La marquise déclama :

Sire, si vous laissez comme Charles[1] désire
Comme Diane veut par trop vous gouverner
Fondre, pétrir, mollir, refondre, retourner
Sire, vous n'êtes plus. Vous n'êtes plus que cire[2].

Les deux amies s'esclaffèrent.

– On ne trompe pas le peuple, dit Catherine. Paris sait qui détourne l'argent et dans les caisses de qui tombent les impôts qui sont levés. L'épouse que je suis en souffre, mais la reine en moi s'indigne, car c'est le royaume qui saigne pour cette femme !

– Il est vrai. Vos sujets vous aiment, Majesté, et vous plaignent aussi. Cela peut-être vous console-t-il…

1. Le cardinal de Lorraine.

2. Ce quatrain circulait en effet dans Paris. Le Florentin Ricaroli écrit : « On ne peut dire à quel point sont parvenues la grandeur et l'autorité de la duchesse de Valentinois. On en vient à regretter Mme d'Étampes ».

– Un peu… murmura Catherine en reprenant son livre, alors que la porte du salon venait de s'ouvrir sur la duchesse de Valentinois.

Toujours vêtue de soie noire et blanche, blonde avec ses grands yeux bleus et son teint frais, Diane s'avança vers la reine et esquissa une révérence qui, comme à l'accoutumée, n'était jamais très appuyée.

– Quelle radieuse journée! lança-t-elle. Que lisez-vous, Majesté? demanda-t-elle avec un grand sourire.

– J'étudie les historiens de ce royaume, madame. Et je découvre que, de tous temps, les putains ont dirigé les affaires des rois*. Et c'est bien grand tort qui est fait à tout un peuple.

Diane grimaça.

Oriane se retint de rire et vit la grande sénéchale battre en retraite, une fois n'étant pas coutume, sans oser répondre à sa souveraine. Lorsque la porte fut refermée, les deux amies donnèrent libre cours à leur bonne humeur. Les satisfactions de ce genre n'étaient pas si fréquentes.

LI

Saint-Germain, août 1550

La nouvelle s'était répandue comme une traînée de poudre : la belle Diane chasseresse avait chu de sa monture en forçant un cerf. Les traits tirés par la douleur d'une fracture de la jambe, elle se reposait à Anet, ne souhaitant pas reparaître à la Cour avant d'avoir retrouvé tout l'éclat de sa beauté. Catherine, qui venait de mettre au monde le 27 juin un petit Charles-Maximilien[1], se relevait doucement de ses couches. Entre une maîtresse indisponible et une épouse à ménager, Henri se sentait un peu frustré. Montmorency, vieux renard avisé, considérait l'ardeur guerrière du jeune roi, qui joutait avec Saint-Herray, d'un œil vivement intéressé.

Le roi lui avait récemment retiré la présidence du conseil privé. Assurément, son étoile pâlissait. Deux favoris à la Cour… L'un était de trop et Diane gagnait du terrain. Tous deux avaient l'oreille du roi et sa grande affection. La duchesse de Valentinois était la maîtresse en titre, mais la rumeur affirmait que l'on avait vu à

1. Futur Charles IX.

plusieurs reprises le roi disparaître dans sa chambre avec Anne de Montmorency[2].

Chacun essayait d'asseoir son pouvoir; cependant celui de Diane était consolidé par les Guises, et cette idée cheminait dans la tête du connétable. Abattre les Guises affaiblirait considérablement la duchesse. Or, cette dernière se trouvait pour un temps écartée de la Cour, il lui fallait donc agir vite. Depuis un moment déjà, Anne ourdissait de coucher dans le lit du roi la belle Jane Fleming, dame d'honneur de la jeune Marie Stuart. Si l'affaire éclatait, le discrédit serait jeté sur la jeune princesse appartenant à la famille de Guise, car on ne manquerait pas de colporter que la future dauphine de France était gardée par une putain. Anne, qui avait plusieurs fois servi d'entremetteur à son souverain, se frottait les mains en regardant Henri se battre maintenant comme un beau diable à l'épée contre Marc, qui, souple et puissant, constituait un adversaire redoutable.

Les deux jeunes chevaliers, en nage, revinrent vers le connétable en riant. L'entraînement prenait fin.

– Jolie feinte, en vérité, sire! constata Anne.

---

2. Certains historiens le contestent, plusieurs ambassadeurs en témoignent. Ainsi Alvaretto, ambassadeur vénitien : « Je ne puis me faire à l'idée d'une telle indignité, dit-il, mais enfin, c'est ainsi : s'étant lavés dans les étuves et ayant abondamment dîné, ils ont couché ensemble et ce n'est pas la première fois » (cf. *Diane de Poitiers,* Ivan Cloulas, p. 170). Le roi Henri II n'était pas homosexuel, cela est certain. Que se passait-il une fois la porte de la chambre refermée? Nul ne le sait. Il est juste intéressant de constater que, si Diane a élevé Henri comme une mère, Montmorency était vraiment le père spirituel qu'il s'était choisi…

– Ce diable de Saint-Herray m'en a fait voir, mais je lui en ai remontré à mon tour ! sourit Henri en s'essuyant le front.

– J'ai pourtant fait ce que j'ai pu pour le mettre en difficulté, je le jure, plaisanta Marc, mais notre roi combat comme un sanglier furieux !

– D'où vient cette rage folle, sire ? demanda le connétable sur le ton de celui qui se doutait de la réponse. Je gage qu'il y a femelle là-dessous !

– Nenni, mon cher, hélas ! repartit le roi en retrouvant son souffle.

– Ah ! glissa Montmorency. Je puis peut-être y remédier ! Je connais une beauté qui se meurt d'amour pour vous, murmura Anne pour n'être pas ouï de Marc qui rassemblait ses affaires.

– Souvent, cet amour-là se guérit par quelques bons coups de boutoir, asséna Henri, jovial et soudain très intéressé.

– C'est exactement mon avis, rétorqua le connétable d'un air entendu.

Les trois hommes se dirigèrent vers les étuves en devisant joyeusement.

Le soir même, dans la chambre rouge du château de Saint-Germain, que l'on avait attribuée à sa dame d'honneur dans les appartements de la future dauphine de France, des ahanements et des cris retentirent, étouffés par le velours des courtines. La peau laiteuse, les seins généreux et la croupe cambrée de lady Fleming enflammèrent les sens du jeune souverain. Protégé par la surveillance discrète du connétable, Henri vint la rejoindre les jours suivants, ivre de désir, et la besogna avec ardeur.

Au matin du douzième jour, un chevaucheur envoyé par les Guises partit pour Anet.

*

Il faisait nuit noire dans le vestibule qui menait aux appartements de Marie Stuart. Matines venaient de sonner lorsque la porte s'entrouvrit avec prudence. Sans un bruit, le roi se glissa hors de la pièce, Montmorency sur les talons. Apparaissant soudain comme un fantôme, sépulcrale dans sa longue robe blanche et noire, se tenait la duchesse de Valentinois, raide et pâle, l'air courroucé.

Montmorency se tassa.

– D'où venez-vous, Henri ? glapit-elle.

– Mais, ma mie…

Diane explosa.

– Il n'y a ni « mais » ni « mie ». Ce qui se passe dans ce château est une abomination ! Vous osez ! Vous osez, Henri, salir la réputation de la future dauphine de France, la jeune princesse que doit épouser votre propre fils !

– Je…

– Que dira-t-on de cette pauvre enfant lorsqu'on saura que c'est une catin qui est en charge de sa vertu et de son éducation ? Y avez-vous seulement songé avant de vous conduire comme le dernier des pourceaux ? hurla-t-elle.

– Diane, je vous en prie… murmura Henri, pétrifié, redevenu l'enfant qu'il était jadis devant la grande sénéchale. Diane…

– Moi qui arrange un mariage digne de votre prestigieuse dynastie, une union avec l'une des princesses les plus convoitées d'Europe, moi qui me sacrifie et me tue à la tâche pour que rayonne votre gloire, pour que l'on vous respecte aux quatre coins du royaume ! Voilà comment vous me remerciez ? Tout cela est indigne, indigne, m'entendez-vous !

L'assemblée, médusée, assistait à cette scène étrange et insolite, mesurant, si besoin était, l'immense pouvoir de Diane sur Henri, lequel ne savait que dire pour calmer les foudres de sa déesse, saisi d'effroi à l'idée qu'elle puisse se refuser désormais à lui ou, pire encore, quitter la Cour devant pareil affront. Cette perspective épouvantable l'aida à se reprendre :

– Personne n'en saura rien, ma mie, je vous en fais serment. Cette lamentable histoire sera sans conséquence et n'a d'ailleurs aucune importance. Je vous implore de me conserver votre estime et d'oublier, comme nous tous ici, ce que vous avez vu ce soir.

Dissimulée dans l'ombre, Catherine écoutait cette altercation, navrée de voir son époux à ce point repentant, mais bien aise de l'infortune de sa pire ennemie. Cette dernière reprit la parole :

– J'espère que cette histoire demeurera ce qu'elle est : une saillie sans lendemain ! Il en va de la réputation de la future dauphine et de toute la maison de France. Quant à vous, monsieur le connétable, je m'étonne que vous ayez si peu à cœur les intérêts et la gloire de votre roi !

Anne sentit un filet d'eau glacée ruisseler entre ses omoplates. Cette phrase marquait son humiliante défaite. Le connétable préféra s'abstenir de répondre, subodorant que Diane l'achèverait plus sûrement encore s'il s'opposait à elle.

– Diane, je vous en prie, pardonnez-moi, reprit Henri.

Cruelle, la déesse lâcha un « nous verrons, j'en ai assez pour ce soir », qui laissa le roi désemparé, avant de tourner les talons et de disparaître dans la galerie. Son regard croisa celui de Catherine qui n'avait pas perdu un mot de tout cet échange. Les deux femmes se jaugèrent un instant.

Les yeux de Diane flamboyaient de colère.

Ceux de Catherine brillaient de malice.

*

Assise par terre au milieu de ses jupes étalées en corolle autour d'elle, Oriane jouait avec un chaton. Ce dernier, d'un poil gris et duveteux, courait après une petite bobine que la jeune femme avait attachée à un ruban.

– Dieu qu'il est mignon ! s'écria Catherine en entrant. Je ne vois pas ici-bas animal plus attendrissant et gracieux qu'un chaton !

– Majesté ! s'exclama Oriane en tentant de se relever pour faire sa révérence, gênée, comme sa souveraine, par sa grossesse avancée.

– Restez, restez, sourit Catherine. Dans l'état où vous êtes, vous voilà dispensée de salutations. Je suis moi-même très lasse, il fait si lourd…

– Je pense que l'orage ne tardera en effet pas à éclater, constata Oriane en regardant le ciel à travers la croisée.

Catherine alla se caler dans l'embrasure de la fenêtre, sur le banc sculpté dans le mur, appuyant avec soulagement contre la pierre fraîche son dos endolori par son ventre pesant.

– L'orage a éclaté hier, ma chère, et ce n'était pas sur les arbres du parc que la foudre est tombée, mais sur la tête du roi !

– Notre piège a comblé vos espérances, alors ? s'amusa Oriane.

– Et plus encore ! Quand vous avez prévenu les Guises, ils ont aussitôt envoyé un chevaucheur et la duchesse de Valentinois est arrivée ventre à terre pour chasser sa rivale !

Oriane cajolait maintenant le petit chaton, blotti dans ses jupes, qui s'était endormi, épuisé par le jeu. Catherine le contemplait en poursuivant son récit.

– Je crois que nous avons eu une riche idée de contenter la duchesse lorsqu'elle vous a demandé de m'espionner pour son compte. À présent, elle pense que vous avez résolu de la servir, que vous avez pris le parti de la plus puissante et de la plus influente de nous deux en dépit de notre amitié. Cela nous sera très utile si nous voulons distiller de fausses informations.

– Il est vrai que, pour une première fois, c'était inespéré ! La prévenir de son infortune… Elle ne peut que croire en ma loyauté !

– Et nous avons fait d'une pierre deux coups, car nous avons sauvé le mariage de mon fils. Je pense par contre qu'il faut se méfier des Guises, ajouta Catherine, songeuse. Feu le roi François le disait souvent. Cette famille vise le trône et dépouillerait les Valois à la moindre occasion. Mais mon époux n'en a, hélas, tenu aucun compte.

– Chaque souverain règne selon son bon vouloir.

– Il est vrai. Et j'ai grand regret de la cour de mon beau-père, de la petite bande[3]… Tout cela est si loin, murmura la reine, soudain rêveuse.

– Qui eût cru que l'on déplorerait un jour l'absence de la duchesse d'Étampes ! ajouta Oriane en se relevant doucement pour ne pas réveiller le petit pensionnaire qui dormait en ses bras.

– Moi, répondit gravement Catherine. J'ai toujours su que l'avènement d'Henri marquerait l'élévation de Diane. À la cour du roi François, elle devait rabattre de sa superbe. Ce jourd'hui, la voilà toute-puissante !

*

Château de Fontainebleau, mai 1551

Henri, adossé au montant de la cheminée, écoutait les arguments des deux femmes de sa vie, pour une fois d'accord sur un sujet qui les touchait également : l'avenir de lady Fleming. Cette dernière pavoisait, car elle venait de mettre au monde un beau garçon. Dans son esprit, elle supplantait la favorite, qui n'avait jamais donné d'enfant au roi. C'était mal connaître la tournure des mœurs de la cour de France. La jolie Anne de Pisseleu s'était, elle aussi, bien gardée d'être grosse. Avec une reine féconde comme l'était maintenant Catherine, laquelle portait un rejeton presque chaque année, le roi n'avait que faire des complications dynastiques liées à la

3. C'est ainsi que François Ier appelait les dames « belles et gentilles » qui le suivaient lorsqu'il partait courre le cerf.

naissance d'éventuels bâtards. Il préférait les femmes à la taille bien tournée, au tétin[4] ferme et rose, agiles dans les joutes amoureuses. L'arrivée de ce fils adultérin le contrariait, et plus encore le retentissement qu'en donnait sa mère. Diane avait veillé à ce qu'il n'approchât plus la couche de la flamboyante Écossaise après l'incident du mois d'août de l'année passée. Le ventre de lady Fleming ne s'était arrondi que pour lui rappeler ce qu'il avait fait et ce qu'il n'aurait plus.

L'histoire, à présent, l'ennuyait.

Il avait hâte d'en finir.

– Il est inconcevable que cette femme s'enorgueillisse ainsi, Henri, il en va de votre réputation ! avança Catherine doucement.

– Savez-vous ce que l'on m'a rapporté ? Lady Fleming a déclaré hier devant les dames de la future dauphine que le sang royal avait un je-ne-sais-quoi de plus suave, qu'il était plus friande liqueur que les autres, qu'elle se trouvait très bien d'être ainsi la mère d'un bâtard du roi, pour tous les bons brins de présents qu'elle en tire* ! glapit Diane. Il est malséant pour une jeune personne comme Marie[5] d'ouïr de telles inconvenances de la bouche même de celle qui est chargée de lui apprendre les bonnes mœurs !

– N'oublions tout de même pas qu'elle sera sous peu l'épouse de François, et qu'elle est appelée à monter sur le trône de France à ses côtés. Que deviendra le royaume si la reine est une débauchée ! renchérit Catherine.

---

4. Ainsi désigne-t-on le téton et, par extension, le sein au XVIe siècle.

5. Stuart.

– Sire, lady Fleming manque par trop de modestie et porte en triomphe une condition qu'elle devrait vivre comme un embarras. Cela est parfaitement indécent.

L'incongruité de la situation n'échappa point à Catherine, qui ne put se retenir d'esquisser un sourire. Que l'arrogante duchesse de Valentinois puisse s'indigner de l'absence d'humilité d'une dame de la Cour, voilà qui était singulier !

Henri marchait dans la pièce en silence.

Il considéra un instant le parc à travers la croisée ouverte, puis revint à la conversation.

– Que proposez-vous ?

Ce fut Diane qui, à l'encontre de tout protocole, répondit avant sa souveraine, laquelle ne cilla pas.

– Vous devez titrer cet enfant qui porte votre sang et le renvoyer avec sa mère en Écosse.

– Cela me semble en effet tout à fait approprié, acquiesça Catherine en se décalant légèrement sur sa cathèdre, gênée dans ses mouvements dans son sixième mois de grossesse qui commençait.

Henri soupira, réfléchit un instant.

– Dites à lady Fleming que je reconnais cet enfançon comme étant mien. Il s'appellera Henri de Valois et je le nomme chevalier d'Angoulême[6]. La mère et l'enfant devront avoir quitté ma Cour sous huitaine. Tous deux regagneront l'Écosse sous bonne escorte.

– Il en sera fait selon vos souhaits, sire, acquiesça Diane.

– Voilà qui est sage, Henri. Vous avez parlé en roi, conclut Catherine en se levant.

---

6. Il reparaîtra bien plus tard à la Cour et sera grand prieur de France.

LII

Fontainebleau, septembre 1555

La reine de France se tenait assise dans son lit, les traits tirés. Accouchée depuis mars[1], elle peinait un peu à recouvrer son allant. Les journées lui semblaient parfois longues lorsqu'elle devait paraître en représentation. Son dos lui faisait mal depuis sa prise de poids et des bouffées de chaleur l'incommodaient lorsqu'elle revêtait ses lourdes toilettes d'apparat.

Catherine était pourtant de robuste constitution. Enceinte, elle ne se plaignait jamais de la moindre indisposition et supportait sans protester les incessants déplacements de la Cour et les nombreuses festivités que l'on organisait. Sans doute aurait-elle mérité cependant d'avoir plus de temps entre deux grossesses. La fierté de donner enfin des héritiers à la France, adjointe à sa volonté constante de complaire à son époux, lui avait fait avoir déjà huit enfants. Elle savait que si Henri n'était

1. Le 18, exactement, naquit Hercule François de Valois, qui sera son dernier fils. Auparavant, dans les quatre années qui précédèrent, elle mit au monde Alexandre Édouard, futur Henri III, et Marguerite, le 14 mai 1553, que l'on nommera plus tard « la reine Margot ».

jamais parvenu à s'éprendre de la femme, il chérissait en elle la mère. Le royaume fêtait cette fécondité remarquable du couple royal, vécue comme un bon augure, et la reine se délectait d'entendre des sonnets vanter ces maternités qui bénissaient son union[2].

Très lasse, elle s'apprêtait à souffler sa chandelle, lorsqu'elle entendit la porte s'entrouvrir. Le gond grinça, il y eut des chuchotements, puis de nouveau le silence. Dans le halo de lumière de la flamme, elle distingua le roi qui tenait une bougie. Il s'avança près du lit et la posa sur un bougeoir prévu à cet effet.

– N'avez-vous point froid, ma mie ? Votre feu n'est guère vaillant. Voulez-vous que je l'attise ?

– Nenni, nenni. Mais s'il n'est point à votre convenance, ne vous gênez pas.

Henri se glissa dans le lit sous les draps.

– Je m'en vais vous réchauffer à ma façon, souffla-t-il en ôtant la chemise que portait son épouse.

Tous ces enfantements avaient modifié le corps de Catherine d'assez considérable manière. Elle n'avait jamais eu le temps de retrouver sa taille entre deux grossesses. Mais sa généreuse poitrine semblait combler le roi, qui aimait à caresser les seins des dames avec une vigueur telle que Diane avait été obligée, un soir, de l'éconduire, au motif qu'elle « ne voulait pas être ridée »[3] ! L'incident, qui avait eu lieu devant des familiers du couple, avait fait le tour de la Cour…

---

2. En 1559, Ronsard écrira : « Plus que Rhéa [mère de Zeus, entre autres, et de nombreux dieux], notre reine est féconde… »

3. L'anecdote est authentique. Selon les témoignages d'époque, leurs tête-à-tête semblaient des plus animés !

La reine ne voulait point décevoir son mari et redoutait son éloignement en cas de refus. Aussi se pliait-elle avec patience et soumission à tous ses caprices, ce qu'il goûtait grandement. Dans le quotidien comme dans l'alcôve, il obéissait à Diane et commandait à Catherine.

Ce soir-là, elle eût volontiers soufflé sa chandelle pour sombrer dans un sommeil bienfaiteur, mais la main du roi, qu'elle sentait déjà s'immiscer entre ses cuisses, lui fit comprendre qu'il allait falloir différer ce projet.

– N'êtes-vous donc point harassé après cette partie de chasse endiablée ? tenta-t-elle pauvrement.

– Cela m'a mis en forme ! répondit le roi avec force. Ma mie, vos tétins sont à se damner ! poursuivit-il, délaçant ses hauts-de-chausses avec la précipitation de celui que le désir affole. Tournez-vous vite, ma bonne, je n'en puis plus !

– Ne croyez-vous pas, mon ami, que nous pourrions nous aimer pour une fois de façon plus… commença Catherine.

– De quelle façon voudriez-vous procéder ? Souvenez-vous des conseils du docteur Fernel ! rétorqua Henri en haletant.

– Justement ! Nous avons déjà de nombreux enfants et…

– Allons, allons, il plaît à mes sujets de constater la vigueur de leur roi ! dit Henri en la retournant.

Docile, Catherine se laissa prendre et Henri entra puissamment en elle avec un grognement de plaisir. Très vite, il accéléra son va-et-vient en de violents coups de reins, tout en empoignant les seins de Catherine, qu'il pétrissait avec délectation. La reine subissait cet assaut plus qu'elle n'y participait, mais lorsque Henri était avec elle, il n'honorait pas Diane, et cette seule perspective suffisait à lui plaire. Fatiguée, elle ne se joignit point à la montée du plaisir qu'Henri manifestait avec force. Enfin, il s'enfonça encore plus profondément en elle en rugissant une dernière fois, puis retomba lourdement avant de basculer sur le côté.

Catherine se retourna et releva pudiquement le drap pour se couvrir.

En dépit de sa fatigue, elle demeura plusieurs heures dans la pénombre, les yeux grands ouverts, écoutant la respiration ronflante de son époux qui s'était très vite endormi.

En elle, la semence royale s'était frayé un chemin et, dans le secret de sa matrice, un nouveau rejeton de France commençait à vivre.

*

Saint-Germain, décembre 1555

– M. de Nostre-Dame s'est fait annoncer, Votre Majesté, et demande à être reçu.

Catherine leva la tête et posa le livre qu'elle tenait en main. Il s'agissait des *Prophéties* d'un certain Nostradamus. Ce médecin, Michel de Nostre-Dame de son vrai nom, venait de publier, à Salon-de-Provence où il résidait, un ouvrage assez étrange qui avait retenu l'attention de la jeune femme, toujours soucieuse de se cultiver et curieuse de découvrir de nouveaux écrits.

– Veuillez introduire ce monsieur, dit-elle.

Vêtu d'un long mantel noir d'où émergeait un col de soie crème, un chapeau presque plat posé sur la tête, le visage avenant mangé par une longue barbe déjà grisonnante, Nostradamus portait ses cinquante-deux printemps avec une prestance qui en imposait.

– Votre Majesté est très aimable de me recevoir ! lança-t-il en saluant la souveraine avec déférence. Je suis touché de voir que vous lisez mon livre, ajouta-t-il, l'œil malicieux.

– Il est vrai. Je vous lis, en effet. Soyez le bienvenu en notre Cour. Asseyez-vous, rétorqua-t-elle en désignant une cathèdre d'un geste de la main. Je suis intéressée par ce que vous avez à me dire…

– Ce que j'ai à vous dire, Majesté ? À quel propos ?

– À propos de mes enfants dans un premier temps. Ils sont ce qui m'est le plus cher et, même s'ils sont élevés à Blois, je les porte dans mon cœur à chaque instant.

– Mais… leur santé est florissante, à ce que l'on raconte ?

– Pas tout à fait « florissante », justement, même s'ils sont, grâce à Dieu, en vie.

– Madame, j'ai établi le thème des enfants de France, comme vous me l'avez demandé. Je puis vous dire de vos fils que tous quatre porteront couronne. J'en réponds.

Catherine se leva et marcha dans la pièce nerveusement.

– Ma foi, monsieur, je gage que vous ne m'en laissez accroire[4]. Je ne sais pourtant si je dois me réjouir ou m'affliger d'une telle prophétie, car enfin s'ils règnent, c'est qu'ils vivent, ce qui est heureux. Mais pour que

4. *Accroire* a le sens de « tromper ».

chacun monte sur le trône, malheureusement, il y faut la place !

– Peut-être régneront-ils à l'étranger ? avança prudemment Nostradamus.

Catherine tordait son mouchoir, se déplaçant dans un sens, puis voltant brusquement pour repartir dans l'autre, dans un bruit de taffetas. Le vieux médecin la regardait s'agiter, pressentant que la reine souhaitait l'entretenir d'un sujet délicat.

– Écoutez, reprit-elle. Puis-je vous faire part, en toute discrétion, d'une chose qui me tient à cœur et que je n'ose confier ?

– Si fait, madame, votre secret sera le mien, vous avez ma parole. Je préférerais mourir que trahir ma souveraine, ajouta-t-il avec emphase.

Catherine revint s'asseoir face à Nostradamus, au coin de la grande cheminée dans laquelle brûlait tout un tronc qui dégageait une bonne odeur d'arbre fruitier.

– Voilà. Je fais… des rêves d'un genre particulier, commença la reine.

– De quel genre exactement ?

– Tout cela est pour le moins étrange. J'ai maintes fois rêvé d'événements qui sont advenus.

– Et cela vous gêne-t-il ?

– Eh bien, je fais souvent maintenant le même songe affreux. Je perçois des cris, tout le monde court, on implore : « Sauvez le roi ! Sauvez le roi ! » Et mon époux me tend la main, le visage entièrement couvert de sang, en me disant : « Pitié, Catherine, aide-moi ! » Mais…

La reine marqua un temps, sentant les larmes lui venir aux yeux. Elle prit une longue inspiration.

Nostradamus ne bougeait pas, ne voulant interrompre le cours de son récit.

– Je l'entends donc m'appeler, reprit-elle, je le vois avancer la main, j'essaie désespérément de l'aider et je n'y parviens pas. Il… Il s'enfonce, ensanglanté, dans le brouillard… Et je crie de toutes mes forces, mais il ne revient pas ! Et c'est à ce moment que je m'éveille.

– Je comprends votre trouble, madame, il est légitime. La seule chose que je puisse faire pour vous prêter assistance est d'établir avec la plus grande précision la carte des planètes qui régissent la vie de notre roi[5]. La calculation astronomique[6] peut nous aider à y voir un peu plus clair.

– Mais dans vos prédictions, vous annoncez un événement étrange… Je vous ai fait venir précisément pour ce quatrain :

Le lion jeune le vieux surmontera
En champ bellique, par singulier duelle,
Dans cage d'or les yeux lui crèvera,
Deux classes une, puis mourir mort cruelle…

Catherine referma le livre qu'elle avait marqué d'un signet.

– Lorsque j'ai lu ce passage, j'ai eu l'impression qu'il correspondait à mon rêve, murmura-t-elle anxieusement.

---

5. Son thème astral.

6. L'astrologie judiciaire, le songe prophétique, la calculation astronomique, les Écritures sacrées, tout cela constitue les méthodes divinatoires de Nostradamus.

– Je crois comme vous que le roi est en effet en danger, madame, admit Nostradamus. Mais il m'est nécessaire d'affiner mon étude. L'astrologie judiciaire m'aidera dans cette entreprise.

La reine se leva, manifestant ainsi la fin de l'entretien.

– Alors, attelez-vous à cette tâche sans plus tarder, monsieur de Nostre-Dame, car il nous faut sauver le roi !

LIII

Anet, mars 1556

Henri et Diane chevauchaient depuis plus d'une heure dans la vallée bocagère de l'Eure. Le soleil printanier éclairait la campagne d'une lumière joyeuse et le parfum des premières menthes sauvages, porté par la brise, embaumait l'air déjà chargé de la fragrance des églantines qui coloraient de leur rose délicat les haies vives bordant les champs.

La duchesse de Valentinois, heureuse de s'adonner de nouveau à son exercice favori après l'oisiveté à laquelle l'avait contrainte sa jambe durant de longs mois, galopait en tête. Henri l'admirait dans le contre-jour, mince silhouette à la taille souple et élégante, déesse au maintien parfait, qui faisait corps avec sa monture.

Diane chasseresse.

Certes, il lui arrivait de trousser d'autres donzelles, la nature reprenant ses droits. Mais jamais il n'éprouvait avec une autre femme cette émotion si particulière, cette sensation de protection et de refuge que seule Diane lui procurait.

Et ces échappées à deux au domaine d'Anet, que Diane avait aménagé avec un goût exquis, permettaient au roi de fuir un temps le bruit de la Cour et la pesanteur du protocole. Henri versait des sommes considérables pour l'embellissement de cet asile qui, sans être un fief royal, était une demeure princière d'un faste élégant, d'une architecture raffinée, convenant parfaitement aux besoins des deux amants.

À partir de l'ancien manoir de Louis de Brézé, l'époux de Diane, qui affectionnait jadis ce domaine en raison de la proximité des forêts de Dreux, de Roseux et de Normandie dans lesquelles il adorait chasser, l'architecte du roi, Philibert de L'Orme, avait conçu un bâtiment imposant, mais d'une grande sobriété, rappelant le modèle antique cher à la Renaissance. Des travaux colossaux de terrassement, puis d'assèchement des marais, avaient précédé la construction à proprement parler de plusieurs étages, d'un système de conduites d'eau et d'égouts, ainsi que la mise en chantier d'admirables jardins. Diane avait tenu à conserver l'ancien corps de logis, aussi le vieux manoir se tenait-il à présent enchâssé dans sa nouvelle demeure. Une deuxième aile avait ensuite été ajoutée à l'édifice, ainsi qu'une chapelle.

Appartements de Diane, du roi, salle des fêtes, salons de réception, galeries, rien ne manquait à ce splendide château dans lequel Henri se sentait chez lui. Statues, orangeries et fontaines contribuaient à en faire un domaine somptueux qui s'annonçait par le faste incommensurable de son portique d'accès[1]. Entrelacs de

1. Voir les annexes.

pierres au chiffre de la duchesse, cette immense arche érigée à l'entrée de la cour célébrait la gloire d'une Diane chasseresse.

Lorsque les amants franchirent ce portique, le cerf qui surplombait le vantail donna l'heure, tandis que les chiens aboyèrent. Cette fantaisie, un système d'automates imaginé par l'architecte de L'Orme, amusait beaucoup le roi.

Diane arrêta sa monture et attendit que l'on vienne lui apporter la petite escabelle qui lui permettait de descendre. Elle gagna la galerie à grandes enjambées et se retourna, radieuse, vers Henri en retirant ses gants parfumés.

– Alors, mon cher ? Que pensez-vous de ce dernier galop ? Vous n'êtes point parvenu à me rattraper !

– Je n'en disconviens pas, ma douce, mais vous avez mêmement échoué à me devancer !

Diane éclata de rire, laissant apercevoir ses jolies dents, petites perles de nacre parfaitement alignées[2].

– Touchée ! admit-elle. Je reconnais que vous me suiviez d'assez près !

Henri la prit dans ses bras et la serra contre lui.

– Je vous veux toujours assez près de moi, en effet…

– Allons, allons ! Un peu de sérieux, sire, se défendit-elle. Nous avons à parler !

– Et de quoi voulez-vous que nous devisions quand il fait si beau et que la ruelle de votre lit nous appelle ?

– Plus tard, Henri. Écoutez-moi.

---

2. Cela nous a été rapporté, car cela n'était pas si fréquent à l'époque !

À regret, le roi la lâcha, en soupirant.

– Fort bien. De quoi voulez-vous m'entretenir qui ne puit être différé ?

– De Chenonceau, répondit Diane en le regardant droit dans les yeux.

La duchesse de Valentinois avait repris le domaine de Limours que l'on avait confisqué à la duchesse d'Étampes, à qui François Ier, son amant, l'avait jadis offert. Si le cadeau l'avait enchantée, Diane avait eu par contre tout loisir de méditer sur la grandeur et la décadence des favorites, puisqu'elle s'était elle-même acharnée à ruiner la maîtresse du feu roi.

Toute gloire étant éphémère, la grande sénéchale s'appliquait à s'enrichir, mais en assurant ses arrières. Une bataille juridique qui devait lui attribuer définitivement le château de Chenonceau avait débuté, car, même si ce domaine lui avait été donné en mémoire des « grands et recommandables services » rendus par son défunt époux à la couronne, il appartenait de façon inaliénable au patrimoine royal par donation d'Antoine Bohier, son propriétaire.

La reine avait espéré qu'il ne fût pas possible de faire don de cette propriété qu'elle affectionnait elle-même tout particulièrement et s'était, une fois n'est pas coutume, vivement opposée au roi.

L'espoir lui était revenu quand certains légistes, à leur tour, lui avaient emboîté le pas pour résister, arguant du fait que le financier Bohier, ayant cédé le château en donation à François Ier, n'avait consenti à le faire qu'à la condition que ce bien ne quittât jamais le patrimoine royal.

Chenonceau ne pouvait donc légalement plus être offert à quiconque.

Las ! C'était méconnaître l'opiniâtreté de la duchesse de Valentinois qui, par une sorte de tour de magie, obtint de faire casser la donation conclue par le feu roi. Chenonceau sortit ainsi des fiefs royaux et fut de fait réattribué à son ancien propriétaire, obligeant ce dernier, de nouveau en dette envers la couronne, à vendre très vite son bien aux enchères. Plusieurs acquéreurs se présentèrent qui furent éconduits, et Diane racheta le tout pour la somme de cinquante mille livres… payées sur la cassette du roi. L'opération rondement menée conduisit donc Henri II à acheter un domaine qu'il possédait déjà !

Les dents grincèrent à la Cour, mais enfin, depuis peu, officiellement, Chenonceau appartenait à Diane.

– Eh bien, ma dame ? En quoi cet acte de propriété vous inquiète-t-il encore ? N'avons-nous point triomphé des fâcheux ?

– Si fait, mon aimé, dit-elle en se faisant enjôleuse. Cependant, après l'étude des comptes du domaine, il appert que me voilà dans l'incapacité de financer les travaux indispensables qu'il y faut poursuivre. Aussi ai-je pensé que nous devrions évaluer les sommes qui pourraient être affectées à la rénovation de ce bel endroit que nous affectionnons, vous comme moi… poursuivit-elle en entourant le cou d'Henri.

– Tout ce que vous voudrez, ma belle. Demandez, et vous serez exaucée !

Diane lui offrit son plus radieux sourire.

– Il m'est si doux de savoir que vous m'aimez, souffla-t-il.

LIV

Fontainebleau, 24 juin 1556

– Votre Majesté me paraît bien maussade, remarqua Oriane. Y a-t-il quelque chose que je puisse faire ?

– Non point, Oriane, vous êtes bonne. Je songeais seulement à ce domaine, au temps de feu le roi mon beau-père. Comme tout était différent, alors…

– À quoi pensez-vous exactement ?

Les deux femmes avançaient lentement pour revenir de leur promenade. La reine était énorme, sa grossesse touchait à son terme, mais on l'avait rarement vue aussi grosse. Chaque jour, elle s'astreignait à la marche pour se délasser et fuir aussi le bruissement de la Cour, trouver un peu le calme sous les charmilles d'un parc sans cesse embelli par de nouvelles réalisations.

Fontainebleau resplendissait.

Les dernières années avaient vu l'édification de la chapelle de la Trinité, qui n'était pas encore tout à fait achevée, mais promettait d'être éblouissante. On refaisait les refends nord-ouest et sud-ouest du pavillon des Poêles, dans lequel le roi s'était installé. Ces constructions ravissaient Catherine, qui suivait les travaux avec un intérêt toujours renouvelé, mais l'emménagement de son époux dans ce pavillon, qui les maintenait à présent, elle et ses enfants, loin de lui et loin des salons où se déroulaient toutes les festivités, l'avait vivement contrariée. Henri n'était pas désagréable avec elle, mais ne prenait jamais soin de la ménager et ne perdait guère d'occasion de lui rappeler qu'elle comptait pour quantité négligeable.

– J'ai toujours eu pour Fontainebleau un amour particulier, mais ces nouveaux accommodements m'indisposent, je l'avoue.

– Au moins Diane ne s'est-elle pas installée dans les anciens appartements de la duchesse d'Étampes, nota Oriane.

– Mais c'est là toute sa perfidie ! Elle ne se présente pas à la Cour pour ce qu'elle est : la putain du roi ! Non, elle laisse cela à Agnès Sorel où à Anne de Pisseleu ! Elle, c'est une déesse ! Elle était la dame des pensées d'Henri, il était son chevalier qui défendait ses couleurs lors des tournois, et ce jourd'hui leur couple trouve sa place dans l'Olympe, cracha Catherine avec mépris.

Oriane, qui avait accouché depuis peu de son quatrième enfant, marchait à côté de sa souveraine en respirant la petite brise qui rabattait un parfum de fleurs mêlées. Catherine paraissait avoir besoin de s'épancher.

– Vous ne pouvez plus faire un pas nulle part sans trouver des représentations glorifiant Diane chasseresse, des monogrammes qui associent le D et le H, des allégories de la Lune ! C'est un couple presque divin qui triomphe au sommet de l'État[1] ! s'emporta Catherine.

1. Voir les annexes.

– Il est vrai que le roi semble avoir une épouse terrestre et une épouse divine, remarqua Oriane.

– Il m'arrive parfois de trouver ma condition bien peu enviable, toute reine de France que je suis, souffla Catherine, car je… Oh !

Oriane se précipita. La reine s'était courbée en deux, agitée de violents spasmes douloureux. Le travail de l'enfantement commençait.

– Majesté ! Mon Dieu, accrochez-vous à moi. Holà ! hurla-t-elle. À la garde de la reine !

Les cris d'Oriane ayant été entendus aux abords du château, on accourut pour emmener la souveraine en ses appartements.

Les choses se précisaient.

La douleur montait en puissance. Catherine, pourtant rompue à l'exercice, semblait sur le point de défaillir et perdait beaucoup de sang. Très vite, les femmes chargées de l'assister dans ses couches comprirent que la délivrance ne se déroulait pas correctement et envoyèrent chercher le docteur Fernel en urgence.

Quand le médecin arriva, Catherine était livide et l'enfant paraissait en souffrance. Le praticien plongea la main dans le ventre de la parturiente qui hurla de douleur, et parvint, après plus d'une heure, à aider une petite fille chétive à venir au monde.

L'enfançon semblait n'avoir qu'un souffle de vie[2].

2. Baptisée Victoire, en raison des circonstances, elle mourra quelques mois plus tard.

La reine saignait toujours beaucoup et l'on commençait à craindre pour sa vie, lorsque le docteur Fernel annonça gravement :

– Ciel ! Les contractions reprennent ! Il y a deux enfants !

Catherine en effet se tordait de nouveau sur sa couche, le regard affolé par une douleur si vive. Oriane lui tenait la main et l'encourageait de son mieux. La duchesse de Valentinois, prévenue de l'accouchement de la reine, était elle aussi à son chevet, distribuant les ordres et tentant de maintenir le calme.

Après plusieurs heures d'efforts qui semblèrent interminables, Fernel indiqua que l'enfant était mort-né, mais qu'il ne parvenait pas à l'extraire des entrailles de sa mère.

– Je vais être obligé de le démembrer, exliqua-t-il en direction de Diane, comme pour recueillir son assentiment.

– N'y a-t-il d'autres moyens ? demanda cette dernière.

– Aucun, madame. Si nous tardons, nous perdons la reine.

– Alors procédez, mon ami, répondit Diane calmement.

Les deux heures qui suivirent furent épouvantables, pour Catherine comme pour l'assistance, et deux chambrières perdirent connaissance. Fernel, les bras rougis jusqu'au coude, découpait le nouveau-né morceau par morceau dans le ventre de sa mère, afin de pouvoir l'extraire. Catherine s'était évanouie et l'on préféra ne pas la ranimer avant la fin de cette odieuse besogne.

Lorsque tout fut terminé, il fallut changer jusqu'au matelas du lit, puis on lava la reine avant de la recoucher.

Catherine, inerte, fit craindre pour sa vie durant la nuit qui suivit ce cauchemar.

Avant d'aller dormir, le roi vint prendre de ses nouvelles. Il lui fut répondu que l'on ne pouvait, pour l'heure, se prononcer et le souverain ordonna qu'on le réveillât si l'état de son épouse empirait. Oriane ne la quitta pas une seconde. Fernel demeura lui aussi à son chevet.

Le lendemain, pourtant, Catherine, encore très faible, ouvrit les yeux, et l'on parvint à l'alimenter légèrement. Mais le médecin refusait encore de la voir sauve, craignant que des fièvres[3] ne se déclarent.

Quand enfin la reine annonça qu'il lui agréerait de se lever un peu, on sut qu'elle était hors de danger. Une semaine venait de s'écouler et la malheureuse accouchée recouvrait peu à peu la santé. Toujours fragile, elle se nourrissait maintenant normalement et ne présentait aucun signe inquiétant de complications. Lorsqu'on lui apporta enfin sa fille, toute frêle dans ses langes, la souveraine la tint contre elle avec les larmes aux yeux.

– Tu avais une sœur… mais elle a rejoint les anges. Plaise à Dieu que tu demeures avec nous ! En tout cas, tu seras la dernière !

Oriane lui reprit la petite des bras, car Catherine semblait bien lasse.

– Oui, la dernière, répéta-t-elle en confiant sa fille à sa dame de compagnie. Fernel m'interdit formellement tout autre enfantement !

3. On les appelle aujourd'hui « fièvres puerpérales », elles sont le signe d'une infection en post-partum, laquelle est, la plupart du temps, létale.

*

La naissance de la petite Victoire et la disparition prématurée de sa sœur jumelle marquèrent un tournant décisif dans la vie du couple royal. Catherine, ayant vu la mort de près et ne voulant plus courir le risque d'une nouvelle maternité, dépêcha Oriane auprès de la duchesse de Valentinois, afin que cette dernière fasse bien comprendre au roi qu'il n'y fallait plus revenir.

La marquise de Saint-Herray trouva auprès de Diane une oreille attentive. La favorite avait elle aussi craint pour les jours de la reine. Henri, veuf, eût probablement choisi de se remarier. Le royaume perpétuellement en guerre ne manquait pas d'alliances à affermir ou de traités de paix à conclure. Cette situation lui convenait parfaitement, qui la mettait plus haute que la reine elle-même, mais l'équilibre pouvait se rompre et Diane, très fine, en percevait pleinement les enjeux. Elle encourageait Henri à engrosser sa femme qui, perpétuellement enceinte, se tenait de fait à l'écart des affaires politiques. Mais la faire passer de vie à trépas n'entrait nullement dans ses intentions. Le monarque fut donc sermonné et promit sur l'oreiller de sa maîtresse de ne plus toucher à la couche de sa femme.

La vie affective de Catherine s'arrêtait donc au soir de ses trente-sept ans.

À presque cinquante-sept, Diane poursuivait la sienne.

Au seuil de la mort, la reine avait craint de ne plus voir grandir ses petits qu'elle chérissait plus que tout. Depuis plusieurs années déjà[4], elle était parvenue à reprendre la main sur la nurserie de Blois, profitant du veuvage de la dame d'Humières, toute dévouée à Diane. Elle l'avait remplacée par une Piémontaise, Marie-Catherine de Pierrevive, épouse d'un Florentin, le sieur Antoine de Gondi. Diane avait dû s'incliner, et cette première victoire avait ravi Catherine. Son mari était perdu, mais au moins gardait-elle ses enfants. Dès qu'ils atteignaient l'âge de dix ans, elle les faisait venir auprès d'elle pour les élever selon sa propre éducation. Les enfants royaux disposaient de plusieurs précepteurs et se montraient assez cultivés, à l'exception, hélas, du dauphin, dont la santé chancelante donnait les plus vives inquiétudes.

4. En 1551, exactement.

LV

Palais du Louvre, 23 avril 1558

Catherine, adossée au meneau, regardait l'agitation de la rue par la croisée. Paris se préparait à célébrer en grande pompe le mariage de monseigneur le dauphin avec la jeune reine d'Écosse, Marie Stuart.

– Je suis sortie *incognito* ce matin, les décorations sont vraiment magnifiques ! remarqua-t-elle sans enthousiasme.

– Les gens chérissent monseigneur François ! souligna Oriane.

– Il est vrai. Mais c'est un enfant étrange que j'ai parfois du mal à comprendre. Enfin… Il a l'air d'apprécier sa future épouse, c'est sans doute l'essentiel, répondit Catherine d'un air morose.

– Pardonnez-moi, Majesté, mais vous ne semblez pas participer à cette liesse ?

– Oriane… Je suis lasse parfois, mais votre présence m'est d'un grand réconfort. Songez que même ma propre maison est dirigée par Françoise de Brézé, la fille de Diane. Je ne décide donc pas de mes propres dépenses. Ce mariage, auquel je souscris naturellement, est encore et toujours l'œuvre de Diane. Il renforce l'autorité des Guises et je déteste cette peste de Stuart !

– La reine Marie fait pourtant les délices de votre fils, avança Oriane.

– Parce qu'elle le domine. Il est faible, sujet à des accès d'humeur et à de grandes crises d'abattement, rétorqua Catherine avec amertume. Marie le traite comme un enfant qu'il est resté ! Mais elle est capricieuse, orgueilleuse et tyrannique. Oh, mon époux y a grandement contribué en lui donnant la préséance, dès son arrivée à la Cour, sur tous les autres enfants de la maison de France !

– Elle est tout de même vive, intelligente, habile à l'apprentissage et jolie !

– Ce qui écrase davantage mon fils qui la voit comme une inaccessible étoile ! Enfin, maugréa Catherine, le sort en est jeté !

– Madame, tenta Oriane d'une voix conciliante, ayez au moins la grâce de reconnaître que la princesse aime gentiment le dauphin. Elle est pour lui une compagne douce et attentive. Il ne saurait être heureux loin d'elle aujourd'hui !

– Fort bien, soupira la reine, nous irons donc tous à Notre-Dame demain. L'alliance n'est point mauvaise, mais je maintiens que la fiancée est une peste !

Oriane ne put retenir un sourire.

Catherine était sans doute ce jourd'hui de fort méchante humeur, mais la marquise de Saint-Herray avait pu, au fil du temps, vérifier la pertinence de ses jugements.

*

Chenonceau, été 1558

Niché dans un écrin de verdure, vaisseau amarré sur le Cher, le château, que l'on découvrait au bout d'une belle allée plantée d'ormes[1], saisissait, tant par sa situation que par les travaux gigantesques que l'on y avait déjà réalisés.

Descendue de sa voiture[2], depuis peu, Diane prenait possession de son domaine, comme à chacune de ses visites. Elle admira l'achèvement des fossés, que l'on avait entrepris de creuser et de maçonner depuis déjà deux ans et, ravie, partit visiter ses potagers et ses vergers, sans même prendre le temps de passer à l'office pour se rafraîchir.

Sur la terrasse, le long des allées, des saules avaient été plantés, qui découpaient leurs branches nonchalantes sur un ciel sans nuages. Derrière les mûriers blancs, cultivés pour l'élevage des vers à soie, le verger, renfermant pommiers de paradis, poiriers, pruniers, cerisiers, pêchers, noisetiers, se terminait par des alignements de groseilliers et des parterres de fraisiers, tandis que rien ne manquait au potager, dont les choux, les poireaux, les oignons, mais aussi les artichauts et encore maintes sortes de légumes approvisionnaient les cuisines du château. Les haies d'aubépine, qui séparaient toutes

1. Depuis 1557.

2. Les carrosses n'existent pour ainsi dire pas au XVIe siècle et la Cour se déplace en chariot ou en litière. Mais Diane de Poitiers, Catherine de Médicis, Marguerite et, plus tard, Diane de France, la fille illégitime du roi, possédaient chacune une voiture ressemblant aux carrosses si courants par la suite. Cela constituait naturellement un luxe incroyable pour l'époque!

ces cultures, rabattaient, lors de leur floraison, un air parfumé sur les terrasses.

En quelques années, Chenonceau s'était transfiguré. D'un havre de repos et de chasse, il était, sous la férule de Diane, devenu un domaine éblouissant. Les allées, joliment dessinées en perpendiculaire et découpées de carrés de gazon, offraient aux hôtes de passage des possibilités infinies de promenade, tandis que bassins et fontaines rafraîchissaient de leurs chants cristallins l'air torride de cet été de feu. À chacune de ses visites, la duchesse de Valentinois allait de surprises en émerveillements. Ainsi eut-elle l'heur de constater que son labyrinthe de verdure était maintenant achevé. Diane frissonna de plaisir lorsqu'elle aperçut les piles qui dépassaient de la rivière. Ces arches massives, fondations d'un large pont qui enjamberait le Cher, allaient permettre d'édifier une galerie, dans laquelle la favorite comptait bien donner de somptueux bals qui célèbreraient son éclatante faveur.

Ces travaux colossaux requéraient toute son énergie, il lui fallait surmonter de nombreuses difficultés matérielles, mais elle n'était jamais à court d'idées pour les souffler à son amant : ainsi était-elle parvenue à se faire doter d'une somme considérable en récompense des services rendus… à la reine !

Le couple royal, que Diane avait reçu avec tous les honneurs en 1552, alors qu'elle n'était pas encore officiellement propriétaire, serait sans doute ébahi par les transformations opérées en si peu de temps. La duchesse de Valentinois projetait en effet d'inviter toute la Cour l'année suivante.

Tout se devait d'être achevé.

C'est donc en maître d'œuvre que la propriétaire visitait son domaine, se faisant expliquer chaque difficulté, vérifiant chaque décompte, encourageant les ouvriers dans leur labeur, réprimant sans pitié tout manquement et tout retard.

1559 serait l'année de son triomphe.

LVI

Palais du Louvre, juin 1559

La foule à nouveau en liesse défilait dans les rues au son des fanfares. On chantait, on dansait sur les places, on buvait plus que de raison. Paris oubliait les guerres et les meurtrissures, les maladies et les famines : le temps était à la fête, car les mariages royaux se succédaient. Après celui du dauphin et de la jolie Marie Stuart, les souverains donnaient leur fille au roi d'Espagne. Sa main avait été retenue tout d'abord pour l'infant Carlos, mais la reine s'était éteinte sans crier gare, laissant le roi Philippe II en mal d'épouse. Depuis 1556, Philippe était monté sur les trônes de Castille, d'Aragon et de Sicile, après l'abdication de son père Charles Quint. Cette union inespérée, après tant d'années de lutte opposant les monarques de France à l'empereur, consacrait des liens entre les ennemis d'hier appelés à ne former à partir de ce jour qu'une seule famille. Le peuple de Paris, toujours prompt à s'enfiévrer, y voyait un heureux présage et un gage de paix pour l'avenir. Catherine et Henri posaient une couronne prestigieuse sur la tête de leur jeune Élisabeth. Elle allait certes les quitter, ce qui attristait son entourage, mais, à treize ans, elle gagnait un trône.

Le cérémonial de la cour d'Espagne, ordonné par Charles Quint, était régi par un protocole d'une rigidité exemplaire, qui interdisait au futur époux de se déplacer pour venir chercher sa promise. La princesse se maria donc par procuration, sans connaître celui qui partagerait sa couche. Mais l'événement était de taille et les festivités s'annonçaient nombreuses, d'autant qu'une autre noce renforçait encore cette alliance franco-espagnole : la sœur d'Henri, Marguerite, épousait le duc de Savoie, un des plus brillants lieutenants de Philippe II. Cette double célébration donnait l'occasion à la France de faire montre de ses richesses et d'honorer ses hôtes.

On avait dépavé la rue Saint-Antoine et construit la tribune royale aux abords de la Bastille, sur une esplanade. Partout, des oriflammes et des drapeaux aux couleurs vives claquaient au vent. Des odeurs de miel chaud et de cannelle[1] flattaient les narines, les marchands ambulants s'étaient installés pour le lendemain, chacun cherchant à tirer profit de l'affluence qui ne manquerait pas d'envahir les places et les venelles. Parades à cheval, voltiges, combats d'épée, la ville serait le théâtre de toutes sortes de jeux. Jongleurs, ménestrels, acrobates, bateleurs et montreurs d'ours créaient des attroupements qui augmentaient la presse. Des jarres remplies de fleurs jalonnaient le parcours du cortège où la foule se masserait pour être au plus près des événements. La chaleur était intense, et le ciel orageux. Le vent rabattait des senteurs de crêpes et de

---

1. Voir Annexe A.

biscuits, qui se mêlaient au fumet des viandes rôties que l'on arrosait de lard fondu. Des étalages de melons d'eau bordaient les ruelles et quelques tonneaux de vin, alignés sur des tréteaux, n'avaient pas attendu le son des cloches annonçant la fin de la messe pour être mis en perce.

Sans doute le ciel déverserait-il des cataractes cette nuit, mais le soleil brillerait de nouveau le lendemain.

Dans les écuries, de toutes parts, on s'affairait à apprêter les chevaux, à tresser leurs crinières, à vérifier les caparaçons, à fourbir les armures et les heaumes. Tout devait être prêt pour le grand tournoi.

Dans ses appartements du Louvre, toujours sombres malgré le beau soleil de juin qui ne filtrait pas par les croisées trop étroites, Catherine se rongeait d'inquiétude. Une angoisse sourde la taraudait, elle lisait et relisait la prédiction de Nostradamus, lequel lui avait confirmé que le roi serait particulièrement en danger dans sa quarantième année. Une peur irrationnelle la tenaillait, que même les lectures d'Oriane ne parvenaient à circonscrire. Elle se coucha bien tard, non sans avoir une nouvelle fois interrogé les astres. La dernière vision qu'elle eut avant de souffler sa chandelle fut la phrase « puis mourir mort cruelle » qui terminait le quatrain inscrit de la main même de Nostradamus, sur le vélin posé à son chevet.

Dans la nuit, les cris de la reine de France résonnèrent sous les plafonds lambrissés. Elle s'éveilla en sueur lorsque sa dame d'atour, qui logeait non loin de sa garde-robe, se précipita dans sa chambre.

– Majesté ! Que se passe-t-il ? Souffrez-vous ?

– Non point. Allez quérir la marquise de Saint-Herray, je vous prie.

Quelques instants plus tard, vêtue d'une longue robe de chambre damassée, Oriane pénétrait dans les appartements de sa souveraine.

– Vous m'avez mandée, Majesté ?

– Oriane ! J'ai vu le roi, son visage ensanglanté ! C'est pour demain, j'en suis sûre ! Il ne faut pas qu'il joute à ce tournoi ! Je vous en prie ! Dites à votre époux d'essayer de le convaincre ! Moi, il ne m'écoutera pas, dit-elle dans un sanglot.

– Calmez-vous, madame… Il en sera fait selon vos désirs, je parlerai à M. de Saint-Herray, je vous le promets, murmura Oriane d'une voix apaisante.

– J'ai vu ce duel en songe. Henri va y mourir ! Il avait le visage en sang !

La femme de chambre apporta une nouvelle chemise de lin fin, car celle que portait la reine était trempée de sueur.

– Là… reposez-vous. Mon époux parlera au roi… Mais après tout, ce n'est peut-être qu'un cauchemar ? tenta prudemment Oriane.

– Il a eu quarante ans il y a trois mois, deux astrologues m'ont dit qu'il perdrait la vue ou serait tué. Je fais ce rêve depuis des années et, la nuit dernière, il s'est précisé. Oriane, vous devez me croire !

La jeune femme regarda sa souveraine, dont les traits trahissaient une indicible angoisse. Comment trouver les mots qui l'apaiseraient, quand elle semblait si sûre de ses présages ? Oriane proposa de demeurer auprès d'elle pour attendre la levée du jour, ce que la reine refusa.

La marquise regagna ses appartements, troublée.

Se pouvait-il que le destin funeste du roi s'accomplisse ?

*

Paris, le 30 juin 1559

Après cette nuit agitée durant laquelle Catherine n'était pas parvenue à se rendormir, elle avait, comme le prévoyait le protocole, gagné la tribune royale, entourée du dauphin, de son épouse Marie, de Diane, des autres dames de la Cour et des grands dignitaires ou gentilshommes qui ne combattaient pas. Malgré les supplications de son épouse, le roi était apparu, paré d'une armure étincelante, le cheval caparaçonné de blanc et de noir, qui symbolisaient Diane. Cette scène rappelait à tous le tournoi où le jeune prince Henri avait naguère, pour la première fois devant toute la Cour, porté les couleurs de sa dame, laquelle brillait déjà d'un éclat sans pareil qui ne l'avait toujours pas quittée, malgré ses soixante ans.

Fière et arrogante, la duchesse de Valentinois recevait une fois de plus l'hommage de son chevalier aux côtés de la reine qui se tordait les mains d'angoisse. La lice était immense, la course serait longue. Le roi s'élança contre son nouveau beau-frère, le duc de Savoie, qu'il parvint à ébranler. Il remportait ainsi la première joute et vint saluer sa belle au pas retenu de son puissant destrier, sous les vivats de la foule, massée dans les rues sur les bas-côtés, mais aussi au balcon de toutes les maisons qui dominaient l'esplanade.

Puis ce fut au tour du duc de Guise de se mesurer au roi. Les deux adversaires étaient de force égale. Ils s'évaluèrent un instant et s'élancèrent dans un nuage de poussière. Nul ne bougea de sa selle. Il n'y eut pas de vainqueur.

Catherine chargea Oriane d'aller supplier le monarque de cesser maintenant les combats. La jeune femme se précipita dans l'escalier de la tribune. D'un pas rapide, elle retrouva son époux parmi les gentilshommes qui entouraient le chevalier entre chaque joute. Elle lui murmura quelques mots à l'oreille et Marc lui prit les mains tendrement pour la rassurer. Il se tourna vers le souverain qui, ayant ôté son casque, essuyait son front ruisselant de sueur.

– Sire, dit-il, la reine demande que, pour l'amour d'elle, vous cessiez de combattre.

Vieilleville, l'écuyer du roi, se permit alors d'intervenir :

– Sire, je jure le Dieu vivant qu'il y a plus de trois nuits que je ne fais que songer qu'il doit vous arriver quelque malheur ce jourd'hui. Ce dernier juin vous sera fatal. Vous en ferez comme il vous plaira*...

– Mais Pâques-Dieu, qu'avez-vous donc tous avec vos présages ? Saint-Herray, faites dire à la reine que c'est justement pour l'amour d'elle que je combats ! Vieilleville, mon heaume, et en selle ! Il ne sera pas dit que le roi de France renonce à se battre ! Montgomery, une joute !

Le jeune Montgomery devint livide.

– Sire, en souvenir du tragique accident qui faillit coûter la vie à feu le roi votre père à cause du mien[2], je vous demande de me dispenser de ce combat si tant d'avis contraires nous incitent à la prudence…

– Montgomery ! C'est un ordre ! lâcha l'époux de Catherine d'un ton sans réplique avant d'éperonner son destrier.

– Mais… ! Majesté ! Sire ! Mon Dieu, il ne m'a pas laissé le temps de fermer la visière de son heaume ! gémit Vieilleville.

Les mâchoires de Saint-Herray se crispèrent.

Au loin, déjà, Henri II s'élançait à vive allure.

Dans la chaleur caniculaire de l'été qui pourtant venait de commencer, un choc énorme résonna entre les bâtiments qui bordaient la place lorsque les deux adversaires se croisèrent.

Puis il y eut un silence et, soudain, une clameur horrifiée s'éleva de la foule. Le cheval du roi ralentissait et le souverain, qui jusque-là se tenait fièrement en selle, ployait sur l'encolure.

Il s'effondra dans les bras de ses écuyers, qui le soutinrent pour le ramener en hâte vers le pavillon des Tournelles.

Dans la tribune d'honneur, le dauphin s'évanouit.

Catherine se précipita, Diane sur les talons, tandis que l'on transportait le jouteur qui haletait sous l'effort.

---

2. Voir Annexe B.

– Je me meurs, souffla-t-il.

Lorsqu'on lui ôta son casque, un murmure d'effroi parcourut l'assistance. La lance s'était cassée, enfoncée dans l'œil très profondément. Le visage et le buste rouges de sang, Henri serrait les dents dans un sursaut de courage inouï. Les médecins de la Cour manifestèrent très vite leur impuissance. Après que l'on eut enlevé quelques grosses échardes qui arrachèrent des hurlements de douleur au blessé, la reine décida de faire quérir en urgence Ambroise Paré.

Quand le célèbre chirurgien parvint au chevet du monarque et écarta de son visage le cataplasme de blancs d'œufs qu'on y avait posé, il grimaça.

– Majesté, puis-je m'entretenir un instant avec vous ?

Catherine lui désigna un salon attenant à la chambre et referma derrière elle les grandes portes de bois.

– Il me faudrait pratiquer une expérience... commença le chirurgien.

– Laquelle ? demanda vivement la reine.

– Ne disposez-vous pas dans vos geôles de quelques condamnés à mort dont nous pourrions hâter l'exécution ?

– Si, bien sûr, mais dans quel but ?

– Je dois comprendre, madame, comment cette lance est entrée dans l'œil de notre sire et quels dégâts elle y a fait. Pour cela, je dois reproduire la blessure sur des cadavres encore chauds...

La reine de France ne mit que quelques secondes à réagir.

– Bien, dit-elle, je donne les ordres. Vous aurez ces corps, monsieur Paré. Si cela peut nous permettre de sauver le roi !

*

Les quatre dépouilles des malheureux prisonniers s'alignaient sur une table d'un bois grossier, au centre d'une pièce surchauffée dans laquelle s'entassaient, au premier rang, les élèves d'Ambroise Paré, puis des curieux de la Cour, toujours vêtus de leurs atours de fête, qui attendaient anxieusement le verdict du célèbre praticien.

Le chirurgien prit une lance et l'enfonça puissamment dans l'œil du premier mort, qui sursauta sous le choc. Un oh! se fit entendre dans l'assistance tandis qu'une giclée de sang atteignit l'un des élèves qui se recula en maugréant. Mais le maître décida que le coup était manqué et procéda à un autre, sur le deuxième cadavre.

Sa main dévia et le trait pénétra bien dans l'œil, mais beaucoup trop à droite. Le troisième corps fut l'objet d'un véritable massacre et, lorsqu'on emporta la dépouille, elle était méconnaissable. La lance ayant ripé, le pauvre diable était défiguré. Le chirurgien pataugeait dans le sang, dont l'odeur fade, amplifiée par la chaleur, portait au cœur.

La foule commençait à désespérer de voir Ambroise Paré reproduire à l'identique la blessure du roi. Pourtant, dans un silence religieux, le chirurgien planta son arme avec dextérité sur le quatrième supplicié et constata son succès avec satisfaction.

L'espoir renaissait, Henri II allait peut-être être sauvé.

Las! Lorsque le célèbre médecin retira la lance et fouilla la plaie de ses doigts, il ne put dissimuler sa consternation.

Quelques instants plus tard, Catherine de Médicis fut avertie que son époux Henri II, roi de France, était perdu.

Ravagée par le chagrin, elle ne laissa selon son habitude rien paraître et réagit en souveraine, se contentant de poser sur Diane un regard glacé. Cette dernière n'attendit pas l'injonction royale pour se retirer en ses appartements et ne point reparaître.

La reine s'enferma dans la chambre de son époux qui reprenait parfois connaissance. Ainsi lui dicta-t-il une lettre pour le pape, dans laquelle il l'informait de l'arrestation de plusieurs membres du Parlement accusés d'hérésie. Catherine reconnut là encore la main de Diane, pour une ultime fois peut-être. Le monarque, qui souhaitait s'éteindre en paix avec Dieu, n'osa pas rappeler sa maîtresse à son chevet. Il exigea que l'on célébrât les noces de Marguerite et du duc de Savoie au plus vite, afin de mourir sereinement, en sachant sa sœur mariée. On accéda à sa requête, et cet hymen, célébré nuitamment, fut une torture pour tout le monde. Catherine n'y assista pas. Marguerite était en larmes.

Souvent, les lèvres du roi remuaient, mais sa femme ne pouvait comprendre ce qu'il murmurait. Elle le veilla nuit et jour.

Deux jours plus tard, elle convoqua Oriane et son époux, qu'elle reçut dans le salon attenant à la chambre mortuaire.

– Le roi nous a quittés cette nuit, annonça-t-elle d'une voix blanche.

Les Saint-Herray tombèrent à genoux pour lui baiser la main.

– Relevez-vous, mes amis. Vous êtes les seuls vers qui va ma confiance en cette Cour. Personne, m'entendez-vous, personne ne doit savoir pour l'instant que notre sire n'est plus. Il me faut le temps de préparer sa succession. Le nouveau roi mon fils est très jeune, faible et vulnérable. Il va tomber sous le joug des Guises, qui chercheront à m'évincer pour m'empêcher de le protéger. Marie Stuart est une des leurs, et a beaucoup d'influence sur son époux. Sachez que, dans un premier temps, je refuse le deuil de quarante jours que l'on impose aux reines afin d'avoir l'assurance qu'elles ne sont pas grosses. Chacun en cette Cour sait qu'en ce qui me concerne cela est vain. Je ne quitterai pas mon fils une seconde, et vous devez m'y aider.

– J'ai mis mon épée au service d'Henri, je la remets maintenant au service de son héritier, Majesté, dit Marc.

– Merci, je sais que je peux compter sur vous. Marquise, présentez-vous chez madame de Poitiers, afin de vous assurer des bijoux qui appartiennent à la couronne. Mais ne lui annoncez en aucun cas que le roi est trépassé.

– Je m'y rends de ce pas, Majesté.

La marquise de Saint-Herray avait déjà tourné les talons, lorsque Catherine ajouta :

– Oriane ! Veillez à ne point l'offenser : Diane est soutenue par les Guises. Je ne puis me les aliéner.

LVII

Palais du Louvre, le 10 juillet 1559

Oriane demanda à être reçue par la duchesse de Valentinois, laquelle y souscrivit, ayant confiance en elle depuis l'affaire de Jane Fleming. Les traits tirés, pâle, Diane semblait avoir maigri, affichant soudain davantage son âge que naguère.

– Madame, commença la jeune femme, c'est une bien douloureuse mission que l'on m'a confiée. Celle de venir auprès de vous quérir les joyaux de la couronne qui sont en votre possession, afin de les remiser par devers la reine.

– Le roi nous a-t-il donc quittés que l'on me somme céans d'une telle restitution ?

– Nenni, madame. Sa Majesté ne s'est point encore présentée devant Notre-Seigneur et endure à cette heure les tourments d'une effroyable agonie. Il ne lui reste qu'un souffle de vie, les heures lui sont comptées…

– Le règne d'Henri II n'est donc point encore achevé. Je ne reçois d'ordres que de mon souverain. Plaise à Dieu qu'il le rappelle à Lui et je m'inclinerai devant les volontés de notre nouveau maître, le roi François, qui montera sur le trône aux côtés de son épouse, la reine Marie, lâcha, glacée et méprisante, la duchesse. Maintenant, permettez-moi de me retirer afin que je puisse prier en mon oratoire pour le salut de notre sire bien aimé.

Sans laisser à Oriane le temps de répondre un mot, Diane disparut derrière un paravent qui masquait la porte de son antichambre.

*

Au matin du 11 juillet, des chevaucheurs partirent aux quatre coins du royaume annoncer le trépas du roi Henri II et l'avènement de son fils François II sur le trône de France.

Lors de la proclamation à la Cour, Catherine s'effaça devant Marie, nouvelle reine de France, comme l'exigeait le protocole. On inhuma le souverain le jour même à Saint-Denis, car le cadavre commençait, avec la chaleur, à donner des signes inquiétants de décomposition. Diane n'osa paraître aux obsèques, mais elle vit passer le cortège depuis la croisée de sa chambre. Elle s'étonna de voir le cercueil recouvert d'un drap de velours noir rebrodé en or du monogramme d'Henri et comprit qu'en choisissant de garder cet emblème, entrelacs de H et de D, Catherine offrait à la Cour et au royaume un démenti cinglant : si la reine conservait ce chiffre, c'était bien la preuve qu'il fallait y voir un C et non un D.

Le règne de Diane s'achevait là.

Catherine triomphait.

Elle avait attendu avant d'annoncer son veuvage, mais tout ce temps avait été mis à profit très intelligemment pour organiser la passation des pouvoirs.

Personne ne se méfiait de ce petit bout de femme jusqu'alors si effacé, qui n'avait eu dans sa vie que trois fois la régence, avec une autorité ô combien limitée, encadrée par le cardinal de Lorraine et le duc de Guise, entravée dans son action par Montmorency. Personne ne soupçonnait non plus l'énergie incroyable qui vivait en elle, ni surtout n'avait appréhendé qu'avant d'être femme ou reine, Catherine était mère.

Et c'est en mère qu'elle posait aujourd'hui un regard de commisération sur ce fils chétif et faible, qui regardait, la bouche ouverte, gêné par des sinus sans cesse encombrés, les grands dignitaires du royaume lui rendre hommage. Épouvanté, François se tournait constamment vers Marie, qui, parfaitement à l'aise dans son rôle de souveraine, le gratifiait d'un sourire condescendant. Derrière elle, comme des oiseaux de proie, se tenaient les Guises, ceux-là même que François Ier avait désignés à son fils comme dangereux pour le trône sur son lit de mort.

Ils étaient aujourd'hui tout-puissants par la volonté de Diane.

Il allait falloir composer avec eux.

C'est avec cette pensée à l'esprit que Catherine écrivit le soir, éclairée de quatre chandelles, à la duchesse de Valentinois, l'informant qu'elle lui offrait le domaine de Chaumont en souvenir des services rendus au défunt roi son époux.

Car naturellement, elle reprenait Chenonceau.

Anne de Pisseleu et Diane de Poitiers vivant désormais retirées sur leurs terres, on ne parla plus des duchesses d'Étampes ou de Valentinois.

Catherine, qui avait maintes fois été l'enjeu de leur guerre sans merci, demeurait seule en lice par les caprices d'un destin singulier.

Sa douleur fut pourtant immense.

Elle avait profondément aimé cet homme auquel le sort l'avait unie, et ce malgré les innombrables humiliations dont elle avait été victime.

Le deuil des reines se fait en blanc. Catherine choisit le noir, sans doute pour évoquer sa vie à jamais privée de lumière. Oriane, tentant de la distraire, lui suggéra de se retirer un peu dans le val de Loire, mais la reine veuve ne voulut plus quitter le Louvre, refusant de regagner les Tournelles, où Henri avait tant souffert.

Elle opta pour de nouvelles armoiries : une lance brisée accompagnée de la devise « *Lacrymae hinc, hinc dolor*[1] ».

Enfermée dans ses appartements ornés de tentures noires, dont on avait obstrué les fenêtres, elle offrait aux courtisans l'image du désespoir. Marc et Oriane étaient parmi les rares privilégiés à pouvoir l'approcher et à savoir qu'elle n'avait pas renoncé à combattre. Tous les jours, elle se faisait apporter des rapports sur l'état des provinces et des finances du royaume.

1. « De là viennent mes larmes et ma douleur ».

Mais son statut à la Cour demeurait ambigu.

Certes, elle était la reine mère ; cependant, l'épouse du roi, la jeune Marie Stuart, était un pion des Guises, qui la manipulaient selon leur bon vouloir. Or François, très épris de sa femme, accédait à chacune de ses demandes.

La famille de Guise était en passe de s'approprier, sinon de droit au moins de fait, le trône des Valois.

Alors, devant une Cour médusée par une telle métamorphose, Catherine, enveloppée de ses voiles de deuil, sortit de sa réserve et parvint à s'imposer.

En elle, la mère s'était levée.

La femme bafouée, l'épouse meurtrie, la reine niée, s'effacèrent devant la gardienne du sang des Valois.

*

Dix-huit mois après ce drame[2] qui emportait Henri II, jetant un voile crépusculaire sur un règne fastueux mais controversé, la Cour en grand deuil suivait la dépouille du jeune roi François, entré en agonie la veille, au chevet duquel sa mère demeura toute la nuit. Oriane et Marc entourèrent de leur amitié la souveraine à nouveau très éprouvée.

Ce trépas marqua la fin d'une période de transition déchirée par les affrontements entre catholiques et réformés, entre les Bourbons et les Guises.

Marie Stuart fut renvoyée en Écosse.

---

2. Le 5 décembre 1560.

Étrangement, ce premier garçon qui avait jadis permis à sa mère d'être sûre de devenir reine allait une nouvelle fois, en s'éteignant, lui offrir une position plus affirmée à la Cour.

La mort de François II annonça en effet l'avènement de Charles IX, son frère, âgé de dix ans.

Sa mère fut alors nommée gouvernante de France.

Après toutes ces années dans l'ombre, elle exerça enfin pleinement le pouvoir.

Son « règne » allait durer trente ans.

Catherine de Médicis, reine de France, entrait dans l'Histoire.

Post-scriptum

Catherine meurt le 5 janvier 1589. Sa régence auprès de ses enfants, Charles IX et Henri III, durera vingt-neuf ans exactement. Elle n'aura pas la douleur d'assister à l'assassinat de son dernier fils (Henri III) en août 1589, perpétré en représailles de l'attentat commandité contre le duc de Guise par le roi ; mais lorsqu'elle s'éteint, elle sait que la dynastie des Valois finit avec lui, puisqu'il est sans postérité.

Henri de Navarre (le premier roi de la dynastie des Bourbons) va lui succéder, sous le nom d'Henri IV.

La vie de Catherine de Médicis est singulière. On est en admiration devant la patience et l'intelligence de cette femme qui a toujours su dissimuler son talent et ses capacités d'analyse pour se fondre dans un entourage qu'elle savait hostile. Certes issue d'une célèbre et puissante famille italienne, elle est toutefois dépourvue de sang noble, ce qui ne favorise pas son intégration dans une Cour où le fait de ne pas enfanter fragilise encore son statut. Mais elle parvient à être consensuelle, ménageant les susceptibilités des uns et l'opinion des autres, afin de ne jamais susciter trop d'inimitié. Il est troublant de penser que, si Henri avait vécu jusqu'à un âge raisonnable, nous aurions sans doute à peine retenu le nom de cette femme incroyable. Elle serait morte en reine ayant accompli son devoir, celui de donner des héritiers à la couronne, à l'instar de Claude, la première épouse de François Ier.

Lorsqu'elle devient gouvernante de France, ce qui instaure une régence qui ne se nomme pas, Catherine accède au vrai pouvoir politique et fait preuve d'un talent assez exceptionnel. La postérité, sous la plume de plusieurs historiens, ne retient pourtant d'elle que la Saint-Barthélemy. Balzac l'écrit avec justesse :

En France, et dans la partie la plus grave de l'histoire moderne, aucune femme, si ce n'est Brunehault ou Frédégonde, n'a plus souffert des erreurs populaires que Catherine de Médicis ; tandis que Marie de Médicis, dont toutes les actions ont été préjudiciables à la France, échappe à la honte qui devrait couvrir son nom[1].

Il poursuit plus loin :

Aussi, pour qui creuse l'histoire du XVIe siècle en France, la figure de Catherine de Médicis apparaît-elle comme celle d'un grand roi[2].

Ajoutons qu'Alexandre Dumas, avec sa *Reine Margot*, a largement contribué à sa légende noire.

La réalité est tout autre et, lorsqu'on étudie son action politique, on constate que cette femme a œuvré, toute sa vie, en faveur de la paix. Les efforts que Catherine a

1. *In Catherine de Médicis*, p. 15.
2. *Ibid.*, p. 16.

déployés tout au long des années durant lesquelles elle exerçait le pouvoir, pour tenter de réconcilier les clans rivaux des catholiques et des réformés qui ensanglantaient le royaume de leurs déchirements, sont colossaux. Sans jamais se fatiguer, elle a reçu les uns, parlementé avec les autres, organisé des rencontres, des débats théologiques, dans un siècle qui, rétrospectivement, n'apparaît pas prêt pour ce syncrétisme. On se demande également si ces antagonismes ne sont pas, pour les chefs des deux partis, prétexte à assouvir leurs ambitions politiques. Aucune réconciliation n'est possible à cette époque où la monarchie est affaiblie par des rois trop jeunes ou malades (les enfants de Catherine sont d'une santé précaire, présentant des troubles du comportement), car, tant que demeure l'espoir de s'emparer du pouvoir, les divisions perdurent.

Ajoutons au crédit de la reine ses réalisations architecturales. Catherine était une Médicis dans l'âme, issue d'une famille d'esthètes et d'érudits. Elle a perpétué ces talents avec grâce, protégeant les arts et développant le patrimoine français. Chenonceau, pour ne citer que cela, lui doit beaucoup.

Balzac remarque :

Aussi, tant qu'elle a vécu, les Valois ont-ils gardé le trône. Il comprenait bien la valeur de cette femme, le grand de Thou, quand, en apprenant sa mort, il s'écria : « Ce n'est pas une femme, c'est la royauté qui vient de mourir. » Catherine avait en effet au plus haut degré le sentiment de la royauté; aussi la défendit-elle avec un courage et une persistance admirables. Les reproches que les écrivains calvinistes lui ont faits sont évidemment sa gloire, elle ne les a encourus qu'à cause de ses triomphes[3].

Diane, elle, meurt le 25 avril 1566, à Anet. « Enfin vieille », disent certains, « toujours belle » affirment d'autres. Obsédée par sa beauté, elle avait compris, avec quatre siècles d'avance, les vertus du sport et de la nourriture légère et équilibrée. Par contre, sa consommation quotidienne d'or dans un bouillon l'a progressivement empoisonnée. Lorsque les scientifiques ont exhumé son corps en 2008, elle avait en elle plus de cinq cents fois la dose d'or acceptable dans un organisme humain.

Henri a toujours aimé Diane. De vingt ans son aînée, elle s'occupe de lui, à la demande de la reine Claude, jusqu'à ce qu'il parte, captif, en Espagne. Là, au moment de la séparation et à l'encontre du protocole, Diane sort du rang pour étreindre ce petit garçon perdu, broyé par l'Histoire, et l'embrasse affectueusement. Ce baiser restera à jamais gravé dans sa mémoire. Elle est la tendresse qui l'attend en France, la chaleur qui lui manque dans sa détention. Durant cinq ans, alors qu'il est prisonnier, il lit l'*Amadis de Gaule,* un roman de chevalerie espagnol écrit par Rodriguez de Montalvo, où les amants sont constants et respectueux. Nourri de ce seul livre, Henri fait de Diane sa dame de cœur. Lorsqu'il rentre en France, il déclare vouloir porter ses couleurs lors d'un tournoi. Il ne les quittera plus. Son père charge la dame de Poitiers de l'aider à reprendre pied à la cour de France, puisque le jeune homme, trop

3. *Ibid.*, p. 17.

longtemps loin des siens, ne parle plus guère le français et ne connaît pas les usages en vigueur à la Cour. Diane le prend une nouvelle fois sous son aile. Ce qui suffisait à l'adolescent le frustre à l'âge adulte, et il se déclare. Qu'on se rassure, Diane ne cède pas au duc d'Orléans : quand elle rend les armes, Henri est déjà dauphin, et donc appelé à monter sur le trône. Elle a vaillamment résisté, malgré son veuvage, à toutes les avances qu'on lui a faites, y compris celles du poète Marot ! On ne lui connaît aucun amant en dehors d'Henri de France. Ce qui contraste beaucoup avec le comportement de la duchesse d'Étampes. Mais Anne de Pisseleu a peut-être des circonstances atténuantes : qu'on se représente François Ier vieillissant, malade, souffrant d'un abcès purulent et mal placé, et l'on imagine les nuits d'amour de la belle !

Henri n'a pas eu la douleur de voir s'éteindre Diane, son grand amour, dont il avait fait mouler le sein par des verriers de Venise, créant ainsi les premières coupes de champagne ! Elle demeure dans l'Histoire une favorite au statut inégalé. Jamais, après elle, maîtresse de roi n'aura un tel pouvoir. Elle a régné comme une épouse légitime auprès d'Henri II, allant jusqu'à recevoir des lettres personnelles du pape lui demandant d'appuyer telle ou telle opinion. Les marquises de Pompadour et autre Montespan n'arriveront jamais à ce niveau politique, même si leur sphère d'influence est indiscutable.

Tout ce qui s'est passé lors des entrées des nouveaux souverains dans les villes et lors de leurs deux couronnements est historique. Diane organisa les festivités, dans lesquelles elle s'attribua un rôle qui fit frémir la Cour devant tant d'audace et d'outrecuidance. Sa fille ôta en effet protocolairement la couronne de la tête de Catherine, et vint, à la stupeur générale, la déposer aux pieds de sa mère. De plus, Diane était effectivement vêtue d'hermine, distinction à laquelle elle ne pouvait normalement prétendre, puisqu'elle n'était pas princesse de sang.

Elle régente tout, y compris les affaires privées du couple royal. S'immisçant dans leur intimité ; c'est bien elle qui leur envoie le docteur Fernel. Le praticien, après avoir constaté les malformations congénitales d'Henri et de Catherine, qui les avaient bel et bien empêchés de concevoir durant une dizaine d'années, leur conseille d'adopter une autre position dans leurs ébats, annihilant ainsi ces deux défauts conjugués. La suite est plus connue : une lignée considérable.

Les enfants de France sont confiés dès leur naissance à la grande sénéchale : c'est elle qui choisit pour eux les gens qui les servent, décidant également des principes éducatifs. Dans ce contexte, Catherine mettra plusieurs années avant de s'imposer en tant que mère.

Diane de Poitiers est aussi à jamais la dame d'Anet et l'une des femmes qui ont « fait » Chenonceau. Elle avait, tout comme Catherine, un goût très sûr en matière d'art et d'architecture.

Son avidité, sa rapacité même, ne la rendent pas toujours très sympathique et jettent parfois le discrédit sur l'amour supposé qu'elle portait au roi.

Il est un fait certain que, contrairement à Catherine, elle a toujours fait passer son intérêt avant celui du royaume.

*

Toutes les anecdotes concernant les personnages historiques sont exactes dans ce livre. Il est vrai que le roi François était éperdument épris de sa chère Anne de Pisseleu, dame d'Heilly et duchesse d'Étampes, laquelle était connue pour ses éclats mémorables, hurlant et se roulant par terre, promettant mille morts s'il n'accédait pas à ses perpétuelles demandes. Mais elle était très belle, et le roi, subjugué, obtempérait. La scène que décrit Catherine à Oriane au chapitre XIX, au cours de laquelle le roi découvre un damoiseau nommé Christian de Nançay dans le lit de sa maîtresse, est authentique, tout comme la suite qu'il choisit de donner à l'événement : il tance vertement le jeune homme d'oser s'unir à « une des dames de Mme d'Étampes » dans son propre lit. Il n'est pire aveugle que celui qui ne veut pas voir, et l'on est loin de la célèbre phrase du monarque : « Bien fol est qui s'y fie » ! Le « fol » s'y fiait, en réalité, les yeux fermés !

L'épisode où la duchesse communique le chiffre du code à Charles Quint, permettant ainsi à l'empereur d'intercepter les courriers et d'être vainqueur, est plus grave, car il s'agit tout bonnement de haute trahison. On voit bien jusqu'où cette femme peut aller pour maintenir, contre Diane, son influence à la Cour. La guerre des favorites eut des conséquences parfois dramatiques pour le royaume...

La rivalité entre les deux femmes trouve ses racines, comme l'explique Catherine, dans ce fameux « concours de beauté » qui eut lieu lors des festivités du mariage du roi François avec Éléonore, sœur de Charles Quint, le 7 août 1530. Anne s'attendait à être la gagnante, mais elle dut partager la place avec Diane, de vingt ans son aînée. Pour une personne coquette, égocentrique et capricieuse, le coup était rude. Anne et Diane ne cessèrent jamais de se haïr et allumèrent des bûchers dans le royaume, prémices d'une guerre de Religion qui allait ensanglanter le siècle. Elles ne firent également qu'envenimer le conflit qui opposait le roi à son fils, dans une relation déjà compliquée, tronquée depuis l'enfance par cet horrible échange que fit le roi, qui laissa emprisonner ses deux fils dans les geôles de Charles Quint. Henri, traumatisé, ne pardonna jamais.

Montmorency a été une sorte de père de substitution pour Henri. Très proche de François, avec qui il avait grandi, il sut comprendre ce jeune homme secret et réservé et le conseiller dans le maniement des armes, puis dans sa politique. Ses relations avec François, par contre, se détériorèrent à cause d'Anne de Pisseleu qui ne supportait pas qu'il soit aussi un familier d'Henri – donc de Diane. Elle fit tout son possible pour brouiller le souverain et son ami d'enfance, et y parvint. La scène où François humilie le connétable lors du mariage de sa nièce est rigoureusement exacte. À la suite de cet épisode cuisant, Montmorency quitte en effet la Cour pour n'y plus revenir jusqu'à l'avènement d'Henri, où il réintègre sa place de plein droit, voit ses charges se multiplier et les honneurs pleuvoir. Ceci à un point tel que Diane finit par craindre de devoir partager son ascendance sur le jeune roi et tente de reprendre la main. L'incident avec Jane Fleming, que Montmorency a l'idée d'« offrir » au roi pour le détourner de Diane, est lui aussi exact, ainsi que ses conséquences : le retour de Diane, la semonce qu'elle inflige au souverain et son association singulière avec Catherine pour évincer celle qui commençait, forte de sa grossesse, à se sentir toute-puissante.

Il est par ailleurs troublant que des ambassadeurs aient témoigné avoir vu Henri et Montmorency partir se coucher ensemble à plusieurs reprises, ce qui laisse supposer que non seulement Henri était bisexuel, mais que surtout, après avoir mis dans son lit sa mère de substitution – Diane –, le roi y mit aussi son « père adoptif »[4] ! Un cas d'école pour la psychanalyse !

Diane fut sans pitié avec Anne de Pisseleu à la mort de François. Cette dernière fut condamnée à retourner vivre en province dans un château humide, auprès d'un époux qui lui fit payer son infamie durant le reste de ses jours (plus de vingt longues années). Après la disparition d'Henri, Catherine eut plus d'élégance avec Diane, à qui elle retira Chenonceau, qui n'aurait jamais dû lui appartenir, pour toutefois lui donner Chaumont, évitant ainsi de s'aliéner le clan des Guises. Si Diane ne put reparaître à la Cour, elle s'en tira donc à très bon compte, sans époux pour lui faire expier ses fautes et à la tête d'une fortune considérable.

La mort d'Henri a fait couler beaucoup d'encre. Il nous faut aborder ici un sujet troublant : celui des prémonitions de Catherine. Elle rêvait très souvent à des événements qui arrivaient véritablement, comme en témoigne sa correspondance, et a effectivement plusieurs fois vu dans ses songes le destin tragique de son époux. Elle a bel et bien rencontré Nostradamus, qui venait de

4. Voir à ce sujet *Diane de Poitiers*, Ivan Cloulas, p. 170.

rédiger le quatrain que nous avons retranscrit, lequel se révéla étonnamment visionnaire. Il est vrai que le XVIe est un siècle très tourné vers les sciences occultes et que l'on était plus réceptif aux prémonitions, intuitions, divinations, prédictions. L'écuyer du roi avait lui aussi, comme cela est rapporté dans ce roman, fait un rêve prémonitoire sur la mort de son souverain. Henri n'a tenu aucun compte de ces mises en garde et s'est élancé dans la joute en omettant de fermer sa visière.

Tout l'épisode qui relate les expériences d'Ambroise Paré sur les cadavres est minutieusement restitué. Les médecins s'accordent à dire aujourd'hui que jamais un homme, fût-il de bonne constitution, n'aurait pu survivre dix jours avec une blessure au cerveau d'une telle gravité. L'espérance de vie, à la lumière des descriptions qui nous sont faites et surtout des moyens dont on disposait à l'époque (les soins qui lui furent prodigués se résument à un cataplasme de blancs d'œufs !), serait au plus de quelques jours, ce qui serait déjà miraculeux. Il apparaît donc que Catherine a dissimulé le trépas de son époux, afin de disposer de temps pour préparer la succession et s'assurer de ses appuis. Les récits témoignent du fait qu'elle refusait à quiconque l'accès de la chambre du malade (du mort ?), et demeurait seule à son chevet. Le cérémonial très protocolaire qui suit le décès d'un roi, comme celui qui eut lieu pour François Ier (que nous avons décrit), a été grandement abrégé dans le cas d'Henri en raison de la décomposition déjà avancée du cadavre, qui n'est probablement pas due qu'à la chaleur de juillet : le roi était décédé depuis plus d'une semaine. Cette anecdote n'est pas sans importance, car elle révèle la stupéfiante capacité d'adaptation de Catherine, qui a pourtant toujours ou presque été maintenue en marge des affaires de l'État par Diane et Henri. Elle manifeste ici son génie politique et ses talents de stratège, à la seconde où son époux est mortellement blessé. Loin de se laisser abattre par le chagrin qui la ronge, elle fait face, pour protéger ses intérêts et ceux de ses enfants, et résiste à la famille des Guises, avide et sans scrupule.

La suite montrera combien Catherine a su intelligemment œuvrer dans cette situation délicate et se maintenir à la tête du royaume, alors même que le protocole qui régissait le deuil des reines, lui imposant quarante jours d'isolement, l'en écartait. Son « règne », qui commence vraiment, paradoxalement, le jour où elle n'a plus le titre de reine mais celui de reine mère, ne se résume pas à la Saint-Barthélemy, épisode qui, pour être tragique, n'est pas – et de loin ! – le plus sanglant de notre Histoire. Le bilan politique de Catherine de Médicis est bien plus positif que ce que la postérité en a retenu. Il serait juste aujourd'hui qu'on lui rende enfin hommage et que l'on reconnaisse en cette femme le grand roi qu'elle a été.

Annexe

Chapitre I

En novembre 1537, Henri avait reçu le commandement de l'armée en Piémont. Le dauphin y passa la nuit avec une jeune Piémontaise du nom de Filippa Duci. Au mois d'août suivant naquit, à Moncalieri, une fillette que l'on prénomma Diane. L'enfant fut ramenée en France et confiée aux soins de la grande sénéchale, Diane de Poitiers. La mère naturelle du bébé entra au couvent.

Chapitre II

A. Catherine vécut à Rome en compagnie de ses cousins Alexandre et Hippolyte, sous la garde de sa grand-tante Lucrezia de Médicis, épouse de Jacques Salviati, et de sa tante Clarice, femme de Philippe Strozzi.

B. Catherine vécut au couvent des Murates, à Florence, puis dans une autre institution, au moment du soulèvement de Florence qui renversa les Médicis. Aux Murates, elle fut bien traitée et très heureuse mais fut par contre assez malmenée dans l'autre couvent, où la mère supérieure avait embrassé la cause des rebelles.

Chapitre III

A. Diane consommait chaque jour un bouillon d'or potable, obtenu en faisant bouillir des pièces d'or au pot avec un chapon, pour conserver une éternelle jeunesse.

B. Dès la mort de son époux en 1531, Diane révéla un sens aigu de ses intérêts financiers. Elle parvint à se faire verser les gages que son mari recevait au titre de gouverneur de Normandie et de grand sénéchal, prenant elle-même le titre de grande sénéchale. Elle alla jusqu'au procès pour garder les terres que son mari détenait en apanage et obtint du roi de pouvoir en conserver les revenus et les profits jusqu'à ce que la propriété en soit établie.

Chapitre IV

A. C'est en effet Catherine de Médicis qui révolutionna l'équitation en imposant à la cour de France cette manière de monter importée de son Danemark natal par Christine, duchesse de Lorraine.

B. Les éperviers, les aigles, les palombes, les buses ou les autours sont des oiseaux de bas vol qui s'élancent du poing de leur dresseur, tandis que les faucons, les pèlerins, les gerfauts ou les laniers sont des oiseaux de haut vol, c'est-à-dire qu'ils sont déjà en vol lorsque les chasseurs rabattent le gibier.

C. Vingt ans à peu près séparent les deux amants (Henri est né en 1519). Les historiens sont partagés quant à la date de naissance de Diane, qui serait le 3 septembre 1499 ou le 9 janvier 1500.

D. Il s'agit de la partie centrale, cantonnée de quatre tours et percée de larges ouvertures, ainsi appelée car ayant gardé son aspect médiéval (mais non son aspect défensif), qui fut achevée en 1535.

E. Toute cette description n'est, hélas pour elle, pas une invention. La liste de ce que Catherine avalait ou subissait en fumigations et cataplasmes pour parvenir à être enceinte est ahurissante.

Chapitre V

On avait entrepris un vaste chantier en février 1538 pour célébrer la nomination du maréchal de France au rang de connétable, qui faisait de lui le chef des armées, tout comme la construction de Chantilly (en 1528) avait marqué son accession aux fonctions de grand maître de France deux années plus tôt.

Chapitre VI

A. D'un côté Diane, la famille de Guise et le cardinal de Lorraine prônaient le catholicisme et l'obéissance inconditionnelle au pape ; de l'autre, Anne de Pisseleu et Marguerite de Navarre tentaient d'obtenir l'oreille du roi pour entendre les idées nouvelles propagées par Martin Luther, un moine allemand qui souhaitait réformer l'Église et lutter contre ses abus, tout en autorisant le mariage des prêtres.

B. Françoise de Châteaubriant fut la maîtresse de François Ier. Lorsque le roi s'en désintéressa, le mari, qui avait pourtant profité des largesses du souverain (fortune, domaines, titres), se vengea de son honneur bafoué. Il enferma sa femme dans une chambre noire et fit entrer plusieurs hommes en armes qui l'attachèrent et lui ouvrirent les veines des poignets et des chevilles, la laissant se vider de son sang. Lorsque le roi fut averti de sa mort, il diligenta une enquête et envoya en Bretagne le connétable de Montmorency en qui il avait toute confiance pour enquêter sur le meurtre. Le connétable revint en concluant à une mort naturelle. Curieusement, à la même époque, M. de Châteaubriant déshérita tous ses neveux et fit du connétable son légataire universel !

Chapitre VIII

A. Montecucculi était devenu l'ami du dauphin François, lequel était probablement atteint de tuberculose. En 1536, François disputa une partie de paume par une chaleur orageuse. En nage à la fin du jeu, il demanda à boire et c'est le comte de Montecucculi qui lui apporta un verre d'eau glacée. Dès qu'il le but, le dauphin se sentit mal et dut s'aliter. Il ne se releva pas. On accusa Montecucculi d'empoisonnement. Ce jeune gentilhomme italien, autrefois au service de Charles Quint, fut écartelé après avoir avoué sous la question qu'il avait empoisonné le dauphin sur ordre de son ancien maître, ce que Charles Quint démentit vivement. L'autopsie révéla que les poumons du pauvre François étaient complètement gâtés. Même François Ier ne voulut pas prêter l'oreille à ces rumeurs. Les historiens s'accordent à dire que le dauphin est bien mort de façon naturelle.

B. Bréval, Montchauvet, Nogent-le-Roi, Anet, tout cela aurait dû, en l'absence d'héritier mâle, revenir à la couronne. François Ier s'y opposa et laissa à Diane la jouissance de tous les domaines de son défunt mari, ce qui représentait des revenus considérables.

Chapitre X

En 1533. Ayant souhaité être démarié de Catherine d'Aragon qui ne lui avait donné qu'une fille, Henri VIII d'Angleterre, qui voulait épouser Anne Boleyn, demanda au pape d'annuler son mariage. Ce dernier refusa, craignant de fâcher Charles Quint, neveu de Catherine d'Aragon. Furieux, Henri VIII divorça quand même et se proclama chef de l'Église anglicane.

Chapitre XIII

A. Gâteau rond et très moelleux au fromage blanc originaire du Poitou. Sa cuisson particulière lui donne une croûte très noire sur le dessus.

B. Les danses à la mode au début du règne de François Ier étaient la pavane et le branle. La première était une danse lente et grave où les hommes pouvaient évoluer sans quitter la cape et l'épée. Le branle était d'un rythme plus vif, semblable à un cotillon. Vers la fin du règne de François Ier se répandit la vogue de nouvelles danses venues d'Italie : la volte, la courante, la gaillarde, la fiscale ou fiscaigne. Elles obligeaient à des mouvements rapides que certains jugeaient indécents : les femmes répliquèrent en inventant des ceintures et des caleçons spéciaux qui leur permettaient d'évoluer sans choquer la pudeur ! (*La vie quotidienne dans les châteaux de la Loire au temps de la Renaissance*, Yvan Cloulas, p. 188).

Chapitre XIV

A. Les jeux sportifs étaient de grande variété. Le jeu de paume, ancêtre du tennis était le plus usité. Les aires qui lui étaient réservées se trouvaient partout : il y en avait deux au château de Blois et deux au château d'Amboise, mais dans les villes entourant les résidences royales, on comptait, en plus, des dizaines de terrains. (Ibid., p. 189)

B. Les lignes de chasse sont tracées par terre et l'on doit faire rebondir la balle deux fois, dont une sur le toit de la galerie. Si le coup est mis en suspens, c'est qu'il doit être rejoué, parce que le rebond a été interrompu. On note alors avec précision l'endroit où la balle a rebondi pour tenter de faire mieux au coup suivant. (*ibid.*)

C. « Les bains étaient moins destinés à une pratique sanitaire qu'à la détente et à l'agrément. L'eau, qui alimentait bassins et fontaines et symbolisait le luxe des châteaux, était souvent associée aux jeux amoureux et au plaisir des sens. (*L'Art de vivre au temps de Diane de Poitiers*, Sabine Melchior-Bonnet, p. 46).

D. « Le parfait amant se reconnaît à sa discrétion, la réputation et l'honneur d'une femme ne souffrant aucune entorse. La loi du secret s'impose dans les relations privées. [...] Les dames doivent fuir ceux qui ont la réputation d'être scandaleux, grands vanteurs et peu secrets et causeurs ; elles choisiront des gentilshommes sages et discrets. (*L'Art de vivre au temps de Diane de Poitiers*, Sabine Melchior-Bonnet, p. 63).

Chapitre XV

Devant la composition du mur nord de la deuxième travée, une fresque représentait l'éducation d'Achille, où le centaure Chiron, en qui toute la Cour avait voulu reconnaître le connétable de Bourbon, apprenait au jeune héros les arts guerriers que tout héritier d'une couronne se doit de maîtriser. Or, le dauphin François étant déjà décédé lorsque la fresque fut peinte, Henri avait tout naturellement été représenté. (*Henri II*, Yvan Cloulas, p. 103-104)

Chapitre XVI

Son cousin Hippolyte, de huit ans son aîné, [...] fut le premier à faire battre son cœur. [...] Il tenait un charme incontestable que son habit de cardinal ne parvenait point à émousser. Son portrait par Titien témoigne de son élégance et de la beauté de ses traits. Le jeune homme était en outre poète et musicien, habile cavalier, grand seigneur fastueux et malheureux d'être d'Église. Catherine l'admirait et l'aimait. On ne sait s'il rendit à la fillette de douze ans l'amour innocent que celle-ci lui portait. Les chroniqueurs les moins romantiques affirment qu'il ne voyait en Catherine qu'un moyen lui permettant — vœux ecclésiastiques rompus et mariage accompli — de s'imposer à Florence face à Alexandre. Le projet n'était pas du goût du pape. Clément VII s'empressa de nommer Hippolyte légat dans la lointaine Hongrie. Catherine perdit son prince charmant et commença à s'endurcir le cœur. (*Catherine de Médicis*, Jean-François Solnon, p. 24)

Chapitre XVII

A. L'appellation « école de Fontainebleau » désigne un courant artistique né sous l'impulsion de ces artistes italiens convoqués par François Ier pour décorer, à partir de 1530, sa résidence de Fontainebleau. L'essor de l'école se poursuivra jusqu'au règne d'Henri IV. Cette expression n'apparaît toutefois qu'au XIXe siècle. Elle qualifie en premier lieu une production artistique qui a pour cadre le château de Fontainebleau, puis s'étend à un style qui se diffusera bientôt en Europe.

B. Benvenuto Cellini, le célèbre orfèvre italien à la vie aventureuse, effectua un second séjour en France de 1540 à 1545. Le roi lui commanda le décor de la Porte dorée, entrée principale du château de Fontainebleau. L'artiste conçut un immense relief de bronze semi-circulaire, représentant la *Nymphe de Fontainebleau,* pour servir de tympan. Cette fonte monumentale est un véritable hymne à la beauté féminine avec ce corps nu, long et souple, mis en valeur par l'évocation naturaliste et lyrique de l'univers sylvestre. Les relations du roi et du sculpteur se détériorèrent et Cellini quitta la France en 1545. Le roi mourra en 1547, et l'œuvre ne fut jamais mise en place. Ironie de l'Histoire, Philibert de L'Orme l'installera au-dessus du portail du château d'Anet pour la maîtresse du roi Henri II, Diane de Poitiers.

C. L'Histoire raconte que François Ier a bien veillé à ne plus honorer la couche de la reine Éléonore, sitôt le mariage consommé, pour éviter d'avoir des rejetons de deux épouses, surtout si l'on considère que ceux d'Éléonore auraient été les neveux de Charles Quint, ce que refusait à toute force François. Cela n'aurait pu qu'être conflictuel pour le trône des lys après son trépas.

Chapitre XIX

Son invention est très probablement due à l'opticien italien Giambattista Della Porta. Mais c'est le 21 août 1609 que l'astronome italien Galilée présenta au doge Leonardo Donato et aux membres du Sénat, au sommet du campanile de Venise, la première lunette astronomique. On peut imaginer qu'il s'agit ici d'un prototype de l'invention.

Chapitre XX

Le 2 avril, exactement. L'empereur proposait bien la main de sa fille Marie au duc Charles d'Orléans, troisième fils de France, avec en dot les Pays-Bas, la Bourgogne et le Charolais, mais le roi devait se retirer de la Savoie et du Piémont et dire adieu au duché de Milan tant convoité. Non content de déposséder la France de ses conquêtes, l'empereur voulait voir se reconstituer le terrible duché de Bourgogne que Louis XI avait eu tant de mal à anéantir pour unifier enfin le royaume. C'était tout simplement impensable.

Chapitre XXII

Ceci fut rapporté par le nonce Hieronimo Dandino : en décembre de l'année 1540, Henri de France demanda à son épouse Catherine de ne plus avoir le moindre contact avec la duchesse d'Étampes. Les relations entre le roi et son fils se tendirent davantage, au point que le dauphin ne parut plus au conseil du roi, ce qui est toujours préjudiciable au royaume, car l'héritier de la couronne se doit d'être initié aux affaires politiques.

Chapitre XXIV

A. Les propriétés de la digitale ont été mises en évidence dès le Moyen Âge. Agissant non seulement sur le cœur et les vaisseaux, elle élève la tension artérielle. L'ergot de seigle cité par Pline dans son *Histoire naturelle* a été très souvent employé pour activer l'accouchement, mais il est en effet plus judicieux d'y recourir après la délivrance, c'est-à-dire aujourd'hui l'expulsion du placenta. L'ergot de seigle déclenche les spasmes utérins et réduit les risques d'hémorragies postnatales.

B. Elle était fort cultivée et a laissé de très nombreux livres publiés comprenant des milliers de vers, notamment sur la place de l'homme dans le monde, l'amour de Dieu, la tolérance. Son *Heptaméron* est demeuré célèbre et l'inscrit parmi les femmes de lettres qui ont compté dans l'Histoire.

Chapitre XXVI

A. Le motif plus spécifique le plus répandu du tarot français, dit « de Marseille », pourrait trouver son origine à Milan : la planche xylographiée ou « feuille Cary » de la collection Cary de l'université Yale, datée de 1500, et six cartes d'un tarot milanais du XVIe ou du XVIIe siècle, trouvées à l'occasion de recherches au Castello Sforzesco à Milan, présentent des images extrêmement similaires au motif de Marseille.

B. L'Italie rayonne dans le royaume de France à l'arrivée de Catherine de Médicis à la Cour. Ses chefs florentins font découvrir à la France noble la brioche et les biscuits à la cuiller. Mais si les gourmandises plaisent, les légumes et les féculents sont eux aussi à l'honneur : au mariage de Catherine, on sert des artichauts, légumes rares et inconnus des Français, ainsi que des pâtes. (*Reines et favorites de France*, Renaud Thomazo, p. 36)

Chapitre XXVIII

A. Louise de Savoie était parvenue à négocier la libération de son fils retenu dans les geôles de Charles Quint. Marguerite s'était à cette époque rendue en Espagne au risque d'être faite prisonnière à son tour. Il est juste de dire que ces deux femmes ont toujours « adoré » François, que Louise appelait « mon César » !

B. Le mariage de Jeanne Ire de Navarre avec Philippe le Bel en 1285 unit provisoirement la Navarre à la couronne de France. À la mort de Charles IV le Bel, la petite-fille de Jeanne Ire, Jeanne II de Navarre, hérita du royaume, qui se détacha de la France. En 1524, Charles Quint envahit la Guyenne et la Basse-Navarre. Le roi de Navarre, Henri II, fut fait prisonnier à Pavie en 1525 et épousa ensuite Marguerite, la sœur de François Ier. Une nouvelle tentative de reconquête ne réussit que partiellement avant que Charles Quint ne renonce à la Basse-Navarre.

C. « L'édition espagnole de l'*Amadis de Gaule* date de 1509 et les traductions françaises se succèdent sans discontinuer de 1540 jusqu'au début du XVIIe siècle à Paris, Lyon, Anvers. Modèle de beau langage et de beaux sentiments, le succès de l'œuvre est, en France, un exceptionnel phénomène de société touchant à la fois le petit monde de la Cour, les bourgeois, les marchands et même les nonnes ! » « Jamais livre ne fut embrassé avec autant de faveur que cestuy, en l'espace de vingt ans, écrit Étienne Pasquier. Le lecteur y trouve toutes les péripéties des romans de chevalerie de la tradition médiévale, mais aussi un véritable manuel d'éducation. » (*L'Art de vivre au temps de Diane de* Poitiers, Sabine Melchior-Bonnet, p. 64-65). « Vaste roman inspiré des chansons de geste et de récits du cycle arthurien, compendium de tous les thèmes obligés de la littérature chevaleresque et courtoise. Amadis, "beau ténébreux", bourreau des cœurs, réserve le sien à une certaine Oriane » (*Les Reines de France au temps des Valois, le Beau XVIe siècle*, Simone Bertière, p. 327).

Chapitre XXIX

A. Depuis 1482, la vicomté de Châtellerault était rattachée au domaine royal. Mais en 1514, François Ier l'avait élevée au rang de duché, au profit de François de Bourbon. Après la trahison de ce dernier, Louise de Savoie avait récupéré le domaine. Dès lors, il ne fut pas rare de voir à Châtellerault des personnages importants du royaume y faire escale ou y venir en villégiature.

B. La période de l'orgue baroque s'étend approximativement du début du XIVe au milieu du XVIIIe. Au cours de cet intervalle de quatre siècles et demi, les progrès techniques accompagnent et suscitent le développement du répertoire.

Chapitre XXXI

« Un jour, après la chasse, Charles Quint désira se rincer les doigts. Pendant qu'on lui versait de l'eau parfumée sur les mains, la favorite se tenait à ses côtés et lui tendit une serviette. Une bague ornée d'un énorme diamant glissa — hasard ou non ? — du doigt impérial et tomba. Mme d'Étampes se précipita pour la ramasser et la rendre à l'empereur qui la pria de garder ce joyau : "Il est en de trop belles mains pour que j'ose le reprendre", dit-il. Ces galanteries n'étaient pas dans sa manière. En fait, ils avaient déjà conclu un pacte et ce diamant n'était qu'une avance sur le prix des services qu'il attendait de cette jolie personne. Elle eut avec l'empereur des entretiens politiques, puisqu'elle put se flatter auprès de François Ier d'avoir fait avancer ses affaires de façon fort avantageuse. Elle avait, disait-elle, obtenu de Charles Quint la promesse de marier une de ses filles à ce gentil Charles d'Orléans. [...] Celui-ci donnerait en dot à sa fille le Milanais. Rien ne pouvait être plus agréable au roi. L'empereur aurait même promis à Mme d'Étampes d'octroyer au fils qui naîtrait de cette union les Pays-Bas. Ainsi Charles d'Orléans, soutenu par son impérial beau-père, pourrait disputer la couronne de France à son frère aîné. » (*Catherine de Médicis ou La Reine noire,* Jean Orieux, p. 163)

Chapitre XXXIII

Catherine Howard a été décapitée le 13 février 1542, convaincue d'adultère. Henri VIII n'en était pas à son coup d'essai, ayant déjà fait couper la tête d'Anne Boleyn... Mais Catherine avait eu beaucoup d'ascendant sur son époux, l'ayant persuadé, lui, le chef de l'Église anglicane, de se rapprocher un peu des catholiques, ce qui avait déplu aux réformés. Il se trouva donc peu de gens pour tenter de la sauver.

Chapitre XXXIV

Paul III avait publié la bulle d'indiction qui en marquait l'ouverture, en réponse aux demandes formulées par Martin Luther dans le cadre de la Réforme protestante. Mais la guerre retardera considérablement les choses, et la première séance ne se tiendra que le 13 décembre 1545 en la cathédrale de Trente. Étalé sur dix-huit ans, ses vingt-cinq sessions couvriront les pontificats de Paul III, de Jules III, de Marcel II, de Paul IV et de Pie IV, et auront pour cadre trois villes. Il gardera cependant le nom de concile de Trente et marque, selon l'historienne Régine Pernoud, « la coupure entre l'Église médiévale et l'Église des temps classiques ».

Chapitre XXXV

A. Province des Pays-Bas. Après avoir appartenu au Saint Empire, la province de Gueldre devint un duché (maison de Nassau), puis revint à Charles le Téméraire de 1472 à 1477 et enfin à l'Autriche et à l'Espagne. La Basse-Gueldre se joignit aux Pays-Bas protestants en 1579 et la Haute-Gueldre passa aux mains de la Prusse lors de la guerre de la Succession d'Espagne.

B. On a peine à imaginer que Paris ait pu avoir un jour une allure « vénitienne », et pourtant Balzac écrit : « En 1560, les maisons de la rue de la Vieille-Pelleterie bordaient la rive gauche de la Seine, entre le pont Notre-Dame et le Pont-au-Change. La voie publique et les maisons occupaient l'espace pris par la seule chaussée du quai actuel. Chaque maison, assise sur la Seine même, permettait aux habitants d'y descendre par les escaliers en bois ou en pierre, que défendaient de fortes grilles en fer ou des portes en bois clouté. Ces maisons avaient, comme celles de Venise, une porte en terre ferme et une porte d'eau. [...] Nous avons donc perdu ce curieux spectacle, offert encore, mais en petit, par certaines villes de province où les rivières sont crénelées de maisons en bois, et où, comme à Vendôme, les bassins pleins de longues herbes sont divisés par d'immenses grilles pour isoler les propriétés qui s'étendent sur les deux rives » (*Sur Catherine de Médicis,* p. 63).

Chapitre XXXVI

Quelques années auparavant, Marot vantait dans ses poèmes la beauté de Diane. Celle-ci s'en flattait, jusqu'au jour où l'ardent poète demanda à la belle un peu plus que des soupirs, ce qu'elle refusa tout net, se retranchant dans son chaste veuvage. Mais l'aigreur de Marot fut à son comble lorsqu'il découvrit que Diane, qui n'avait pas failli pour un poète, renonçait à sa chasteté pour un prince.

Chapitre XL

Le système de Copernic se démarquait radicalement des théories en vigueur à son époque, car il reposait sur une conception ancienne oubliée : l'héliocentrisme. D'après le géocentrisme, qui primait alors, la Terre était censée être immobile au centre de l'Univers, tous les astres tournant autour, théorie largement soutenue par l'Église, avec laquelle Copernic aura des ennuis. Seule une dizaine de chercheurs lui apportèrent leur appui, dont les plus célèbres étaient Galilée (1564-1642), qui n'est pas contemporain de Copernic, Léonard de Vinci (ses correspondances privées font état de messages codés) et l'astronome allemand Johannes Kepler. Galilée, fervent défenseur de la théorie copernicienne, sera condamné par un tribunal ecclésiastique en 1633. Il faudra attendre le XVIIe siècle pour voir se réconcilier la plupart des savants européens grâce à la mise en place de la mécanique céleste d'Isaac Newton.

Chapitre XLI

Ce travail d'allaitement était dévolu à la nourrice, laquelle était une jeune femme qui venait d'accoucher et nourrissait soit son enfant et celui dont elle avait la charge, soit juste l'enfant gardé si le sien était mort-né.

Chapitre XLII

A. Ce traité indigne consacrait le triomphe du frère d'Henri, Charles de France, dont la duchesse d'Étampes avait fait son champion. Anne de Pisseleu misait sur son alliance avec le dernier fils de François Ier, afin qu'il puisse la protéger après la disparition de son royal amant. Il était convenu que Charles épouserait une princesse de la maison d'Autriche, la propre fille de Charles Quint, Marie, qui recevrait alors en dot les Pays-Bas ou la Franche-Comté, à moins que Charles ne convole avec Anne, seconde fille du roi des Romains, Ferdinand d'Autriche, avec, dans la corbeille de noces, le Milanais. François Ier s'engageait à donner à son fils cadet les duchés d'Angoulême, de Bourbon et de Châtellerault en plus de son actuel duché d'Orléans, et renonçait en outre à la Savoie et au Piémont, tandis que l'empereur abandonnait ses prétentions sur la Bourgogne. Reniant ses alliances d'hier, le roi de France aiderait Charles Quint à combattre les Turcs, voire les Suisses, en vue du rétablissement de l'unité de la foi. L'amitié avec les princes protestants avait vécu… Et naturellement, les conquêtes obtenues dans le sang et les larmes lors de cette guerre seraient restituées…

B. Une protestation solennelle du dauphin fut déposée le 12 décembre, où ce dernier fit part de son mécontentement à se voir spolié des droits inaliénables à la couronne, comme la renonciation au duché de Milan, à ceux de Flandre et d'Artois qui revenaient de fait, par le traité de Crépy, à son frère, le duc d'Orléans

Chapitre XLVII

« Diane [...] participa à la succession du ſeu roi et de sa favorite déchue — on pourrait dire la curée, tant elle y mit d'acharnement. Elle se chargea elle-même de s'attribuer les récompenses qu'appelait son éminente situation. Sa cupidité a dépassé tout ce qu'on avait pu voir à la Cour, où pourtant on avait vu de grandes choses en ce domaine » (témoignage de Pierre de Bourdeille, abbé de Brantôme [1535-1614], écrivain français connu pour ses écrits relatant sa vie de courtisan et de soldat).

B. Ce monument, qui existe encore de nos jours, est le plus important des tombeaux de Saint-Denis. Le roi chargea son architecte d'en commencer la réalisation en 1548. Les victoires de François Ier sont sculptées sur les bas-reliefs, les gisants en transis sont allongés sur des sarcophages identiques, au centre, sous la voûte principale, tandis que les orants représentant le couple royal dominent l'arc en son sommet.

Chapitre XLVIII

Ce symbole du lion captif frappa les esprits lors de l'entrée solennelle du roi en la ville de Lyon. Catherine fit mine de ne rien remarquer et garda la tête haute. Mais beaucoup pensaient en effet qu'Henri II se conduisait plus mal avec son épouse que le roi François ne l'avait fait lui-même en son temps, lequel n'était pourtant pas un modèle de vertu ni de tact. Ainsi en témoigne Alvaretto, l'ambassadeur du duc de Ferrare : « On ne peut voir Sa Majesté s'occuper d'autre chose que de courtiser à toute heure la sénéchale après dîner et le soir après le souper, de sorte qu'en moyenne ils doivent rester ensemble au moins huit heures et, s'il arrive qu'il sorte dans la chambre de la reine, il l'envoie chercher, au point que chacun se lamente et remarque qu'il se tient plus mal que le feu roi » (*Catherine de Médicis ou La Reine noire,* Jean Orieux, p. 185).

Chapitre XLIX

A. L'anecdote se répète à plusieurs reprises. « Après souper, Diane et le roi étaient réunis, parfois la reine se trouvait là. On ne la supportait pas longtemps. Henri, prenant soin de la santé de son épouse, la priait gentiment d'aller se reposer. Catherine devait obéir. Elle sortait impassible mais ivre de fureur, ce qui se traduisait, note un témoin de ces petites scènes du ménage en triangle, par des coups de pied de la reine dans les meubles qui se trouvaient sur son passage », nous dit Brantôme.

B. « Comme le lieu était exposé aux crues de la rivière, on le protégea par une puissante levée de terre dont la paroi fut recouverte d'une maçonnerie fortement talutée dont le pied venait baigner dans les douves, creusées sur trois côtés et mises en eaux par le Cher. À l'angle sud-est, une écluse, plus tard doublée par une passerelle, permettait de maîtriser la montée des flots, tandis qu'à l'angle opposé, vers l'avant-cour, le seul accès au parterre était procuré par un pont de bois » (*Chenonceau*, Jean-Pierre Babelon, p. 69).

Chapitre LIII

Portique que l'on peut toujours admirer de nos jours. Une importante partie du château a malheureusement été détruite après la Révolution et au début du Premier Empire, successivement par deux marchands de biens. On doit aux habitants de la ville d'Anet la sauvegarde de ce qui reste. Ils ont en effet vivement protesté lorsque le second propriétaire a commencé de détruire le bâtiment pour le vendre pierre par pierre. Devant l'émeute provoquée par cette infamie, il a dû fuir en abandonnant son bien !

Chapitre LIV

Ce que dit Catherine est parfaitement exact et sans précédent dans l'Histoire. Plus jamais une maîtresse royale ne parviendra à cette idéalisation de sa personne.

« Diane eut en outre le génie d'entourer cet amour d'une aura mythologique, faisant ainsi d'une banale liaison la conjonction de deux divinités au rôle cosmique complémentaire. Commencée sous les auspices de la chevalerie, leur aventure se poursuit dans les bosquets de la Grèce antique. Jouant de son prénom, elle endosse les divers visages que revêt la déesse homonyme, tantôt courant les bois en quête de gibier, tantôt divinité lunaire qui, sous les traits de Séléné, reçoit de l'astre du jour une lumière qu'elle renvoie sur Terre, magnifiée » (*Les Reines de France au temps des Valois, Le Beau XVI*^e^ *Siècle*, Simone Bertière, p. 342-343).

Chapitre LVI

A. On retrouve trace de cette épice jusque dans l'Antiquité. Les historiens ne s'accordent pas toujours sur l'époque de son arrivée en France, qui se situerait aux alentours de 1220. Elle est couramment utilisée au Moyen Âge, où elle entre notamment dans la composition de l'hypocras, avec les clous de girofle et le gingembre.

B. Alors que François Ier chahutait avec ses gentilshommes, le père de Montgomery avait jeté une bûche enflammée qui atterrit sur la tête du roi. Le monarque fut sérieusement blessé et contraint par la suite de porter la barbe pour cacher une vilaine cicatrice, ce qui en lança la mode à la Cour !

Bibliographie

Les sources historiques

BABELON (Jean-Pierre), *Chenonceau,* Adam Biro, 2002.

BALZAC (Honoré DE), *Sur Catherine de Médicis,* Paris, La Table ronde, 1846.

BEAUCARNOT (Jean-Louis), *Comment vivaient nos ancêtres? De leurs coutumes à nos habitudes,* JC Lattès, 2006.

BERTIÈRE (Simone), *Les Reines de France au temps des Valois, Le Beau* XVIe *Siècle,* Éditions de Fallois, 1994, tome I.

—, *Les Reines de France au temps des Valois, Les Années sanglantes,* Éditions de Fallois, 1994, tome II.

BLONDEL (Jean-François), *Châteaux de la Loire, Drames et passions,* Éditions Trajectoire, 2008.

BOUDON (Françoise), BLÉCON (Jean), *Le Château de Fontainebleau de François Ier à Henri IV, Les Bâtiments et leurs fonctions,* Picard, coll. « De Architectura », 1998.

BRETON (Guy), *Histoires d'amour de l'histoire de France,* Omnibus, 1991.

CARS (Jean DES), *La Véritable Histoire des châteaux de la Loire,* Plon, 2009.
CLOULAS (Ivan), *Catherine de Médicis,* Fayard, 1979.
—, *La vie quotidienne dans les châteaux de la Loire au temps de la Renaissance,* Hachette, coll. « Littératures », 1983.
—, *Henri II,* Fayard, 1985.
—, *Diane de Poitiers,* Fayard, 2009.
Collectif, « Chenonceau », *Connaissance des arts,* préfacé par Alain Decaux, de l'Académie française, 1993.
—, *Le Château de Chambord,* Éditions du patrimoine, 1998.
—, « Le Château d'Amboise », *Connaissance des arts,* 2006.
—, *Châteaux de la Loire,* Éditions Valoire-Estel, 2007.
—, *Petite encyclopédie des rois de France,* Hachette, 2007.
—, *Les Grandes Énigmes de l'histoire de France,* Larousse, 2008.
—, *Le Château d'Anet,* guide de la visite.
COLLOMBET (François), *La Route des châteaux de la Loire, La Vallée des reines,* Éditions du Huitième Jour, 2006.
CRAVERI (Benedetta), *Reines et favorites, Le Pouvoir des femmes,* Gallimard, 2009.
DECKER (Michel DE), *Diane de Poitiers, Reine d'amour et de beauté,* Pygmalion, 2002.
DENIZEAU (Gérard), *Châteaux,* Larousse, 2008.
DUFRESNE (Claude), *Les Reines de cœur,* Bartillat, 2000.
GALL (Jean), *Catherine de Médicis,* PUF, coll. « Figures et plumes », 2010.

GAUVARD (Claude), CORNETTE (Joël), FUREIX (Emmanuel), *Souverains et rois de France,* Chêne, 2008.

GOURCUFF (Isabelle DE), FORGET (Francis), *Chambord,* Éditions du patrimoine, 2010.

HAMON (Philippe), *Les Renaissances, 1453-1559,* Belin, 2009.

LAGARDE (André), MICHARD (Laurent), *Le XVIe Siècle,* Bordas, coll. littéraire, 1978.

LA GUETTE (Pierre-Gabriel DE), DÉCENEUX (Marc), *La Noblesse en France, Son histoire, ses règles, son actualité,* Éditions Ouest-France, 2002.

LANG (Jack), *François Ier ou Le Rêve italien,* Perrin, 1997.

MELCHIOR-BONNET (Sabine), *L'Art de vivre au temps de Diane de Poitiers,* NiL éditions, 1998.

MORAND (Simone), *Cuisine du temps jadis, Moyen Âge et Renaissance,* Éditions Ouest-France, 2007.

NOTTER (Annick), *Le Château de Fontainebleau,* Éditions Artlys, 2009.

ORIEUX (Jean), *Catherine de Médicis ou La Reine noire,* Flammarion, 1998.

OURSEL (Hervé), CRÉPIN-LEBLOND (Thierry), *Musée national de la Renaissance, Château d'Écouen,* RMN, 2006.

PICON (Guillaume), BOUDOYAN (Katia), *Le Petit Livre des rois de France,* Chêne, 2009.

PIGAILLEM (Henri), *Claude de France, première épouse de François Ier, mère de Henri II,* Pygmalion, coll. « Histoire des reines de France », 2006.

POLETTE (René), *Châteaux de la Loire,* Éditions Ouest-France, 2008.

PONTAVICE (Gilles DU), PONTAVICE (Bleuzen DU), *La Cuisine des châteaux de la Loire,* Éditions Ouest-France, 2008.

REY (Alain), *Dictionnaire historique de la langue française,* Le Robert, nouvelle édition 2006 (première impression en 1998), en trois volumes.

REYNAUD (Élisabeth), *Chenonceau, Le Château des plaisirs,* Éditions Télémaque, 2009.

RIPERT (Pierre), *Les Grandes Amours de l'histoire de France, De l'Antiquité à nos jours,* De Vecchi, 2006.

RUPPERT (Jacques), DELPIERRE (Madeleine), *Le Costume français,* Flammarion, 1996.

SAINT BRIS (Gonzague), *François Ier et la Renaissance,* Le Livre de Poche, 2010.

SFRAMELI (Maria), *Les Fastes des Médicis,* Gallimard, coll. « Découvertes », 2010.

SOLNON (Jean-François), *Catherine de Médicis,* Perrin, 2009.

THIEFFRY DE WITTE (Francine), *Le Mobilier des châteaux de la Renaissance à l'Empire,* Éditions Ouest-France, 1999.

—, *L'Art de vivre dans les châteaux à la Renaissance,* Éditions Ouest-France, 2000.

THOMAZO (Renaud), *Reines et favorites de France,* Larousse, coll. « Les Documents de l'histoire », 2010.

WANEGFFELEN (Thierry), *Catherine de Médicis, Le Pouvoir au féminin,* Payot, coll. « Biographie », 2005.

WENZLER (Claude), *Architecture du château Renaissance,* Éditions Ouest-France, 1999.

Les romans

BENZONI (Juliette), *Le Roman des châteaux de France*, Plon, 1986.
FERRAND (Franck), *La Régente noire*, Flammarion, 2007, tome I.
—, *Les Fils de France*, Flammarion, 2008, tome II.
—, *Madame Catherine*, Flammarion, 2009, tome III.
KALOGRIDIS (Jeanne), *La Reine de l'ombre*, Presses de la Cité, 2010.
NOBÉCOURT (Dominique), NOBÉCOURT (Jérôme), *Le Chemin de Nostradamus*, JC Lattès, 2007.

Sources diverses

www.louvre.fr
www.rmn.fr

Remerciements

Je remercie toute l'équipe des éditions du Rocher pour son accueil chaleureux et son professionnalisme, grâce auquel je suis en mesure de présenter cette version corrigée de l'ouvrage initial, publié en 2012.

Mes remerciements et toute ma gratitude vont à Séverine Legrand, ma correctrice, pour la qualité de son travail et la richesse de nos échanges. Une belle rencontre qui a eu lieu sur ce livre, en 2012, et qui s'est muée, depuis, en amitié véritable.

Merci aux gens qui m'entourent et que j'aime. Ils sont un soutien incroyable. J'ai beaucoup de chance.

Table

Avant-propos 11

I – Château de Fontainebleau, automne 1538 15

II – Couvent de l'Annonciation, automne 1538 21

III – Château d'Anet, automne 1538 27

IV – Château de Chambord, automne 1538 31

V – Château d'Écouen, automne 1538 41

VI – Fontainebleau, hiver 1538 47

VII – Village de Fontainebleau, février 1539 57

VIII – Château de Fontainebleau, mars 1539 63

IX – Écouen, avril 1539 69

X – Fontainebleau, avril 1539 73

XI – Chambord, mai 1539 79

XII – Château de Compiègne, septembre 1539 83

XIII – Amboise, décembre 1539 89

XIV – Blois, fin décembre 1539 101

XV – Fontainebleau, Noël 1539 109

XVI – Saint-Germain, février 1540 127

XVII – Fontainebleau, avril 1540 133

XVIII – Fontainebleau, mai 1540 139

XIX – Fontainebleau, été 1540 143

XX – Manoir de Vatteville, Normandie, septembre 1540 157

XXI – Château de Saint-Germain-en-Laye, novembre 1540 163

XXII – Paris, palais du Louvre, décembre 1540 167

XXIII – Fontainebleau, janvier 1541 171

XXIV – Fontainebleau, février 1541 179

XXV – Château de Fontainebleau, mars 1541 191

XXVI – Amboise, avril 1541 195

XXVII – Fontainebleau, mai 1541 201

XXVIII – Fontainebleau, juin 1541 207

XXIX – Châtellerault, manoir de la Berlandière, juillet 1541 ... 217

XXX – Chambord, août 1541 223

XXXI – Saint-Germain, septembre 1541 227

XXXII – Fontainebleau, novembre 1541 233

XXXIII – Fontainebleau, mars 1542 239

XXXIV – Saint-Germain, juillet 1542 243

XXXV – Palais du Louvre, août et septembre 1542 253

XXXVI – Palais du Louvre, décembre 1542 261

XXXVII – Amboise, janvier 1543 265

XXXVIII – Chambord, mars 1543 269

XXXIX – Chambord, avril 1543 273

XL – Château de Fontainebleau, mai 1543 281

XLI – Fontainebleau, août 1543 289

XLII Fontainebleau, 19 janvier 1544 295

XLIII – Blois, été et automne 1544 299

XLIV – Fontainebleau, janvier 1545 309

XLV – Fontainebleau, avril 1546 313

XLVI – Rambouillet, 31 mars 1547 317

XLVII – Cathédrale de Reims, 25 juillet 1547 327

XLVIII – Manoir de Carrières-sous-Bois, 7 août 1548 333

XLIX – Saint-Germain, 8 octobre 1548 339

L – Cathédrale de Saint-Denis, 10 juin 1549 349

LI – Saint-Germain, août 1550 355

LII – Fontainebleau, septembre 1555 365

LIII – Anet, mars 1556 373

LIV – Fontainebleau, 24 juin 1556 379

LV – Palais du Louvre, 23 avril 1558 387

LVI – Palais du Louvre, juin 1559 393

LVII – Palais du Louvre, le 10 juillet 1559 405

Post-scriptum 411

Annexe 423

Bibliographie 445

Remerciements 451

IMPRIM'VERT®

Achevé d'imprimer par CPI,
en septembre 2023
N° d'imprimeur : 2073786

Dépôt légal : juin 2021

Imprimé en France